ひきこまり
吸血姫の悶々
きゅうけつき
もんもん
2
Hikikomari
the Vampire Counte
no
Monmon

私も読書が好きなんだ。
テラコマリ・ガンデスブラッド

むー
ヴィルヘイズ
お姉ちゃん♪
サクナ・メモワール

第二部隊隊長
ヘルデウス・ヘブン
第三部隊隊長
フレーテ・マスカレール
第四部隊隊長
デルピュネー
七紅天大将軍

第五部隊隊長
オディロン・メタル
第六部隊隊長
サクナ・メモワール
第七部隊隊長
テラコマリ・ガンデスブラッド
ムルナイト帝国

白い。圧倒的に白かった。
コマリの輝くような金髪は、
新雪のように凍てつく白銀へと変化していた。

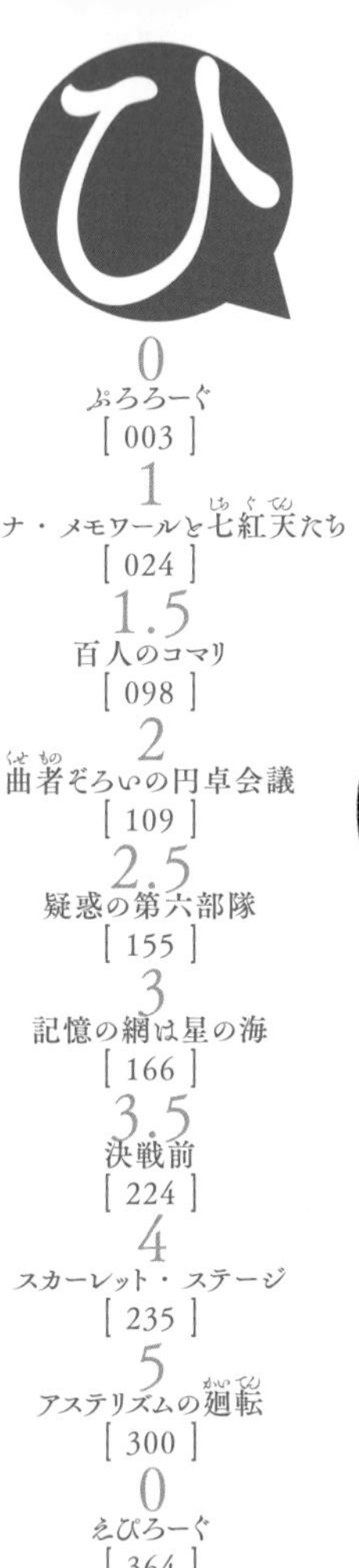

Monmon

[Hikikomari the Vampire Countess no Monmon]

GA文庫

ひきこまり吸血姫の悶々2

小林湖底

GA文庫

カバー・口絵　本文イラスト
りいちゅ

【0】ぷろろーぐ

朝だ。カーテンの隙間から差し込む光が告げている。

しかし私は起きている。起きているのだ。

いつもならベッドに潜り込んで春眠暁どころか黄昏すらもすっ飛ばす勢いで爆睡している時間帯のはずなのに、今日の私はまんじりともせず机の上を凝視している。

「できた……ついにできたぞ……！」

胸の内を満たしているのは無上の歓喜だった。

それもそのはずである。

完成したのだ。小説の新作が。

我ながらよくやったと思う。平日は朝から夕方まで働かされているし、帰った後も変態メイドがやかましいほど構ってくるし、土日は疲れてるのでゴロゴロしたいし——これほどまでに多忙な日々の中で時間を捻出しながらコツコツと筆を進めること一カ月、なんとか一作を完成させることができた私には特別な才能があるのかもしれない。

あとはこれを出版社に送るだけだ。

送るだけなのだが――気をつけなければならないことがある。

変態メイドだ。この原稿の存在がやつにバレたら大変なことになる。

何せ今回のは『いちごミルク』を超越する大傑作であるため無断公開でもされたら羞恥のあまり悶死することは必至であるからして決してやつには見つからないよう慎重に

「おはようございますコマリ様」

「わあああああっ！」

私は死ぬ思いで原稿に覆いかぶさった。

いつの間にか背後にメイド服の女の子が立っていた。自称「コマリ様の専属メイド」にして他称「変態メイド」のヴィルヘイズである。例によって澄ました顔をしているが騙されてはいけない。どうせ変態的なことを考えているに決まっているのだ。

「珍しいですね。この時間にコマリ様が起きているなんて」

「そ、そうだろう。たまには早起きも悪くないかなって思ったんだ。というわけで起こす必要はないから出て行ってくれ」

「出て行ってもいいですがコマリ様の大傑作を読ませてください」

「速攻でバレてるじゃねーか!!」

私は原稿を胸に抱いて壁際まで退避した。今度こそ読まれてたまるかよ！

「それ以上近づくな！　近づいたらお前の恥ずかしい秘密を暴露するぞ！」

「私の身体に恥ずべき部分なんて一つもありません！　すぐに全部脱ぎますのでじっくりとお確かめください」

「そういうところが恥ずかしいんだよっ！」

ヴィルはきょとんとしていた。こいつは真正の痴女なのかもしれない。

しかし彼女は不意に笑って「冗談ですよ」と言った。

「無闇に脱ぐのは下品です。最近気づきました」

「最近？　遅くない？」

「それに、よほどのことがない限りはコマリ様の力作を無理に読んでやろうとは思っておりません。あなたは私の恩人なのです――どうして恩人の嫌がることができましょう」

「む……」

そう言われて思い出されるのは一カ月前の出来事だ。

突如として舞い戻ってきたミリセントは私の日常を粉々に破壊した。

それはあまりにも悲惨で刺激的な事件だったけれども、私が「完全引きこもり」から「半分引きこもり」にグレードアップしたターニングポイントでもある。

そうだ――私はあれ以来、ミリセントに何度か面会を試みているのだ。もう一度きちんと話をしておく必要があると思ったから。

でも、まだ会えていない。政府の発表によればミリセントは帝都の牢獄につながれているらしいのだが、実際に足を運んでみても彼女の姿は影も形も見えなかった。看守に聞いてみても「お伝えできません」の一点張り。皇帝に聞いてみても「そんなことよりデートしないか?」の一点張り。あいつはどこへ行ってしまったのだろう。

……まあ、それはともかく、ヴィルは一カ月前のミリセント絡みの事件で私に恩を感じてくれているらしい。あの程度のことで感謝される謂れは少しもないというのに。

「ですから、そんなに警戒なさらずとも、コマリ様の嫌がることは致しません」

「じゃあ私を甘やかしてくれるの?」

「はい、甘やかします。今日も頑張ってお仕事をしましょう」

「台詞のつながりがおかしくない?」

「おかしくありません。今日は月曜日ですよ?　働くのが当然です」

「甘やかしてくれるんじゃなかったの?」

「ええ、ですから本日の対戦相手はもっとも御しやすい猿にしておきました。ラペリコ王国との戦争です。先方のハデス・モルキッキ中将は今回もやる気満々ですよ」

ヴィルが手紙を渡してきた。

宛名は私。差出人のところには「ラペリコ王国　四聖獣　ハデス・モルキッキ」とある。

開いてみる。

『殺ス』

「こんな手紙よこす意味ある⁉」

「威嚇行為なのでしょう。自然界では舐められたら終わりですからね」

「自然界のルールを人間界に持ち込むんじゃねえよ！」

「しかしまったく無意味な手紙です。天下無敵の七紅天であらせられるテラコマリ・ガンデスブラッド大将軍がこのような野獣の遠吠えに臆するはずもありません」

「臆するに決まってるだろ！　怖いんだよ！」

「ご安心ください。私がついてます」

「そうだとしても嫌なんだ！　もう決めた、今日こそ仮病を使ってやるぞ！　私はこれから生死の境を彷徨うような高熱を出して寝込むことにする！」

「でも、今回の戦争に勝利したら一週間の休暇が与えられるそうですよ」

「……へ？」

「今日でちょうど十連勝です。皇帝陛下はコマリ様の快進撃をたいへん喜んでいらっしゃるようで、この戦いに勝てたらご褒美として休暇をくださるそうなのです」

「…………」

休暇。一週間の休暇。

一週間あったら何ができるだろう。好きな本を読んだり、一日中昼寝をしていたり、新しい物語の執筆に取り掛かったり――

「それはそうとお着替えをしましょう。さ、脱がせますのでじっとしていてください」

私の心は揺れていた。休暇と命を天秤にかけるなんて考えるまでもなくバカなのに。

いやでも一週間だぞ一週間。こんなチャンスを逃してたまるかってんだ。

「あら、汗をかいてらっしゃいますね。お拭きしましょう――じゅるり」

いやいやでもでも戦争だぞ戦争。私は孤独と平穏を愛する希代の賢者なのだ。安息を得るために戦場へ身を投じるなんて本末転倒ではないか。下手すりゃ死ぬんだぞ。

「ああ！　やっぱりコマリ様のお肌は白くてすべすべで舐め回したいくらい美味しそうです」

いやいやいやいやでも待てよ。チンパンジーの人とは三回くらい戦ったことがあるけど、どれも私の圧勝だったじゃないか。部下たちが頑張ってくれれば、今回だって勝てるかも――

「――ん？」

ふと自分の身体を見下ろす。

なぜか軍服姿になっていた。

「あれ？　いつの間に……？」

「コマリ様が考えごとをしている間に脱がせて堪能して着せました」

「はあああああ⁉」

「さあ出勤のお時間です！　さっそく大虐殺と洒落込みましょう！」

「ちょっ、まっ、――心の準備がぁっ！　というか堪能したって何を⁉」

私はなすすべもなく引っ張られていった。

☆

白状するまでもないことだが私は弱い。

幼い頃から血が飲めなかったせいで背が伸びず、魔力も増えず、ついでに運動神経もダメダメな劣等吸血鬼になってしまった。この三重苦が原因で学生時代はイジメに遭っていたし、そのイジメが原因でこの三年間は自室に引きこもって悶々とした日々を送っていた。

一カ月前の騒動をきっかけに幾分マシになったような気はするが、私が根っからのインドア派・頭脳派であることは不変の真理なのである。

だから、こんな仕事は向いていないに決まっている。

だいたい私は平和を愛する正義の吸血鬼なのだ。

ムルナイト帝国の一人当たりの平均殺人経験人数は1.9人とされているが（これは六国の中でもダントツで高い）、私は一人も殺したことはないし、これから殺すつもりも全然ない。何回か部下を殺したような気もするけどあれは事故とか不可抗力なのでノーカウント。

だから重ねて断言しよう、私にこんな仕事は絶対に向いていないのだ。

……なのに脳筋な部下どもは愉快な勘違いをしてくれているらしい。

「――ハデス・モルキッキ中将討ち死に！　ムルナイト帝国の勝利です！」

誰かがそう叫んだ瞬間、うおおおおおおおお――と、耳をつんざくような勝鬨が響き渡った。喧しいからこんな至近距離で絶叫せんでほしい。

《核領域》。六つの魔核の影響範囲が重なり合う血生臭い戦場である。

ヴィルによって連行された私は文句を言う暇もなく部下五百人の前に立たされて物騒な演説をさせられて大本営のふかふか椅子に座らせられた。んで毎度毎度のことだが心の準備が全然できていないうちに戦いのゴングは鳴ってしまう。

なんだかんだ言いつつも私たちは勝つことができた。

例によって全軍突撃を敢行してきたラペリコ軍団に対してカオステルが空間魔法【異次元の穴】を発動、やつらを丸ごと四次元空間へと葬ってしまった。しかし流石は将軍といったところか、ハデス・モルキッキ中将だけは四次元の壁を喰い破って現世に舞い戻ってきやがり、そのまま私の部下を百人くらいブチ殺しながら全力前進、「しょうがねえなあ僕がお前を守ってやるよ」などと言って私の前に躍り出たヨハンの顔面に毛深い拳がめりこんで金髪頭が破裂すると同時にベリウスの斧がチンパンジーの首を刈り取ったのである。

死ぬかと思った。

死ぬかと思う頻度が最近おかしい気がする。

「お見事です閣下！　此度の戦も我々の完全勝利と相成りました」

心臓のドキドキを収めるべく胸をさすっていると、部下の一人が恭しく声をかけてきた。枯れ木みたいな体躯が特徴的な男、カオステル・コントである。

「これで獣人どもは心の底から思い知ったことでしょう。テラコマリ・ガンデスブラッド大将軍がどれほど可憐で強大で殺意に満ち溢れているかを！」

「ま、まったくだ！　私ほど可憐で強大で殺意に満ち溢れている吸血鬼はいないからな！　どんな相手も小指で一ひねりだ！」

「「「うおおおおおおおおおおおおぉぉぉぉ――――!!」」」

部下どもが雄叫びをあげた。いちいち騒ぐのはやめてほしい。怖いから。

カオステルが誘拐犯のような笑みを浮かべて言った。

「閣下。そろそろ獣人どもの相手も飽きてきた頃合いでしょう。より強大な相手に宣戦布告をしてはいかがですか?」

「強大な相手……?」

「これまで閣下が打ち破ってきた将軍たちは言ってしまえば中の下です。各国のエースと言われる者たちは未だ静観を貫いており、我々に対して戦争の申し込みはありません。こちら側から申し込んでみるのも一興かと思いますが」

「そ、そうかな」

「ふむ。それは名案だな」

カオステルに同意を示したのは犬頭の獣人、ベリウス・イッヌ・ケルベロである。

「閣下の実力ならば他国のエース級も容易く撃破できるだろう。狙い目は――そうだな、ゲラ＝アルカ共和国のネリア・カニンガム、天仙郷のアイラン・リンズ、天照楽土のアマツ・カルラあたりか」

「いや、私は……」

「イエーッ！」と突如絶叫したのはチャラチャラのラッパー。第七部隊でもっとも危険かつ意味不明な爆弾魔、メラコンシーである。

「コマリン閣下の止まらぬ驀進。オレを使ったら敵ども爆死？　他国のタコども。強そうだけども。中身ぺらぺら暖簾に腕押し。ベリウスぺらぺら見掛け倒し。ワンッ！」

鼻っ面をぶん殴られて吹っ飛んだ。

あの奇人は何故余計なことを言うのだろうか。

いやそんなことはどうでもいい。

外国のエースに私のほうから宣戦布告しろだって？　冗談も大概にしろ。誰が好き好んで自分の命を危険にさらすんだよ！――と言ってやりたいところだが、言ってやったら私の実力に疑いを持つ者が現れてぶっ殺されるかもしれない。ここは賢くいこうじゃないか。

「なあヴィルよ。私の愛すべき部下たちは強敵に宣戦布告するべきだと提案しているが、お前はどう思う？」

私は傍らに控えていたヴィルに問うた。

こいつは私の味方である。今回の戦争にしたって私の勝てそうな相手を選んでくれたみたいだし、そもそも今朝私のことを甘やかしてくれるって言ってたのだ。上手い具合に部下たちを説得してくれることだろう――と思っていたら、

「よろしいかと。帝都に帰還したらすぐさま宣戦布告の準備をさせていただきます」

は？

「ちなみにコマリ様はどの国と戦いたいですか？」

「えと。ヴィル？　甘やかしてくれるって……」

ヴィルはにこりと笑った。

こいつ――面白がってやがる！

「お前ふざけ……」んな、と文句を言いそうになったところで視線に気づく。部下たちに見られている。しかもめちゃくちゃ期待のこもった瞳。生存本能が警鐘を鳴らしている。

私の口が馬鹿を言いだした。

「……そ、それは……あれだな。あれだ。よ、夭仙郷、かな。夭仙郷と戦いたいな！」

「天仙郷ですか。あそこの将軍ですと《三龍星》アイラン・リンズが有名ですね。なんでも念じるだけで敵の心臓を爆発させる魔法が使えるとか」

「ほ、ほう！　相手にとって不足はないな！　私も似たような魔法が使えるしな！　心臓の一つや二つ、余裕で爆発だ！」

「おお！」「さすが閣下！」「やはり閣下は希代の吸血鬼」「歴代最強の七紅天という称号も現実味を帯びてきたぞ！」「いずれ閣下は皇帝になられるんじゃないか……⁉」

やめてくれ。本当にやめてくれ。おいこら、拍手喝采もやめろ。そんなことしたら目立つだろ。目立ったら面倒なことになるだろ。もっとすごいこと言わなくちゃいけないような気になってくるだろ。いやダメだ、冷静になれ。ここで調子に乗って変なことを言ってしまったら取り返しがつかなくなる。頭を働かせろテラコマリ・ガンデスブラッド――

「――ガンデスブラッド様！　天仙郷に宣戦布告するって本当ですか⁉」

「げっ」

いつの間にか目の前に女の子が立っていた。見覚えがある。忘れるずもなかった。こいつのせいで私は全世界をオムライスにすることになってしまったのだから。

手帳とペンを携えた蒼玉種。純白の捏造新聞記者、メルカ・ティアーノである。

彼女は突然ぐいっと顔面を近づけてきた。近い！　だから近いって！

「お久ぶりですガンデスブラッド様！」

「め、メルカ。久しぶりだな」

「わあっ！　私の名前を覚えていてくださったんですね！　光栄の極みです！」

「記憶力には自信があるからな。……で、何の用だ？」

「取材です！　今回もたくさん質問させて頂きます！　よろしいですね⁉」

視界の端でカオステルが頷いている。受けろってことか。ええいしょうがない！

「わかった。手短に頼もう」

「ありがとうございます！」新聞記者は両の瞳をキラッキラに輝かせながら、「先ほどヴィルヘイズ様とお話ししていた件は本当ですか⁉　アイラン・リンズ氏を狙う理由は⁉　やっぱり強いからですか⁉　ちなみにガンデスブラッド様がいちばん強いと思っている方はどなたですか⁉　ああいえご自分以外でお願いします！　ガンデスブラッド様が注目している人をお教えください！　他の七紅天ですか？　それとも六国の将軍でしょうか？　もしやお母様⁉」

——や、やっぱりめんどくせえええええええええ！

「いいから離れろっ！」

「きゃっ」

私は反射的に記者を突き飛ばすと、心に怒りの炎を灯して言ってやった。

「前にも語っただろう！　私が行うことは単純な覇業！　すなわち世界征服！　ゆえにどこどこの国に宣戦布告するとかしないとか考えるのは無意味なのだ！　最終的にはすべて私が

蹂躙してやるのだからな！　わかったか！　ちなみに私が強いと思うのは……よくわからんが、たぶん皇帝がいちばん強いんだろ！　はい以上！」

言い終えると同時、私は心の中で盛大な溜息を吐いた。

……またやっちゃった。

こうやって適当なことを言ってると首が絞まっていくのは百も承知なのだが、適当なことを言わなければ首を飛ばされてしまうのだから理不尽だ。ただ、この適当な強者アピールが意外と成功してしまっているのは不幸中の幸い――なのだろうか。よくわからない。

とにもかくにも胃痛の収まらない日々なのである。

ああ……仕事やめたい。引きこもりたい。

誰か、私と同じ悩みを抱えている人はいないのか？

いたら仲良くなれそうなのに……。

まるで獣のごとく吠えたり跳ねたり踊ったりしている部下どもに囲まれながら、私は深い深い溜息を吐くのだった。

※

御前会議が終わる頃にはすっかり日も暮れていた。

長時間椅子に座っていたせいで凝り固まった全身を解しながら宵闇のムルナイト宮殿を歩く。周囲に人の気配はない。この時間はいつもそうだった。

「……帝国の元老たちにも困ったものだな」

アルマン・ガンデスブラッドの呟きにはわずかな疲労の色が交じっている。無理もないことだった。やつらは実力だけでのし上がってきた今上皇帝のことが面白くないらしく、彼女の革新的な意見にいちいちケチをつけては会議を長引かせるのだ。

ちなみに本日の主な議題は「いかにしてテロリストを殲滅するか」。

テログループ〝逆さ月〟の構成員がムルナイト帝国の中枢に潜り込んで大暴れした事件は記憶に新しい。これ以上国家を蹂躙されてなるものか！　過激派の連中は声高にそう叫んで〝逆さ月〟の撃滅を強硬に主張しているが、これに対して元老をはじめとした保守派――皇帝曰く「老害」――のやつらは「テロリスト対策なんぞ他国に任せていりゃいいだろう」と日和見主義的なことをのたまっている。

そんなことでは駄目だろうとアルマンは思う。

テロリストの脅威は計り知れない。やつらは《烈核解放》という既存の魔法体系とは異なる秘技を研究・利用している。何の手も打たなければいずれムルナイト帝国に――魔核にやつらの刃が届いてしまうかもしれない。

何としてでも撃滅しなければならない。

なぜなら、この国にはコマリがいるからだ。コマリや家族が安心して暮らせる場所を作ることこそがアルマンの至上目標。それ以外はどうでもいい。

「陛下と秘密裏に打ち合わせをするか……」

アルマンと今上皇帝は学生時代からの知り合いである。昔から変な女だとは思っていたが皇帝に即位してからはいっそう奇人っぷりに磨きがかかってしまった。宰相のアルマンに何も言わず国家の重大事を執り行うことなど日常茶飯事、今日の会議中にも何やら怪しげな謀略を巡らせている素振りがあったので、事前に彼女の意思を確認しておかなければ後で目玉の飛び出るような思いをすることになるだろう——

「ん？」

人の気配がした。

闇の奥に誰かが立っている。

背丈はそれほど高くない。宵闇のせいで顔が見えない。服装は——ムルナイト帝国の軍服だろうか。哨戒の兵かと思ったがそういうわけでもなさそうだ。しかしアルマンはそれほど警戒をしなかった。武器を持っていないし、魔法を使う気配もない。

アルマンはいつもの営業スマイルを顔に張り付けて口を開いた。

「どちら様でしょう。お名前をうかがっても——」

人影がふと消えた。アルマンは不審に思って周囲を見渡す。もしや幽霊の類だろうか——

嫌な寒気を感じて冷や汗を垂らした瞬間、
腹部に鈍痛を感じた。

「ぐっ、」

口の端から血が滑り落ちる。

下を見る。

何者かがアルマンの腹に腕を突き刺している。

「お、ま、え、は――」

先ほどの軍服だった。武器も持たず、魔法も使わず、殺意の片鱗すら見せることなく、まるでそうするのが当然のことであるかのようにアルマンの腹を貫いている。

そいつの右目が赤く光った。

赤。烈核解放――

「まさか、」

それ以上考えることはできなかった。腹の底から力が抜けていき、気づいたときには膝をついている。視界が霞み、呼吸が乱れ、はやく皇帝に報せなければとぼんやり考えているうちにアルマンの心臓は止まった。

☆

殺人は煩わしい。

惨たらしく殺せば殺すほど心にまとわりつく被害者の妄執はすさまじいことになる。

だからなるべく静かに、気配を隠し、相手に悟られる前に殺してしまうのが吉だ。

そうすれば余分な記憶を誤って取り入れることもなくなるから。

――足元に転がっているのは男の死体。

アルマン・ガンデスブラッド。帝国の重鎮。さすがに気づかれずに殺すのは不可能だったため、防ぎきれなかった彼の思念がすさまじい勢いで流れ込んできた。

「……おえぇ」

噎せた。吐きそうになった。他人の精神を操作することはできても自分の精神を操作することはできないのだ。〝核を烈やす秘技〟などとは言うが、やはり万能ではない。

見るのは魔核に関する記憶だけ。それ以外は極力避けて通るとしよう。

「よし」

記憶の精査が終わった。

終わったら早めに去る必要がある。誰かに目撃されたら面倒だ、そいつも始末しなければならないから――そう思って踵を返したとき、ふと自らの軍服が返り血でぐしょぐしょになっていることに気づく。

このねっとりとした赤色を見るたびに悪夢のような記憶が蘇る。

血。腐臭。毎日ごはんを食べていた部屋はおぞましい赤に染まっている。家族はそれぞれ思い思いの場所でこと切れていて、首がなかったり、手足がちょん切れていたり、内臓をカーペットの上にぶちまけていたり、みんな違って個性豊かだった。

「…………」

再び催した吐き気を必死で堪える。

自分のトラウマを消すことはできない。

なんて不完全な力なのだろう。

不意に魔力反応を感じた。渡された通信用魔鉱石に連絡が入ったのだ。こちらも魔力を流してやると、鉱石から渋い男の声が聞こえてくる。

『成果は？』

少し間を開けてから返答する。

「皆無。アルマン・ガンデスブラッドは何も知りません」

『帝国宰相でも知らないのか。用心深いな』

「どうしますか。やめますか」

『構わん。予定通りに進めたまえ』

威圧的な声だった。怯えの気持ちをぐっと呑み込んで淡々と返答してやる。

「了解。これより七紅天を鏖にします」

1 サクナ・メモワールと七紅天たち

Hikikomari the Vampire Countess no Monmon

「皇帝陛下も鼻が高いでしょうねえ！　ご自分が推薦した七紅天がここまでの功績をあげたのですから。次期皇帝の座は閣下で決まりですね」

傍らを歩くカオステルが誇らしげにそう言った。

チンパンジー戦の翌日。ムルナイト宮殿、謁見の間へと続く廊下。眩しいくらいピカピカに磨かれた床を踏みしめながら、私はうんざりした気分で「そうだな」と相槌を打つ。

すると横に付き従っていたヴィルがちらりと私の顔を見て、

「どうしたのですかコマリ様。元気がありませんけれど」

「当たり前――いや、な、何を言ってるんだ！　私はいつでも覇気に満ち溢れているぞ！」

私は慌てて訂正した。ここで本音を出すのは少しまずいかもしれない。誰が聞いているかわからないし、だいたいカオステルがそばにいるのだから。

で、なぜ私が宮殿なんぞに来ているかといえば、皇帝に呼ばれたからである。

ラペリコ王国に勝利した私は見事一週間の休暇を獲得した。というわけでさっそく夜までぐーたらするべく寝床に潜り込んでいたわけだが、その寝床に何の前触れもなく変態メイドが侵入してきてこう言ったのだ――「皇帝陛下がお呼びです。来ないなら陛下のほうからお越しになってコマリ様にちゅーするそうです。ですから行きましょう。はやく！」

ヴィルが妙に焦っていたのが印象的だったがまあそれは措いといて、そんな脅迫をされてしまったら行く以外の選択肢はない。ゆえに今日はちょっと機嫌が悪いのである。せっかく気持ちよく寝ていたのに。これで休日振り替えにならなかったら泣き喚くぞ。

「……ふん、皇帝のやつにも困ったものだ。いきなり呼びつけるなんて礼儀知らずにもほどがあるな。私の爪の垢を煎じて飲ませてやりたいくらいだ」

「おおっ！　あの〝雷帝〟に対しても歯に衣着せぬ物言い……！　さすがです閣下」

「そ、そうだろう。……で、カオステル。お前はどうしてここにいるんだ？」

「偶然お姿をお見掛けしましたので、ご挨拶をと」

「そうか。おはよう」

「ええ、おはようございます。それと一つお渡ししたいものがございまして」

カオステルは持っていた手提げ袋の中に手を突っ込んだ。卑猥なものでも見せるのかと思って身構えてしまったが、どうやら違うらしい。

彼が取り出したものは……折り畳まれた服？

「以前、閣下のグッズを作るという話がありました。ひとまず第一弾として『閣下Tシャツ』を作ってみたのですが、まだご本人に献品していなかったので」

「は？」

シャツを手渡された。

広げてみる。

私の顔（半笑い）がでかでかとプリントされていた。

「……は？」

「素晴らしいでしょう？　これが飛ぶように売れていましてねぇ、他のバージョンも作ろうかと試行錯誤（しこうさくご）しているところなんですよ。恥じらいの表情とか拗（す）ねた表情とか」

「はああああああああああああああああああああ⁉　ちょっ、お前、はああ⁉　なんだよこれ⁉　こんなの勝手に作ってたの⁉　しかも勝手に売ってたの⁉　恥ずかしいってレベルじゃねえよ！　こんな変なの着るやついないよっ！」

「閣下も是非着てみてください」

「私が着たらおかしいだろ！　同じ顔が二つあるよ！」

「可憐（かれん）さが二倍になります」

「アホか！　たとえ川に落っこちてびしょびしょになってこれ以外に着るものがなかったとしても絶対着んわ！　おいヴィル、なんとか言ってやれ！」

「私も百着買いました」

「給料の無駄遣いはやめろ‼」

「ヨハンも毎日軍服の下に着ているようですが」

「あいつ何なの⁉」

私は頭を抱えた。世の中にはとんだもの好きがいたものである。こんな意味のわからん服を着て何が楽しいんだ？　私を嘲笑(あざわら)っているのか？　くそ、むかつくなヨハンのやつめ！　というかこれを無断で作成したカオステルがいちばんムカつくぞ！

「……おい。これはダメだ」

「ダメ……とは？」

「は、恥ずかしいんだ。全部回収してくれ」

「何を仰(おっしゃ)いますか閣下！」カオステルはベテランの詐欺師(さぎし)みたいな感じで絶叫した。「こればかりはいくら閣下のご命令とあれど聞き入れることはできかねます。こんなにも素晴らしいグッズなのですよ？　売れ行きも好調、コマリ隊の知名度を上げるのにもってこいの一品です。それでも閣下がやめろと仰るのなら――不肖(ふしょう)カオステル・コント、閣下に決闘を申し込んででも己(おの)が意見を貫かせていただきます」

「…………………………………………………、」

こいつらって、意外と私の命令聞いてくれないよな。

ああそっか。だって泣く子も黙るアウトロー集団だもんな――くそめ！

「………そうか。そうかそうか。まあ決闘になったら私が一秒でお前を扼殺(やくさつ)することになるのはミジンコでもわかるような自然の摂理だが、お前がそこまで言うのなら仕方ない」

「ありがたき幸せ！」

「でもさ。なんかするときは、私にちゃんと確認取ってくれよ」

「承知いたしました。次のグッズはご期待に応(こた)えられるよう鋭意努力いたします」

何も期待してねえよ。

「でしたらコント中尉、とっておきの写真があるので是非……」

「お前は黙ってろ！」

どいつもこいつもふざけやがって。しかもこいつらは――ヴィルはともかくカオステルを始めとした荒くれ連中は、本当に小指一本で私を殺害する力を備えているため下手に叱(しか)りつけることもできない。なんて理不尽。誰か私に優しくしてくれる人はいないのか。

私はTシャツをヴィルに押し付けると、悶々(もんもん)とした思いを抱きながら再び歩き始めた。

あー帰りたい。あー引きこもりたい。

そんなことを考えながらしばらく進むと、ふと前方から軍服を着た集団が歩いてくるのが見える。先頭を歩いているのは威風堂々とした女の人。それに連なるのは「これから人を殺してきます」などと言い出してもおかしくないほど怖い顔の男の人たちである。

私は反射的に廊下の端に寄った。ああいう連中はちょっと肩がぶつかった程度でも因縁(いんねん)をつけてくるに決まっているのだ。

「閣下、なぜ道をお譲りになるのですか。相手のほうこそ端に寄るべきなのは自明の理。やつらに閣下の偉大さを思い知らせてやりましょう」

黙ってろ。本当に黙ってろ。こっちから因縁つけてどうするんだ。

私はカオステルを無視して歩を進める。ちらりと前方の集団を――特にそのリーダーっぽい女の人を見る。木耳(きくらげ)みたいにつややかな髪と、凛々(りり)しい瞳(ひとみ)。年は二十歳くらいだろうか。勇壮さと華々しさが混在した歩き方はどう見ても貴族という感じであるが――ん？　そういえばこの人、新聞か何かで見たことがあるぞ。

「――あら。これはこれは！　テラコマリ・ガンデスブラッド大将軍ではありませんか。あなたも陛下に謁見を？」

軽い会釈(えしゃく)をしてすれ違おうとした瞬間、女の人が話しかけてきた。

まずい。なぜか私の名前を知っている。どこかで会ったことあったっけ？

「そ、そうだな。そんなところだ」

「ふふふ。昨日のラペリコ戦の戦勝報告といったところでしょうか？　聞けばこれで十連勝だとか。第七部隊の躍進は止まりませんわね」

「そうだろう！　このまま世界を狙(ねら)ってやるつもりだ！」

いや何を言ってるんだ私。不用意に物騒なことを口走るもんじゃないぞ――とさっそく己(おのれ)の発言を後悔していたところ、女性がにわかに「ぷっ」と噴き出した。

「……何がおかしい？」

「失礼。ガンデスブラッドさんは冗談がお上手なのですね」

「はあ？」

「だって。たかが猿山のチンパンジーを倒したくらいで〝世界を狙う〟だなんて、これが冗談でなくて何だと言うんです？」

彼女の取り巻きどもが失笑を漏らした。

私は察した――この人はたぶん、私の大活躍（嘘まみれ）を快く思っていないタイプの人なのだ。そして彼女の嫌みは正しい。全力で全肯定したいくらいに正しい。ゆえに私が気分を害することはなかったが、私にも建前がある以上、ある程度の反論をしなくてはならない。

「夢を語ることの何が悪いのかね？　人は大きな目標があるから頑張れるのだ」

「それにしたって大きすぎじゃありません？　あなたに叶えられるのかしら？――だってあなた、本当は弱いんでしょう？」

「え？」

背筋に冷や汗が流れた。

おいちょっと待て。こいつはどこまで知っている……？

「狙う敵は雑魚ばかり。しかも戦争の最中は安全なところに座って適当な指示を出しているだけ。あなた本人が実際に戦ったことってありましたっけ？」

「そ、そんなにないな」

「『そんなに』ではなく『まったく』の間違いでは？」

フフッと彼女は小馬鹿にしたように笑った。しかし私は安心していた。この人は私の事情を知っているわけじゃなくて、単に敵対心から「お前弱いだろ、やーい」みたいな感じで挑発しているにすぎないのだ。……それにしても初対面の相手にここまで不遜な態度が取れるってすごいな。やっぱり貴族ってやつはロクなもんじゃねえ。

「ああそういえば、一カ月前にテロリストを捕まえたっていう話がありましたわね。でもそれって証拠があるのかしら？　部下たちにやらせて手柄だけを独り占めしたんじゃなくって？」

私の両隣から「ブチッ」と嫌な音がした。——おいやめろよ、絶対にケンカ売るんじゃねえぞ、売ったら百パーセント面倒なことになるからな。

ここは賢く穏便に済まそうではないか。そうだな、こういうときは相手を褒めればいいって本で読んだことがある。「まったくですね！　あなたのご活躍に比べたら私なんて大したことないですよ！」とか言っておけば向こうも毒気を抜かれるだろう。——っと、その前に。

「ねえヴィル、この人の名前ってなんだっけ？　どこかで見たことあるような気がするんだけど、思い出せなくて……」

「さあ？　本人にご質問なさってはいかがでしょうか」

「そうだな。それがいちばん確実だ」

私は彼女のほうに向き直って口を開いた。

「いまさらで申し訳ないんだが、お前は誰だ？」

あ。もうちょっと柔らかく言ったほうが良かったかな、と思ったが完全に手遅れだった。

反応は三者三様だった。

ヴィルがくすりと笑った。カオステルが誇らしげに自分の顎を撫でた。そして――目の前の女性は顔面を真っ赤にして震える声をしぼり出した。

「『誰』……？　この私に向かって、『誰』、ですって……？」

「すまん。どなたですか？」

「言い方の問題ではありませんわッ！」だんっ！　と激しく地団駄を踏み、「失礼な……なんと失礼な……！　この私が英邁なる七紅天、〝黒き閃光〟フレーテ・マスカレールと知っての狼藉ですの⁉」

「知らないから聞いたんだが……って七紅天？　七紅天だったの⁉」

「こ、の、小娘はぁ……！」

「さすがですコマリ様！　帝国でもっとも有名な七紅天フレーテ・マスカレール帝都出身二十歳六月七日生まれ趣味は札束を数えること得意技は暗黒魔法ついた異名は〝黒き閃光〟にも恐れを知らず積極的に喧嘩を売っていくスタイル！　嫌いではありません！」

「お前知ってたんなら教えろよ⁉」

なんでさっき嘘ついたの⁉　お前のせいで面倒なことになっちまったじゃねーか！　フレーテとかいう人の顔色が熟したトマトみたいになってきたぞ！

「ふふ、ふふふふ……私も舐められたものですわ……こんな小娘に虚仮にされるとは」

「べ、別にそんなつもりはなくて――」

「その通りですよマスカレール殿。閣下にそのような意図はありません。あなたのような虫ケラなど眼中にないのですから！」

火に油を注ぐんじゃねえええええええっ！

言っておくけど私にはこの人と敵対するつもりなんか微塵もないんだからな！　七紅天ってことは軍のバーサーカーどもを束ねるスーパーバーサーカーなんだぞ？　仲良くしておかないと後で殺されるかもしれないじゃないか！

「おいヴィル、どうしたらいいんだ？　このままだと関係が最悪になってしまうぞ！」

「ここは私に任せてください」

「一応聞くが何をするんだ」

「無礼を働いたのならば誠意をもって対応するのが筋というもの。ここは一つ、真心を込めた贈り物でもなさるのがよろしいかと」

「そ、そうなのか？　よくわからんが、頼んだぞ」

「承知いたしました」

ヴィルは真面目な顔をしてフレーテの前に出た。

「マスカレール様。大変失礼いたしました。テラコマリ様は七紅天に就任してから日も浅くいらっしゃいます。世間知らずなところはおいおい改善されていくかと思いますので、此度の件は何卒ご寛恕いただければと思います」

「へ？　はあ……」

「こちらお詫びの品でございます。帝都名物『血みどろまんじゅう』。以前雑誌のインタビューでマスカレール様がお好きだと仰っていましたので」

そう言ってヴィルは（どこから取り出したのかわからんが）菓子折りをフレーテに差し出した。私は感心してしまった。てっきり滅茶苦茶なことを言って場を引っ掻き回すのかと思っていたのに、この対応はどうだろう。やはり変態メイドはただの変態ではなかったのだ。

フレーテは毒気を抜かれたように瞬きをして贈り物を受け取る。

「あ、あらそう。メイドのほうはしっかりしているのね」

「お褒めにあずかり光栄です。——ただ、マスカレール様におかれましても誤解があることを指摘させていただきます」

……ん？

「コマリ様は最強です。そして世界一可憐なのです。先ほどコマリ様に対してチンパンジーのごとき低レベルなご挑発をぶちかましあそばされたことから察するに、マスカレール様はその辺りの事実がご理解できていらっしゃらないのかと」

やめろ。もういい、黙れ、黙ってくれ……！

「これは由々しき事態です。コマリ様の魅力が正確に伝わっていないことは世界にとっての損失と言っても過言ではありません。ですからコマリ様の素晴らしさを知っていただくためにこれも差し上げます。どうぞお納めください」

ヴィルは持っていたシャツをフレーテに手渡した。

……ってバカたれぇ！　そんなもんプレゼントしてどうするんだよっ！

「なんですの、これ」

Tシャツが広げられた。

私の顔（半笑い）が現れた。

フレーテの額に青筋が浮かんだ。

「……よッくわかりましたわガンデスブラッドさん……あなたとは仲良くなれそうにはありませんわね」

「そ、そんなことはない。貴重な同僚だ、これから親睦を深めていけば……」

「あなたが不愉快な態度をとっている間は無理ですわね。――まったく、カレン様のお気に入りだからっていい気になってると痛い目を見ますわよ！」

「……カレン様？　それこそ誰だよ」

「とぼけないでくださいませ！　あなたが皇帝陛下と親密な関係だということは今朝の新聞にも書いてありましたわ！」

皇帝？　あの人ってそんな可愛い名前だったの？――みたいな感じでびっくりしていると、フレーテが空間魔法か何かで新聞を取り出して、それを私の前に広げてみせた。

なんかものすごい嫌な予感がする。強烈なデジャヴ。

『コマリン閣下　熱愛発覚⁉

ムルナイト帝国七紅天テラコマリ・ガンデスブラッド大将軍（15）は4日、ムルナイト帝国皇帝カレン・エルヴェシアス陛下（38）に熱烈なラヴ・コールを送った。大将軍は「私がいちばん強いと思うのは皇帝陛下だ」と秘めたる慕情を悩ましげに吐露。これは〝強さ〟がモテ基準となるムルナイト帝国においては愛の告白も同義である。対するエルヴェシアス陛下は「コマリが望むのなら朕も吝かではないよ」と満更でもないご様子。二人はプライベートで「コマリ」「皇帝」と愛称で呼び合う仲だという。23歳の年の差カップルの誕生は近いか。』

……なぁにこれぇ。

「ああ嘆かわしい！　カレン様もどうかしてらっしゃいますわ。あなたみたいな家柄だけが取り柄の吸血鬼をご寵愛なさるだなんて！　私には全然振り向いてくださらないのに！」

「知ったことか！　つーかこんなの嘘八百に決まってるだろ、六国新聞だぞ六国新聞！　紙面の八割が捏造と妄想と誇張表現で構成されてるって有名なんだぞ⁉」私の中でな！

「たとえ記事が捏造だったとしても、あなたがカレン様に気に入られていることだけは確かですわ！――ああカレン様、どうしてこんなぽっと出の小娘なんかに……！　サクナ・メモワールの件といい、お戯れが過ぎます！」

　フレーテは悔しそうに歯軋りをして私を睨みつけてきた。はなはだ迷惑な話である。こんなわけのわからん三角関係に巻き込まれるなんて冗談じゃない。

「とにかく！　私はあなたのことを認めませんわ。それが嫌なら――そうですね、ここは実力至上主義のムルナイト帝国。あなた自身が七紅天に相応しい武力をお示しなさい！」

「い、いずれ示してやるさ。だが今日じゃない」

「ふん。そうやって物事を先延ばしにしていると人生損をしますわよ！」

　グサッと心に刺さった。特に心当たりはないんだけど。

　フレーテの取り巻きが彼女の耳元で「そろそろお時間です」と囁いた。英邁なる七紅天はこくりと頷くと、私のほうを一瞥してから歩き出す。

「ごきげんようガンデスブラッドさん。次に会うときは、是非ともあなたの実力を拝見したいものですね！」

フレーテの軍団が廊下の向こうに消えるのを見届けると、カオステルも「これから仕事がありますので」と言って去っていった。その仕事とやらの内容を問い詰めてやりたいところである。面倒だがグッズの件は私がしっかり監督しておく必要があるな――いや今はそんなことはどうでもいい、いかにしてフレーテと仲直りするかを考えるのが先決であり――いやいや違うぞ、まずは変態皇帝に会いに行かなくちゃで――いやちょっと待て、そういえば郵便局に持っていくつもりだった原稿を忘れたぞ！　ああもうやることが多すぎるんだよっ！

と、そんなふうに色々と考え事をしているうちに謁見の間に到着。到着するなり玉座にふんぞり返って棒アイスを食っていた金髪巨乳美少女が「おおっ！」と怪鳥のような大声をあげて近寄ってきた。

「よく来たなコマリ！　外は暑かっただろう？　そろそろ出不精なコマリには辛い季節だろうな。さあこのアイスでも食べて涼みたまえ」

「むぐっ」

口に食いかけのアイスを突っ込まれた。冷たい。甘い。みかん味だ。おいしい――……じゃなくって、いきなり口にものを突っ込んでくるのはやめろ！　危ないだろうが。

私は皇帝からアイスを受け取ると、なるたけ非難の表情を作って彼女を睨んでやった。

☆

「皇帝。さっさと用件を言え」

「わっはっは！　きみはせっかちだな。ところで強制間接キスのお味はどうだ？」

「キモいこと言うな！　みかん味に決まってるだろ！」

アイスを皇帝に突き返してやった。

毎度毎度ぶっ飛んだセクハラを躊躇なく実行できるのはある種の才能だと思う。まったく羨ましくないけど。——そういえば、この人には言いたいことがあったんだ。

「それよりも！　あの新聞はどういうことだよ！」

「あの新聞？　……ああ、熱愛発覚の記事のことかね」

皇帝は棒アイスを口に含みながら言った。

「あれはまったくもってけしからん新聞だな。人の惚れた腫れたをセンセーショナルに報道するのは外道の所業だよ」

「皇帝のコメントが載ってたんだけど？」

「あれは『ガンデスブラッド大将軍に宣戦布告されたらどうするか？』という質問に対する答えだったのだ。やつらのやり口はきみもよく知っているだろう？　六国新聞は完全中立を謳うかわりにどの勢力にも喧嘩を売るクズどもだ。たまーにマトモな記事を書くから取材は受けてやるのだが……まったく腹立たしいことさ」

意外である。この皇帝にも良識というものはあったのだ。あのデタラメ記事を既成事実にして迫ってくるかと思っていたのに……ちょっと見直したぞ。

「まあ普段なら回収号令と謝罪文掲載命令を出すところなのだが今回は忙しいので保留にしておこう」

「は……?」

「ところでコマリよ、本題に移ろうと思うのだが」

「待って。回収してくれないの？　それだとみんなに誤解されたままなんだけど……」

「だから忙しいのだよ。なぜなら昨晩きみの父君が何者かによってブチ殺されたからだ」

「忙しいとかそういう問題じゃないってはあああああああ!?」

「死体はそこに転がっている」

「なんで!?」

目玉が飛び出るかと思った。壁際にぞんざいな感じで放置されていたのは私の父親だったのである。まさか寝ているわけじゃないだろうし本当に死んでいるのだろう――私は泡を食って父のもとへと駆け寄った。変わり果てた姿だった。

「お父さん、お父さん！　起きてよお父さん！」

「案ずるなかれ。魔核の力で今日中には復活するだろうさ」

皇帝はそう言うが私の心は休まらなかった。だって家族が死んでるんだぞ。蘇るからといって「よかったぁ」なんて安心できるわけもないだろうが。というかなんでこんなところに

放置されてるんだ⁉

「腹部をやられていますね」

隣に腰を下ろしたヴィルが父の死体を眺めて言った。見れば、確かにお腹の部分の服が破けて肌がむき出しになっていた。

「傷が治りかけなので正確な判断はできませんが、おそらくは武器も魔法も使用されていません。素手で腹を突き破られています。下手人は尋常ではない力持ちのようですよ」

「力持ちって騒ぎじゃねえぞ……」

私は戦慄した。そういえば、昨晩は父が帰ってこなかったのだ。妹のロロッコなんぞは「外に女を作ったのかもね！　あはははは！」などとふざけたことを抜かしていたがそんなことはあり得ない。もっと悪いことが起きているのではないかと妙な胸騒ぎを覚えたものだ。

それにしたって、まさか殺されていただなんて。

「陛下。ガンデスブラッド卿の身に何が起きたのですか」

「見ての通り殺されたのだよ。昨日の御前会議の帰りに襲われたようだ。しかもアルマンだけじゃない――ここ一週間ほどで政府高官および元老、七紅天が合わせて五人殺されている。これはもはやテロだな。犯人はテロリストだ」

私は絶句した。そんなことが本当にあり得るのか。

「犯人の目星は」

皇帝は困ったように己の頰を撫で、

「情けないことだが見当もつかん。なぜなら殺されたやつは一人として自分が殺されたことを認識していなかったからだ。当然犯人の顔も覚えていない」

「記憶操作の魔法、ということでしょうか」

「その可能性はある。しかし精神干渉系の魔法は大魔法も大魔法、宮殿内で発動したならば朕が気づかないはずもない。上級魔法【漆羽衣】で魔力を隠蔽したという可能性も考えられなくはないが――朕が思うに、これは魔法ではなく烈核解放だな」

「烈核解放……それは難儀ですね」

そこでヴィルが何かを思い出したように瞬いた。

「お待ちください陛下。そもそも宮殿の周りには部外者立ち入りを禁ずる結界が張られていたはずです。ミリセントのときのように【転移】の門が構築されていたのでしょうか」

「門はなかったな。結界に穴が穿たれたという情報もない。ここから導き出される答えはただ一つ――帝国中枢にテロリストが潜んでいるということだ」

「はあ」

「元老どもは面白いくらいに縮み上がっていてな、今朝方さっそく『下手人を捕縛しろ！』と厳命されてしまったよ。だがそのくせこちらが意見を出せば必ず難癖をつけてくるのだ。この国がしばらく退潮気味だった理由がわかった気がするね」

「それはともかく対策を練らなければ面倒なことになります」

「練ってあるさ。だからコマリを呼んだ。――コマリ、心配なのはわかるが死体を見つめていても回復が速まるわけではないぞ」

「わ、わかってるよ！　……でも、なんでこんなところに寝かせてるの？　ちゃんとした病院とかに運んであげてよ」

「コマリに会わせるためにわざわざ病院から運んできたんだが」

「んな余計なことしなくていいよ！　かわいそうだよ！」

「死者に鞭打（むちう）つのは道徳上憚（はばか）られると？　しかしそいつは昔、流れ弾に当たって死んだ朕の肉体を肥溜（こえだ）めに放り捨てた前科があるのだ。この程度の仕打ちを受けても文句は言えん」

　何やってんのお父さん⁉

「それに、実際に死体を目撃して事の重大性が理解できただろう？　現在、我が国は不埒（ふらち）なテロリストによって蹂躙（じゅうりん）されつつあるのだ。そしてこのような事件を解決するのは昔から七紅天の役目と決まっている」

　死ぬほど嫌な予感がした。ゆえに私は先手を打った。

「フレーテに頼めばいいよ。あの人強そうだし」

「あいつはここ数日戦争の予定が入ってるんだ」

「じゃあ自分でやれば？」

「忙しいと言っているだろうに」

「私も忙しいから帰ろうかな」

「コマリよ」

「なに」

「きみにテロリスト退治を頼」

「ヤダ――――――――――――ッ！」口から絶叫が溢れた。「ヤダヤダヤダ！　イヤに決まってるだろ！　私はこれから部屋に引きこもって深淵なる思索に耽りまくる予定があるんだよ！　だいたい戦争に勝ったら一週間の休暇をくれるって言ったのは皇帝じゃないか、嘘つきは泥棒の始まりだぞ！」

「朕はそんなこと言った覚えはないが」

「あれはコマリ様を部屋から引きずり出すための嘘でした。てへ」

「泥棒はお前かあああああああああああああ!?」

何が「てへ」だよ！　全然かわいくねえよ！　私がどれほど休日を楽しみにしていたと思っているんだよ……休みがもらえるっていうから必死こいて部下たちを戦わせたのに……それをお前は……そんな澄ました顔で……私の気持ちを踏みにじりやがって……！

「ふうう、ううううううっ…………！」

あまりにもショックすぎて涙が出てきた。膝から崩れ落ちて真っ赤な絨毯にしゃがみこんでしまう。しかし私は必死で激情をこらえる。全身に力を入れてぷるぷると震えながら歯を食いしばる。そうしてヴィルを睨みつけてやる。

「……おいヴィルヘイズ。あまりコマリをいじめてやるな」

「ですが、嘘でもつかないとコマリ様は一歩も外に出ないので——コマリ様、どうか落ち着いてください」

「うるさいうるさい！　お前が謝るまで絶対に許さないからなぁっ！」

「ごめんなさい」

「………………」

そんな簡単に謝るなよ。しかも深々と頭を下げて本当に申し訳なさそうな顔するなよ。許さなくちゃいけないじゃん。

「今後はなるべく言葉ではなく腕力でコマリ様を連れ出しますのでお許しください」

「どっちもどっちだよっ！」

怒りを通り越して呆れてしまった。まあこいつも心の底から反省しているようだしこれ以上ぐだぐだ言うのはやめよう。最初から休みなんてなかったんだ——そんな感じで涙を拭いながらこの世の無情を嘆いていたところ、

「いや。休暇はやろう」

などと皇帝が言い出した。

「朕の頼みを聞いてくれたら休暇をやると言っているのだ。このままでは少々可哀想だからな――テロリストを捕まえることができたら本当に一週間の休暇をくれてやる」

「ど、どういうこと？」

結局そうなるのかよ。

「……でも、テロリストとか言われても困るよ。私は全然強くないんだぞ？」

「個人の強さなど関係ないさ。きみにはヴィルヘイズを始めとした優秀な部下たちがいるではないか。――それに、今回はきみ一人で任務にあたるわけではない」

え？――と声を漏らしそうになったとき、ふと背後から物音が聞こえた。

振り返る。謁見の間の入り口、目に毒なほど金ピカな大柱、その陰からこちらの様子をうかがう何者かの気配が一つ。

「サクナ・メモワール！　恥ずかしがることはないぞ！」

皇帝が雷鳴のように叫んだ。

その大声にびくりと肩を震わせたそいつは、しばらくもじもじと戸惑う素振りを見せていたが、やがて意を決したのだろう、そろりそろりと柱の陰から姿を現した。

それは、白い女の子だった。

蒼玉種とのハーフなのかもしれない。肩の辺りで切り揃えられた髪は雪のような銀色をしている。おどおどした態度からは頼りない印象が深く、そしてそれゆえに背中に背負っているゴシックなマジックステッキがこれでもかと存在感を主張している。

彼女が私の前に立った。

白い。本当に白い。まるで作り物みたいなかんばせだったけれど、その柔らかそうなほっぺたに朱が差しているのを見るに生きている。当たり前だけど。

ふと目が合った。青い瞳がためらいがちにこちらを見つめてくる。

それにしてもなんというか、この子、本当に――

「きれい……」

と言ったのは私ではない。白い子である。まるで心の内を代弁されたような気分であるが彼女の「きれい」発言は紛れもなく私に向けられたものだった。

「あ、ご、ごめんなさい……つい」

「いや、べつに謝る必要はないけど……だって私は一億年に一度の美少女だし……」

彼女は顔を赤くして俯いてしまった。なんだこの空気。

皇帝が「うおっほん！」と咳払いをした。

「此度のテロリストは武官の頂点たる七紅天すら殺害している。そんな相手にコマリ一人で立ち向かわせるほど朕は鬼ではない。ゆえに二人で協力して任務を行ってもらう」

協力？　この子と……？

怪訝に思って彼女を見やる。目を逸らされてしまった。自分以上に恥ずかしがり屋な人間に

は初めて出会った気がする。

「……皇帝。私の言えたことじゃないけどさ、いくらなんでもこの子は」

「心配には及ばんさ。実力もそうだが、何よりその子は意志に燃えている。必ずテロリストに復讐をしてやるという強い意志にね」

「復讐……？」

「そうだ復讐だ。――さあサクナ、コマリに自己紹介をしたまえ」

頭の中がハテナマークでいっぱいになってしまった。そんな私を置き去りにするような調子で白銀の吸血鬼はおずおずと頭を下げる。

「サクナ・メモワール。七紅天です。……七紅天なのに、私だけテロリストにやられちゃったから……汚名返上しなくちゃいけないんです」

七紅天んんん⁉――と声をあげそうになってしまった。なぜなら彼女の立ち居振る舞いは〝帝国最強の七人〟という感じでは全然なかったからだ。いやブーメランだなこれは。

私はじーっとサクナの顔を見つめる。こういう子でも七紅天になれるんだなあ――というか顔が真っ赤だぞ。大丈夫かきみ。

「あ、あのっ、」

「ん？」

「私、あんまりしゃべるのが、得意じゃないので……手紙を書いてきました」

軍服のポケットから取り出した封筒を渡される。こないだのヴィルといい今朝のチンパンジーといい、最近は手紙で自分の気持ちを伝えるのが流行っているのだろうか。

「は、恥ずかしいので、後で読んでください。私はこれで失礼します……！」

「え、おい……サクナさん？」

制止を呼びかける暇もなかった。彼女は天敵に遭遇したウサギのような身のこなしで逃げ去ってしまった。置き去りにされた私はおそるおそる渡された封筒に目を落とす。

星型のシールで封をされた手紙。ハート型ではないだけまだマシだが、先ほどのサクナの態度も相俟ってラブレターか何かに思えてならない。途中から見ていた人がいたら十中八九勘違いしてしまうだろう。

なんというか……波乱の予感がするぞ、これは。

☆

テラコマリ・ガンデスブラッド様へ

突然こんなお手紙を渡してしまってごめんなさい。でも口だと上手く伝えられる自信がなかったので、こうして文章にするしかなかったのです。

私の名前はサクナ・メモワールといいます。気軽に〝サクナ〟と呼んでくれるとうれしいです。私は一週間くらい前に新しい七紅天になりました。こんなことを言うと怒られるかもしれませんが、私はそんなに強くありません。七紅天なんて分不相応なんです。たまたま事故で前の七紅天さんを殺してしまって、これが下剋上みたいなことになってしまって、そのまま地位を引き継いでしまいました……。

でも、やめたくてもやめられません。テラコマリさんならよくご存じだと思いますが、七紅天になるときに交わした契約によると、勝手にやめようとすると爆発して死んでしまうようになっているそうなんです。帝国軍人にあるまじきことかもしれませんが、私は痛いのはいやです。死にたくないです。ですから頑張るしかありません。最強の将軍として……とても自分に務まるとは思えませんが、必死で頑張るしかないのです。

でも、私はちょっと前にテロリストに殺されてしまいました。死んだときのことなんて覚えていません。犯人の顔も見ていません。ですがとても怖かったのを覚えています。死ぬのはとても怖いのです。二度とあんな思いはしたくありません……。

そして、私には爆死の運命が近づいています。栄えある七紅天がテロリストに殺されてしまうだなんて、帝国の名誉に傷をつけたようなものです。汚名返上しなくてはいけません。そうしないと契約によって私は爆発してしまい、罷免されます。罷免されるのは大歓迎なんですが(こんなことを言うのも不謹慎かもしれません)、死ぬのだけは絶対にいやです。だからテロリストを捕まえなくちゃいけないんです。

私の事情はこれで全部です。テラコマリさんみたいな強くてすごい方に言うようなことではないかもしれません。でも、なぜか、テラコマリさんには伝えなくちゃいけないような気がして……それに、一緒にお仕事をする人に、隠し事をするのはいけないことだと思ったのです。だからこんな弱音を吐かせていただきました。

不束者ですが、どうかよろしくお願いします。一緒にテロリストを捕まえましょう（とはいっても私にできることなんてほとんどないと思いますが……）。精いっぱい頑張ります。

最後に余白があるので自己紹介をします。

名前はサクナ・メモワール。帝都の生まれ。母方祖母が白極連邦出身で、クォーターです。戦うのは得意ではありませんが、戦うときは魔法を使います。いわゆるメイジです（大きな杖を持ってます）。趣味は読書、好きな本は『アンドロノス戦記』。好きな食べ物はオムライス、好きな動物はカピバラ、好きな季節は夏、好きな星座はいるか座。小さい頃は家族で天体観測に行くのが好きでした。よろしくお願いします。

サクナ・メモワール

※

「なんだ、これは……！」

皇帝との謁見から一時間。相変わらず私を休ませてくれない変態メイドに連行された先はまさかの訓練場、てっきり殺し合いをさせられるのかと身構えてしまったが彼女曰く「これから部下の訓練を監督していただきます」とのこと。

まあ自分が戦うわけじゃないならいいか――そんなふうに楽観的に考えながら木陰のベンチに座ってスイカジュースを飲んでいたところ（目の前では部下どもが奇声をあげながら殺し合っている）、ふとサクナからもらった手紙の存在を思い出したので読んでみたのだ。

そうして私は驚愕した。

彼女の境遇は、ほとんど私と同じだったのだ。

「……なあヴィル。サクナって有名なのか？」

「十二分に有名かと。なにせ彼女は久方ぶりに真っ当な下剋上で七紅天に任命された吸血鬼ですからね。聞いた話によれば前の七紅天を公衆の面前で爆殺したとか」

「嘘だろ。手紙には間違って殺しちゃった、みたいなことが書いてあるぞ」

「下剋上が故意なのか事故なのかは関係ありません――しかし一介の兵卒が帝国最強の七紅天を討ち倒すというのはロマンのある話です。民衆が惹かれるのも無理はないでしょう」

「ふーむ。なるほどなあ……それにあの容姿だもんなあ。人気が出るのも頷けるよ」

「……コマリ様はああいう娘が好みなのですか？」

「好み？　うん、まあ好きかな」

「⁉⁉⁉⁉⁉⁉⁉⁉⁉」

野蛮な連中よりかはよっぽど好感が持てるしな。

……ん？　おいヴィル、どうしたんだ？　まるで大事にとっておいたショートケーキのイチゴを突然横から掻っ攫われたみたいな表情になってるけど。お腹でも痛いの？

まあいいか。こいつが唐突に顔芸を披露するのは今に始まったことではない。

とにもかくにもサクナとは良好な関係を築きたいものである。七紅天をイヤイヤやっているのなんて私だけかと思っていたが、まさかこんなにも身近に同じ悩みを抱えた人間がいたなんて。それにこの手紙を読んだ限りだと趣味も合いそうだ。……ふふふ。なんか久しぶりにテンション上がってきたぞ。もしかしたら初めての友達ができるかもしれない。

それにしても、手紙にはいつどこで何をするのか具体的なことが何も書かれていない。自己紹介に必死なあまり肝心なところを書き忘れてしまったようである。そういう抜けているところにも親近感を覚えるな。

「よし！　これからサクナのもとへ行こうじゃないか。テロリスト退治なんてまっぴらごめんだが、彼女とは話してみたいこともあるしな」

「ダメです。訓練の監督をしてください」

「なんでだよ。サクナと打ち合わせするほうが重要だろ」

「隊員たちもコマリ様が見ているから頑張れるのです。ご覧ください、メラコンシー大尉のあの表情。まるで水を得た魚のように生き生きと味方を爆破(ばくは)しているではないですか」

「あいつはいつもあんな調子だろ！　それよりも私はサクナに会いたいんだ。会って『アンドロノス戦記』について語り合いたいんだ！」

「会うなら仕事の話をしましょう。——いえ、そうではなくて、とにかくダメなんです。あの娘からは危険な香りがするのです。きっと夜な夜な宮殿を徘徊(はいかい)して人を殺しまくっているに違いありません」

「んなことしてるのは件(くだん)のテロリストだけだよ！　つーかそのテロリストを捕まえるためにサクナと会わなきゃいけないんだ！　私に仕事させろーっ！」

「な、なんと……！　コマリ様の口からそんな言葉が聞けるなんて感激です……！　承知いたしました。ちょうどハデス・モルキッキ中将から再戦の申し込みがありますのでさっそく日程の調整をさせていただきます」

「そっちの仕事じゃねーよ‼」

なんでそんなに強情なんだよ。もしかして怒ってる？　今朝、ヴィルが作ってくれたサラダのピーマン残したこと、まだ根に持ってるの？

「……悪かったよ。今度からちゃんとピーマン食べるよ」

「コマリ様が何の話をしているのかわかりませんがピーマンを食べてくださるということだけはわかりました」

「違うのかよ⁉　ナシ！　やっぱり今のナシ！」

くそ、余計なことを言ってしまった。頑張って食べなくちゃ……。

まあピーマンの件は後で考えるとしよう。とにかく私はサクナにもう一度会いたいのだ。具体的に言えば趣味の話をしたい。できれば友達になりたい。悩みを共有したい。あと差し迫った問題としては危険極(きわ)まりない部下たちから離れたい。ふとした拍子に流れ弾に当たって死んでしまいそうだから。さっき斧(おの)が飛んできて近くの木にぶっ刺さったから。

熱意をこめてじっとヴィルの顔を見つめていると、やがて変態メイドは観念したように「はあ」と溜息(ためいき)を吐(つ)いた。

「わかりました。これ以上引き留めはいたしません。――ですが、メモワール殿とお会いするなら、きちんとテロリストを捕まえるための会議をしなくてはなりませんよ」

「う。わ、わかってるさ。……でも、よく考えたら私にできることってないよね？　だって相手は何人も殺してる凶暴なやつなんだぞ？」

「ならば部下を上手(うま)く使えばいいのです。コマリ様には五百人もの凶暴な部下たちがついているではないですか」

ちらりと訓練場のほうに目をやる。やつらは血走った目をギラギラさせながら暴(あば)れまわっていた。辺りは血とか死体とかでまさに死屍累々(ししるいるい)。中には血の涙を流して頭をかきむしっているやつもいる。彼の身にいったい何が起きたのだろうか。

「さあ、命令してください」

「命令といっても……こいつら、忙しそうだぞ」

「大丈夫です、声をかけてみてください」

声をかけた瞬間にノリで殺されそうな気もするが――まあそのときはヴィルが守ってくれるだろう。守ってくれるよね？　信じてるからな！

私はベンチからおもむろに立ち上がると、深呼吸をしてから声を張り上げた。

「――諸君、ちょっといいか！」

ぴたり。

やつらの動きが完全に停止した。まるで時間が止まったかのような光景である。あまりに異様だったので私のほうも動きが止まってしまった。

突然ヴィルが大きな咳払いをして、

「こちらを向いてください。これよりテラコマリ様からご指示があります」

「指示」誰かが呟いた。その呟きは波紋のように広がっていく。「閣下のご指示だ」「閣下のご指示だぞ！」「おいてめえら耳の穴かっぽじれ！」「一言も聞き漏らすな！」「閣下、何でもご命令ください！」「誰を殺しましょうか？」「皇帝陛下ですか⁉」「チンパンジーですか⁉」

部下たちは獲物を見つけたピラニアのような気迫で私に近寄ってきた。相変わらず発想と言葉遣いが物騒すぎてドン引きである――っておい、顔面が半分ほど吹っ飛んでるやついるけど大丈夫なのかよ⁉　いやいやそんなことはどうでもいい、どんなふうに命令すれば――

「閣下！　もしや例の連続殺人事件でしょうか」

横からカオステルに話しかけられてビクリとしてしまった。いたのかよお前。

「う、うむ。実は先ほど皇帝から勅命があってな。なんでもこの私に犯人を捕まえてほしいそうなんだ」

おおっ！　と吸血鬼どもが喜びの声をあげた。そこで喜べる神経が理解できないが、とにかく私は彼らの期待に応えてやるべく言葉を続けるのだった。

「そこでだ。諸君には是非とも率先して下手人を捜索してもらいたいと思う。忙しい中こんなお願いをするのは恐縮だが、できればテロリストのやつを捕まえてもらいたいのだ」

「何を仰いますか閣下！」「閣下のご命令とあらば他の用事などドブに投げ捨てます！」「お願いなどされる必要はありません！」「てめえら、さっそくテロリストを捜すぞ！」

うおおおおおおおおお――――と、例の雄叫び(おたけ)がこだました。

やめろ。近所迷惑だぞ。七紅府(しちぐふ)の窓からメイドたちが何事かとこっちを見下ろしているじゃないか。恥ずかしいから自重してくれよ――などという私の心の声が届くはずもなかった。

……まあ、部下たちもやる気になってくれたようだし万々歳である。こいつらはなんだかんだ言って強いからな。私やサクナの出る幕もないだろう。出る幕があっても困るし。

「恐れながら閣下、一つご提案が」

「なんだカオステル」

嫌な予感しかしない。

彼は脱獄方法を思いついた死刑囚のような顔で言った。

「テロリストを捕えた者には褒賞(ほうしょう)を与えるというのはいかがでしょう。目の前に人参をぶら下げられれば彼らの士気も百倍になります」

「これ以上士気を上げる必要あるか?」

「手早く事件を解決させるためには必須かと」

「うーむ……」

さっさと犯人が捕まるならそれに越したことはない。それに働きに見合った褒美(ほうび)を与えるのは上司の役目でもある。そう考えるとやはり彼の言う〝ニンジン〟は必須に思えてきた。

私はヴィルのほうを見る。彼女は特に何を言うでもなく無表情。自分で考えろってことか。

……それにしても褒賞ね。正直言って嫌な思い出しかねえぞ。この枯れ木野郎のせいで私はファッションショーをやらされる羽目になったわけだし――いや待てよ。最初から私がご褒美の内容を決めておけば全然問題ないよな。「何でも言うこと聞いてやるぞ」なんて言わなきゃいいんだ。よし、いけるいける。

「わかった。――諸君! 聞きたまえ!」

私は将軍様モードでみんなに声をかけた。

「此度の仕事はとても面倒だ。なにせ正体不明のテロリストを捜す必要があるんだからな。というわけで、見事テロリストを捕縛できた者にはその功績を讃え褒賞を授けたいと思う」

誰かがゴクリと唾を飲み込んだ。

部下たちは一様に緊張した面持ちで続く私の言葉を待っている。よしよし。いい感じだ――そんなふうに手応えを感じながら、私は決定的な一言を炸裂させてやった。

「聞いて驚け――テロリストを捕まえたやつには、三日間の特別休暇をやるっ！」

しん、と沈黙が舞い降りた。

…………………。

……あれ？

てっきり盛り上がるかと思ってたのに……あれ？

「閣下」

カオステルが慌てたように耳打ちしてきた。

「恐れながら、それでは褒賞になっていないかと」

「え？　なんで？」と首を傾げたところで今度はヴィルが助言をしてくれた。

「やつらの趣味は殺人です。休暇を与えられたところで嬉しくともなんともないどころか戦場で暴れられなくなるのでむしろ不満でしょう。――ご覧ください、彼らの表情がどんどん失望一色に……」

そ、そんなことあるかぁ⁉　私だったら欣喜雀躍して踊り始める自信があるのに！　価値観が違いすぎてついていけねえぞ――　いやそんなことよりも、早くなんとかしないと彼らの怒りが爆発してしまう。下剋上が始まってしまう。殺されてしまう……！

「た、ただの休暇ではないぞ！　そうだな……えっと……あれだ！　休暇と一緒に動物園のチケットも進呈しようではないか！」

私は苦し紛れになんとか言葉をひねり出した。

こないだ妹のロロにもらったチケットである。二枚。ロロのやつは「彼氏と一緒に行ってくるわ」などとドヤ顔で自慢していたのだが直前になってフラれたらしい。なんと声をかけたらいいのか迷っていると、彼女は「コマ姉が行ってくれれば！　どうせ一緒に行く人もいないんだろうけれど！」などと涙まじりの挑発とともにチケットを押し付けてきたのだ。

押し付けられても困る。外に出るのは面倒だし彼女の仰る通り一緒に行く相手もいない。そんなわけで誰かに譲ろうと思っていたのだ。これはちょうど良い機会だろう。

部下のひとりがおずおずと手を挙げた。

「あの。もしかして……閣下と一緒にですか？」

「ん？　まあ、それがお望みなら……」

というかちょっと待てよ。殺人が趣味のアホどもに動物園のチケット渡したところで喜んでくれるわけもないじゃん。何やってんだよ私――と思っていたら、

「で……デートだ……」

「休日デートだ」『逢瀬だ』『逢引だ……！」

あれ？　なんか場の雰囲気が変わった？

ねえヴィル、こいつらどうしたの？

「……コマリ様。いくらなんでもやりすぎでは」

「どういう意味だ……？」

私が詳しく問い詰めようとした、次の瞬間である。

爆発した。色々と。

「うおおおおおおおおおおおおおおっ！」『ああああああああああああッ！』『ふおおおおおおおおッ！』『デート！　デート！　デート！』『こんなチャンスがあっただろうか』『これは天命だ』『ビービービー。宇宙からの信号を受信。テロリストを殺せテロリストを殺せ』『待ってろやテロリストめがああああああああああ！』「閣下と逢引するのはこの俺だあああああああっ！」「おいてめえ抜け駆けすんじゃねえよ！」「それはこっちの台詞だバカすっこんでろ！」「テロリストは政府要人を狙ってるんだろ？　なら俺が先に政府要人を殺しちまえばいい！」「なるほど『木を隠すなら森ごと焼け』戦法だな！」「びゃあああああああああああああああああッ！」

…………………。

…………。

「……どう見てもこいつらがテロリストじゃねえか⁉」

「もう手に負えませんね。どうするんですかコマリ様」

「こいつら、そんなに動物が好きだったの……？」

「コマリ様も手に負えませんね」

「そうだよ手に負えないよ！　どうすりゃいいんだよ！」

化け物の如き奇声を発しながら散っていく部下たちを見送りながら、私は頭が真っ白になっていくのを自覚していた。

まずい。野獣どもを解き放ってしまった……。

「――閣下。やつらの行動は可能な限り私が監督しておきましょう。このままでは暴動が起きるやもしれませんゆえ」

犬頭のベリウス・イッヌ・ケルベロが現れた。そうして私は今更焦った。近くにまだ部下がいるのに弱音吐きまくりである。……まあ、これくらいなら大丈夫か（投げやり）。ベリウスやカオステルに不審がっている様子は見えないし。

「コマリ様。この後のご予定ですが」

「サクナに会う」

「部下はいいのですか？」

「…………ベリウス。カオステル。頼んでいい？」

「「承知いたしました」」

風のように駆けていく二人。私は彼らの姿が見えなくなったのを確認すると、「ふう」と溜息を吐き、背伸びをして身体の凝りを解し、おもむろに空を仰いで流れる雲を眺めた後、己に言い聞かせるように呟くのだった。

「うん。たぶんなんとかなる」

☆

遠くから誰かの絶叫や爆発音が聞こえてくるけど気にしたらいけない。たぶん後で私が責任を取ることになるんだろうけど、それは今じゃない。今は楽しいことを考えよう。今日の晩ごはんは何かな。久しぶりにデミグラスハンバーグが食べたいな。

「――コマリ様、着きましたよ」

ヴィルに囁かれて現実に引き戻される。

魔力で動く昇降機の扉が開いた。七紅府の六階である。私が毎日出勤しているこの建物は七階建てで、一階には第一部隊、二階には第二部隊という感じで各隊に割り振られている。

そして六階は当然ながら第六部隊――つまりサクナの執務室があるフロアだ。

廊下をまっすぐ進んでいくと彼女の部屋の扉が見えてきた。札が「在室」になっているところから察するに、やっぱり自室に戻っていたのだ。

それにしても……き、緊張するな。よく考えてみれば私が自発的に誰かに会おうなんて思ったのは初めてのことかもしれないぞ。それはサクナの物腰がそうさせるのだろうが——とにかく悪い印象を持たれないようにしないと。

「……ん?」

そこで私はふと気がついた。

扉の向こうから話し声が聞こえてくるのだ。一つはサクナの声。もう一つは——男の人だろうか? あ、いま「テラコマリ」って単語が聞こえたような気が。いったい何を話しているのだろう。盗み聞きはよくないと理解してはいるが気になって仕方がない。

「誰か来てるのかな?」

「確認してみましょうか?」

「どうやって?」

「こうやって」

バゴォン! とヴィルが扉を開け放った。

いとも容易くあらわになる室内。驚いたような顔でこっちを向いているサクナ。そして彼女の正面に立っているのは神聖教の祭服を着たおじさん。この人も何事かという表情で私のほうを見ている。そりゃそうだろう、まるで強盗みたいな登場の仕方だしな――って何やってんだよお前⁉　失礼にもほどがあるだろ、せめてノックしろよ、印象最悪じゃねえかよ‼

「……テラコマリ、さん？」

サクナの声は困惑気味。当たり前である。私は辛うじて笑みを作って言った。

「や、やあサクナ。突然ごめん。テロリスト退治の打ち合わせをするために来たんだけど……お取り込み中だったか？」

ちらりと祭服のおじさんを見る。雰囲気からして何か大事な話をしていたっぽいし、お邪魔だったのかもしれない。しかし彼は「いえいえ！」と大袈裟に首を振るのだった。

「いえ、いえいえ！　問題ありません、まったく問題ありませんぞガンデスブラッド殿！　大した話でもなかったゆえ！　私はそろそろ退散するといたしましょう！――ではメモワール殿、よろしくお頼み申し上げましたよ！」

「……はい」

それだけ言っておじさんは私のほうへと――つまり扉のほうへと歩いてくる。まるで兵隊のごとく一挙手一投足にメリハリがきいている。慌てて道をあけると、彼はにわかに立ち止まって私に微笑(ほほえ)みかけた。なんだか鳥類じみた笑顔だった。

「お会いできて光栄ですぞガンデスブラッド殿！　お噂(うわさ)はかねがね伺(うかが)っております。まさに八面六臂(はちめんろっぴ)の大活躍でございますな！　貴殿の力をもってすれば六国征服も容易いことでしょうぞ！」

「そ、そうだな。私にかかれば世界征服も楽勝だ」

「はっはっは自信満々ですな！　ところで神を信じますか？」

「……え？」

この人、今なんつった？

「神を信じますか？」

「いや、まあ、人並みには……」

「おお！　おおおおおっ！　なんという信仰心！　ガンデスブラッド殿は敬虔な神の徒でいらっしゃるか！　なるほどなるほど貴殿が異常なまでに大活躍なさる所以は神のご加護があったからなのですね納得です。貴殿はよくご存知でしょうが神はすべてを見知っており人の善行には賞でもって報い人の悪行には業でもって報いるのです。この信賞必罰の理論は天地のあらゆる現象に比してもっとも迅速かつ正確であり――」

おじさんは恍惚とした表情で語り始めた。ちょっと怖い。

そうして私は確信した。こいつもそこらにうじゃうじゃいる奇人変人の類に違いない。

ちらりとサクナのほうに目をやれば、彼女は頬を赤くしてあたふたしていた。この変態神父とどんな関係なのだろうか。

「――おっと失礼。熱く語るには時間が足りないようです。ああ、なんと残酷なことか！

いずれにせよガンデスブラッド殿が神を信じる同志とわかったのはこの上ない僥倖です。今後機会があれば天地創造と神の御業について議論を戦わせたいものですな！」

「そ、そうだな。天地創造はすごいよな」

「はい、すごいのです!!」

強引に手を握られて上下にぶんぶん振り回された。変態神父はニッカリと嬉しそうに微笑むと、「それでは今度こそ失礼いたします！　アーメン！」と絶叫して去っていった。

これはあれだな。関わっちゃいけないタイプの人だな。

というか、なぜあの変人はこの部屋にいたのだろうか。

「……サクナ、あの人と知り合いなの？」

小柄な肩がびくりと震えた。なんだその驚きよう。言っておくが私は孤独と平穏を愛する安全な吸血鬼であるからして他の七紅天みたくリミッターの外れた殺人鬼では断じてないんだぞ──と教えてやりたいところだが、私の本音を打ち明けるにはまだ早い気がした。

サクナはたどたどしく言葉を紡ぎ始めた。

「……あの人は……ヘルデウス・ヘブン。私を七紅天に推薦してくれた七紅天です」

「あれも七紅天なの？」

ちょっと変人が多すぎないか？　七紅天。

「はい。……ですが、本業は神父で、帝都の外れで教会と孤児院を運営しています。実は私もその孤児院出身なんです」

「な、なるほど」

よくわからないが複雑な事情がありそうである。あまり突っ込むのも野暮なのでここは無難に仕事の話から始めようじゃないか。仕事なんてしたくないけど。

と思っていたら、突然ごーん、ごーん、という大きな音が響き渡った。帝都の時計塔から発される音声魔法、すなわちお昼を告げる鐘の音である。そういえばおなかすいた。

「コマリ様。お昼はどうなさいますか」

「うむ……」

そうだな。せっかくの機会だしな。ここで「じゃあご飯食べてくるから」とか言って退散するのも変だしな。……だからこれは至極自然な流れのはずなのだ。

「サクナ。きみさえよければ、い、一緒に……お昼を食べないか?」

言った。言ってしまった。自分から誰かを誘った経験など皆無の私にとっては空前絶後の快挙と言っても過言ではない——しかし私はふと気づく。こんな直前に誘っちゃって大丈夫だろうか? 普通は前もって連絡しておくことなんじゃないのか?

不安に駆られた私だったが、サクナは消え入りそうな声でこう呟くのだった。

「……はい。是非。テラコマリさんが、よければ」

☆

ムルナイト宮殿に併設されたレストラン〝沃野の果実〟。宮殿に出入りする貴族どもが吹き溜まる高級店であり、普段の私なら絶対に近づかないような場所なのだが、せっかくなので利用させていただくことにした。

……失敗だったのかもしれない。

入店すると同時に店のそこかしこから「ガンデスブラッド閣下だ」「本当だ」「やはり怜悧冷徹だ」「殺戮のオーラが出ておる」などという嬉しくともなんともない賞賛が突き刺さり、これに委縮してしまったサクナが身を縮こまらせて私の背後に隠れるという始末である。

「やっぱり別の場所にしようか？」と提案してみたのだが、サクナは首をぶんぶん振って拒否した。よくわからないが私に迷惑をかけたくないから、という理由らしい。全然迷惑なんかじゃないんだけど……まあここは彼女の意見を尊重しておくとしよう。

というわけで席につく。私の対面にサクナ。背後にヴィル。……背後っておかしいだろ。

「何やってるんだよ。座れば？」

「私にこのような高級店は似合いません。ましてや主人と同席するなどメイドとしての矜持が許さないのです」

「私のベッドに無断で潜り込んでくるやつが何言ってんだ？」

「ひうっ」という過呼吸みたいな音が聞こえた。ふと前を見れば、サクナが頬を真っ赤に染めて口をぱくぱくさせていた。……ん？　どうしたんだ？

「そうでしたね。私とコマリ様は数々の死線をともにくぐり抜けた唯一無二のパートナーでしたね」

「死線の八割はお前が自発的に作ってるような気がするんだが」

「それは気のせいです。とにかくそういうわけで私とコマリ様が一緒の布団に入ったり隣の席に座ったりするのは普通のことなのです。うっかり失念していました」

　ヴィルは言葉通りに私の隣の椅子に座った。そしてなぜか陰謀が成功したような笑顔をサクナに向けるのである。意味がわからない。気にしないでおこう。

　とりあえず料理を注文し終えると、私は意を決して口を開いた。

「さて、改めて自己紹介をしよう。私はテラコマリ・ガンデスブラッド。十五歳。これから色々とお世話になると思うので、まあ、えっと……よろしくお願いします」

「こ、こちらこそお願いします。私はサクナ・メモワールです。……あの、手紙、読んでいただけましたか……？」

「うん、読ませてもらったよ。私も読書が好きなんだ。サクナとは気が合いそうだな」

「はいぃ……」彼女は耳まで赤くなって俯いてしまった。しかし蚊の鳴くような声で言葉を続ける。「ありがとうございます。嬉しい……です。けど、それよりもその……私の趣味とかよりも……私が七紅天になった経緯について、どう思いますか？　軽蔑しましたか……？」

ああ、事故で七紅天になってしまったというアレか。

軽蔑などするはずもない。まんま私と同じ境遇だしな。

「参考までに聞いておきたいんだが、どういう具合で下剋上してしまったんだ？」

「爆殺です」

爆殺は本当だったのかよ。

「……私は弱いので、もっと強くならなきゃって思ってて……それで魔法の練習をしていたんですけど、たまたま通りかかった七紅天さんに当たっちゃって。それで死んじゃって……」

「そ、そうか。それはなんというか……運が悪かったな」

「はい。……普通、このくらいのことじゃ七紅天にはなれないと思うんですけど、さっきのヘルデウスさんがはりきっちゃったんです。『絶対にサクナを七紅天にするのです！』って感じで皇帝陛下に直訴して、なぜかそれで受け入れられちゃいました」

「あの変態皇帝は可愛い女の子なら誰でもいいからな」

「か、可愛い……ですか？」

サクナがびっくりしたように瞬いた。なぜか隣のヴィルが魚類のような真顔でこっちを見つめてくる。なんだこいつら。

「とにかくだ！　サクナの事情はだいたいわかったよ。――でも、何より大変なのは部下に実力を隠さなきゃいけないところだよな。もし上司が弱いってバレたら、あいつら絶対下剋上してくるもん」

「？　そんなことはないと思いますが」

「え？」

「部下の皆さんは、私がそんなに強くないって知ってます。でも、こんな私でもちゃんと七紅天をできるようにサポートしてくれるんです。大丈夫だよ、心配しなくていいからねって励ましてくれるんです。みんないい人たちで……だから、やめたいって気持ちはもちろんあるけれど、それでも頑張らなくちゃって思うんです」

「…………」

何それ。めちゃくちゃ羨ましいんだけど……。

私もあいつらに打ち明けたら受け入れてくれるのかな？

いや無理だろうな。死ぬな。絶対。

「そ、そうか。環境には恵まれているようで良かったよ。だがまあ、何にせよ理不尽だよな。職業選択の自由は誰にでも保障されて然るべきなのに」

「私なんかに比べて、テラコマリさんはすごいですよね。いえ、比べるのも失礼なんですけど……あんなに強くて、七紅天としていっぱい活躍していて……まさに天職って感じです」

そんなことはないんだよ――と言いそうになったが寸前で堪えた。周囲のテーブルの貴族どもが聞き耳を立ててやがる。やはりこのレストランを選んだのは愚策だったようだ。

どう答えたものかと悩んでいると、ヴィルが急かすような視線を投げかけてきた。

「コマリ様。無駄話はほどほどにして仕事の打ち合わせをするのがよろしいかと」

なんかこいつ、機嫌悪くない？

「す、すみません。テロリスト退治のお話、ですよね」

サクナが慌てて居住まいを正した。この変態に遠慮する必要なんかないのに。

まあ、ヴィルのご機嫌取りも兼ねて仕事の話をしよう。といっても正直そんなに話す必要はないと思っている。なぜなら先ほど部下たちを解き放ってしまったからだ。あの異常なまでの気合を考えればテロリストが捕まるのも時間の問題だろう。

「そうだな。一応話し合いをしておこうじゃないか。――サクナは一度テロリストにやられたんだよな？　相手の顔は覚えていないのか？」

「ごめんなさい。夜、家に帰ろうと思って七紅府を出たところまでは覚えてるんですが……気づいたら外で死んでました」

「なるほど」とヴィルが頷いて、「皇帝陛下のお話によると犯人は記憶を操作する烈核解放を所持しているそうです。メモワール殿、烈核解放をご存知ですか」

一瞬――本当に一瞬だったが――サクナの目が泳いだような気がした。

「……はい。いえ、噂くらいしか聞いてませんけれど」

「烈核解放は魔法とは異なる絶対的な異能です。もし本当にテロリストが烈核解放を持っているのなら注意してしすぎることはありません」

「あの。私、すごく弱いんですけど、大丈夫でしょうか？」

「そこはコマリ様がフォローいたしますので大丈夫です」

ヴィルがパチリとウインクした。

サクナがキラキラした目でこっちを見た。

私の口が反射的に動いた。

「何も心配しなくていいぞ。サクナのことは私が守るから！」

「本当にすみません。私、りんごを片手で潰すくらいの力しかなくて……」

「………………」

おいちょっと待て。

サクナってこっち側の人間じゃなかったの？

「……ご、ごめんなさい。スイカぐらい割れなくちゃダメですよね」

「わっはっはっは！　落ち込む必要はないさ。今でこそパイナップルすら余裕の私だが幼い頃はりんごが限界だったからな。頑張ればスイカだっていけるよ」

「はい。頑張ります」

「でも食べ物を粗末にしちゃだめだぞ」

「はい。全部食べます」

「よろしい」

……なんだこの会話。

「コマリ様、話が脱線しています」ヴィルが窘めるように言った。同感である。「とにもかくにも得体の知れないテロリストに対しては万全を期す必要性があります」

「ふむ。――ちょっと気になったんだが、犯人の目的は何なんだ？　まさか殺すこと自体が目的ってことはないよな？　私の部下じゃあるまいし」

「情報が少なすぎて断定できません」

それ以上ヴィルは何も言わなかった。

確かにこの場であーだこーだ言っても意味はないだろう。なぜなら今頃部下たちが頑張ってくれているからであり、近いうちにテロリストは捕まるはずだからである。私とサクナはのんびり本や星座のことについて話していればいいわけで――いやさすがにそれはちょっと上司として失格だな。部下たちのサポートをしようではないか。お菓子の差し入れとか。

そんなふうに適当に考えていたら、不意にヴィルが「さて」と切り出した。

「我々が取るべき行動は一つです。テロリストが出没する時間は夜に限られており、また場所もムルナイト宮殿だけ。つまり――夜間に宮殿をパトロールすればいいのです」

「……は？」

私は思わず真顔になってしまった。

夜間パトロール？　……は？

「ってことは昼間の仕事はナシ？　お昼まで寝てていい？」

「何を言ってるんですか。昼は昼、夜は夜です。朝九時から……そうですね、夜の八時くらいまで働いていただかないと」

「はあああああああああああああああ⁉」

私は怒髪冠（どはつかんむり）を衝（つ）く勢いで立ち上がった。朝の九時から夜の八時だと……？　そんな長時間労働したら頭が爆発して死んでしまうわ！

「冗談じゃないぞ！　そんなに働くのは絶対に嫌だからな！」

「コマリ様」

「なんだよ！」

「周囲の注目を浴びています」

「………………」

唖然（あぜん）とした表情のサクナ。こちらに視線を向けてヒソヒソと言葉を交わし始める貴族ども。

「閣下は七紅天であろうに」「実は働くのが嫌だったのか？」「あれが本心なら七紅天失格ではないか」『いや待て。口が滑っただけという可能性も』『口を滑らせてあれが出てくるなら駄目ではなかろうか』『確かに』――

ふむ。まずいな。

私は気持ちを落ち着けてから再びヴィルのほうに向き直った。

「――冗談じゃないぞ！　そんなに短い時間働くのは絶対に嫌だからな！」

貴族たちがどよめいた。私は心の涙を流しながら続けた。

「八時なんて子供でも起きている時間だ！　もっと遅くまで巡回せずしてどうして狡猾なテロリストが捕まえられようか！　そうだ、事件は我々の目の届かない場所で起きているんだ。ならば目の届かない場所にも目を向けるのが七紅天としての責務だろうに！」

ビシィッ！　と人差し指をヴィルに向けてポーズを決めてやった。決まってしまった。

誰かがぱちぱちと拍手した。それにつられて別の誰かも手を打ち鳴らし、やがてはレストランを包み込むかのような大喝采が巻き起こってしまう。

私は深く絶望した。

その深い絶望に追い打ちをかけるのは変態メイドと相場は決まっている。

「感激です……！　コマリ様がそこまでムルナイト帝国のことを考えていてくださったなんて！　承知いたしました。それでは本日から毎日夜の十時まで一緒にパトロールと参りましょう。メモワール殿もそれで構いませんね？」

「大丈夫です。私もテラコマリさんを見習って頑張ります」

やめろ。尊敬の眼差しを向けるな。私なんかを見習っていたら引きこもりのダメダメ吸血鬼になっちゃうぞ——と言ってやりたいところだが例によって言えないのである。

　私は深い溜息を吐いて椅子に腰かけた。

　夜の十時まで労働だって？　そんなの許されていいはずがないだろ。サクナ、きみだって嫌だよな。嫌なら文句を言ってくれて構わないんだぞ。……ああ、全然文句なさそうだな。どうしてそんなにやる気なんだよ。七紅天の仕事、やめたいんじゃなかったの？

「……とりあえず、これで打ち合わせは終わりだよな」

「はい。まずは今晩のパトロールで様子見をしましょう」

　なんだかげっそりしてしまった。大変なのはこれからだというのに——いや、上手くいけば部下たちが今日中に犯人をお縄にかけてくれるかもしれないのだ。そうすれば私が夜勤する必要もなくなるわけだし、今回ばかりはあいつらの暴走に賭けるのも吝かではないな。人殺しだけはやめてほしいけど。

「……そういえば、私が頼んだオムライス、まだかな」

「混んでますからね。時間がかかるのでしょう」

「ふーむ」

　そろそろ空腹が限界に近い。なにせ午前は皇帝に会ったり部下たちの監督をしたりと働きづめだったからな——そんなふうに考えながらスプーンとフォークを握って待機していたところ、不意に外で何かが爆発する音が聞こえた。

それもただの爆発ではない——このレストランを揺らすほどの大爆発。

貴族どもが悲鳴をあげた。私も悲鳴をあげそうになった。

「な、なんだ⁉　まさかテロリスト⁉」

「可能性は十分にあります。さあコマリ様、行きましょう！」

「ま、待て、そんな危険な場所には行きたくないいいいいいいいい！　というかまだオムライス食べてないいいいいいいいいいい！」

腕を引っ張られて強制連行。

……力が欲しい。

こいつの怪力に抵抗できるだけの力が欲しい。

☆

宮殿の庭に飛び出した私たちを待ち受けていたのは夢かと思うような光景だった。

死体。死体の山。そこかしこに死体が転がっているのである。

しかも見覚えのある顔ぶればかり。つまり私の部下、第七部隊の連中が無残に殺されていたのだ。意味がわからない。もしや獲物を奪い合って殺し合いが勃発したのだろうか。それなら納得のいく話だが——いや違う、そうじゃない。

「ベリウス！　カオステル！　お前らまでどうしたんだよ⁉」

草の上には第七部隊の幹部であるベリウスとカオステルまでもが横たわっていたのだ。こいつらがやられたとなると、ただのケンカとは考えにくい。

「すみません……閣下……」

ベリウスが息も絶え絶えに口を開いた。どうやらまだ死んでいないようである。

「おいどうした、何があったんだ」

「やつが……〝黒き閃光〟が……」

げふっ、と血を吐いてベリウスは動かなくなった。血の気の引くような思いだった。いくら死んでも蘇るとはいえ他人の死を目撃するのは心臓に悪すぎる。

「だ、大丈夫です。まだ死んでません。私に任せてください」

サクナが一歩前に出た。何をするのかと思って見ていれば、彼女は前も持っていた巨大な杖(つえ)を両手で構え、それをベリウスのほうに向けながら呪文(じゅもん)を唱える。

「《魔核よ魔核・万物の静かなるをして動かしめよ》——中級回復魔法【供給活性化(かっせい)】」

杖の先端から発せられた淡い光が犬頭の身体を包み込む。それから少し様子を見守っていると、やがてベリウスが「げほげほ」と咳をした。生き返った——というか回復したのだ。

「こんなふうに、死んでいない状態なら、いくらでも回復を早めることができます」

「すごいじゃんサクナ！」

「そ、そんなことないです……蒼玉種は、もともと、こういう回復魔法が得意なので……」

「それでもすごいよ。私にはできない」

「そうですか……えへへ……」

こんなすごい魔法を使えるなんて聞いていないぞ。

先ほどのりんごの件から薄々（うすうす）と気づいてはいたが、この子は私なんかより断然才能があるらしいな。当たり前だけど。まあその辺の話は後にするとして――

「ベリウス。大丈夫か」

「……はい、なんとか」そこでハッと何かを思い出したように中空を仰ぎ、「閣下、申し訳ありません！　フレーテ・マスカレールです。我々はやつに後れを取りました」

「フレーテだって……？」

そのとき、耳をつんざくような爆発音が響き渡った。驚いて見上げれば、正面の建物の上で誰かが戦闘を繰り広げているではないか。

一方は剣を持った女性。艶やかな黒髪を風になびかせながら舞踊を舞うように幾度も刺突を繰り出している。英邁（えいまい）なる七紅天、〝黒き閃光〟フレーテ・マスカレール。

そしてもう一方はチャラチャラした男である。フレーテの剣技を流れるようにいなしながら機を見計らってお得意の爆発魔法を撃ち込んでいる。第七部隊幹部、メラコンシー。こいつが攻撃するたびに建築物の装飾品がぶっ壊れていくけど誰の責任になるのだろう。

「チッ、小賢しいですわね――これでも食らいなさいッ！」

フレーテの剣に魔力が滞留した。彼女が剣を振ると同時に勢いよく射出されたのは漆黒の魔力の奔流――おそらく上級の暗黒魔法だろう。しかしメラコンシーは恐るべき脚力でもって大ジャンプ、目標を失った暗黒魔法は彼の背後に屹立していた尖塔を粉々に破壊して雲の向こうへ消えていった。あれはフレーテの責任だな。

直後、どすん！　と私のすぐ近くにメラコンシーが降り立った。とんでもないジャンプ力である――いやいやそうじゃない！

「お、おいメラコンシー！　何やってんだよ！」

「イエーッ！　フレーテ怒って大暴走。震えてブチギレて皺増えそう。黒き閃光ふざけんなマジマジ。地獄へ連行してやんぜマジメに」

「普通にしゃべれ！」

「あいつが襲ってきたので戦ってました」

「普通にしゃべるのかよ⁉」

「――ひどい言いがかりですわ。私は自分の職務を全うしただけですのに」

フレーテがふわりと地面に舞い降りた。彼女は今朝会ったときと何も変わらない高慢な態度で私を睨んでくる。ちょっと怯んでしまったが、さすがに部下をたくさん殺されてしまったら黙っているわけにもいかない。私は勇気を振り絞って一歩前に出た。

「ふ、フレーテ！　随分と派手にやってくれたじゃないか。いったいどういうわけだ？　返答によっては怒るぞ！　一週間くらい無視して――」

そのとき、

フレーテの姿が一瞬にして掻き消えた。

「ふぇ？」

次いで黒い稲妻のようなものが視界に映る。わけがわからず立ち尽くしていると、いきなり甲高い音が響いて私の鼓膜を震わせた。

すさまじい突風。私は目を見開いてその光景を見つめていた。

目の前にサクナの背中があった。彼女は巨大な杖を横に構えてフレーテの剣を受け止めていた。本当に意味がわからない。

「……あら、メモワールさんのほうが反応するんですの？」

「あ、あの……いきなり斬りかかってくるのは、どうかと思います……」

「ふん、ちょっと手が滑っただけですわ」

フレーテは鼻で笑って剣を収めた。そうして遅まきながら状況を理解する。フレーテのやつはいきなり私に襲い掛かってきたのだ。当然反応できるわけもない私はそのまま殺されてしまう運命だったのだろうが、サクナが私の前に出てやつの攻撃を受け止めてくれた。

助けられたのだ、私は。

「大丈夫ですか、テラコマリさん」

「へ、あ、だ、だいじょうぶ……」

「……ご、ごめんなさいっ！　テラコマリさんなら、あれくらいの攻撃、簡単に防げましたよね。出過ぎたことをして本当にごめんなさい……」

「い、いやいやいやいやいや！　確かにあれくらいの攻撃小指で粉砕できたことは太陽が東から昇って西に沈むくらい当然のことだがサクナに助けてもらったことは確かだ！　ありがとう！」

「えへへへ……褒められちゃった」

何この子。可愛い。しかも頼りになる。……え？　天使？

ところで隣のヴィルはクナイを構えて物騒な空気を醸（かも）しているが何をしているのだろう。

「私が……コマリ様をお救いするつもりだったのに……」

ちょっと顔が怖いぞ。まあいいか――と適当に考えていた私だったが、もっと顔が怖いやつが前方にいることを思い出して慌てて気を引き締める。

いきなり斬りかかってきた通り魔のような七紅天――フレーテ・マスカレールは、心底不愉快だというふうに舌打ちをして言った。

「ずいぶんと取り巻きの使い方がお上手なのですね。自分では何もしないくせに」

「何もしなくたっていいだろ！　そういう気分の日もある！――というか、お前は第七部隊のみんなに何してくれたんだよ。人殺しは犯罪だぞ！」

「簡単なことですわ。あなたのむさ苦しい部下たちが宮殿の風紀を乱したので討伐させていただきました」

「風紀を乱した？　タバコでも吸ってたの？」

「そんな生易しいものではありませんわ！」フレーテは鬼のような目で私を睥睨した。「あなたは部下たちにどんな教育をしてるんですの？　器物損壊に殺人未遂――これでは第七部隊がテロリストのようではありませんか！」

「ちょっと待て、どういうことだ……？」

「ここで死んでるあなたの部下たちが！　ムルナイト宮殿で傍若無人に暴れ回っていたから私が止めて差し上げたのですわッ‼」

「…………」

私はベリウスのほうを見た。

彼は耳をぺたんとさせて言った。

「申し訳ありません。連中の暴走を止められませんでした」

……あれ？　じゃあ、悪いのは私たちってこと？

殺されても文句は言えない感じなの？

「――ちょっとガンデスブラッドさん、聞いてますの？　あなたの監督不行き届きで宮殿に甚大な被害が出たのですよ？　この責任をどう取るおつもりですか？」

「お、お金払うから……」

「お金で何でも解決できると思ったら大間違いですわ！」

「何でもするから……」

「そういうことは軽々しく口にするものではありませんわ！」

じゃあどうすりゃいいんだよ。みんなで奉仕活動とか？　それとも謹慎処分？　だったら大歓迎だけど、そんなことでフレーテが許してくれるとは思えないし――

そんな感じで途方に暮れていると、黒き閃光はニヤリと笑ってこう言った。

「私は此度の一件でガンデスブラッドさんが七紅天に相応しくないと判断しました。実力が不鮮明なうえに、自分の隊を適切に管理することもままならない。こんな七紅天は未だかつて存在したことがありませんわ」

仰る通り。

仰る通りだからベリウス、そんな親の仇でも見るような目でフレーテを睨まないでやってくれ。あとメラコンシー、魔法を唱えようとするんじゃない。ヴィルもクナイをしまえ。

「ガンデスブラッドさん、何かご反論は？」

「特にない」

「そうですか！」

フレーテは愉快でたまらないといった表情でこう締めくくるのだった。

「それでは私はテラコマリ・ガンデスブラッドの不信任決議案を提出いたします。審議は後ほど〝七紅天会議〟にて。――ご存知かと思いますが、七紅天会議とはその名が示す通り七紅天全員が出席を義務づけられた特別会議のこと。もちろんあなたにも出席していただきますよ。ふふふふ――どんな判決が下るのか、今から楽しみですわね」

☆

「――ねえヴィル、七紅天会議とかいうので罷免されたらどうなるの？」

「契約魔法が取り消されるわけではありませんから爆発して死ぬでしょうね」

「やっぱり死ぬのかよ‼」

私の口から漏れ出た魂の叫びは宵闇(よいやみ)に吸い込まれて消えていった。

夜。ムルナイト宮殿。

昼間言ってた夜間パトロールである。夕方六時に通常の業務が終わった後、いったん食堂でご飯を食べてからサクナと合流して探索を開始した。それから一時間ほどぶらぶらしているのだが、テロリストが出現する気配は全然なかった。

というか今思ったのだが、犯人は政府要人を狙っているわけだし、こうやって無目的にうろついても無意味なんじゃないだろうか。……まあそんなことは今はどうでもいいのだ。現在私の心を蝕んでいるのは残業に対する煩わしさではない。

言うまでもなかろう、死への恐怖である。復活するとはいえ、痛いのは大嫌いなのだ。

「あーもう、テロリスト退治の話もあるのに……次から次へと……！」

「仕方ありません。遅かれ早かれこうなることはわかってましたからね」

「わかってたのかよ」

「誰でもわかります。戦争におけるコマリ様は雛壇に鎮座する人形みたいなもの。疑念を抱いた愚か者が喧嘩を吹っかけてくるのは容易に想像できることでしょう」

確かに。ヨハンだって私に決闘を仕掛けてきたしな。

「……七紅天会議ってどんな感じなんだ？」

「わかりかねます。しかしフレーテ・マスカレールの言葉から考えるに、七紅天同士で話し合ってコマリ様の生死を決めるのではないでしょうか。多数決の可能性もありますね」

「そんなので決められてたまるかよ！　どう考えても死ぬだろ！　私の味方をしてくれそうな人なんて――」

「だ、大丈夫です！」

隣を歩いていたサクナが杖をぎゅっと握りしめて言った。

「多数決になったら、私はテラコマリさんの味方をします。だって、テラコマリさんほど七紅天に相応しい人なんていないから……」

「さ、サクナぁ……！」

私は感激した。「七紅天に相応しい」云々の是非はさておき、ここまで真摯に私を擁護してくれる吸血鬼が他にいただろうか。いやいない（断言）。あまりにも嬉しかったので私は無意識のうちに白い頭をぽんぽんと撫でていた。ちなみに彼女は私より背が高い。

「やっぱりサクナはいい子だなぁ。今度一緒にサクナの好きな星座を見にいこうよ」

「は、はい、ありがとうごじゃいましゅ……えと、その、頭を……」

「あ。ごめん、つい……嫌だったか？」

「嫌じゃないです。嬉しいです……お姉ちゃんができたみたい」

「お姉ちゃん？」

「ッ。ご、ごめんなさい！　つい……」

サクナは「やっちゃった」みたいな感じで表情を強張らせた。

いったい何をそんなに慌てているのだろう？

「本当にごめんなさい。私なんかが慣れ慣れしくしたら迷惑ですよね……」

「別にいいよ。サクナが妹になるなら大歓迎だよ」

「そ、そうですか……？　えへ……コマリお姉ちゃん」

「む……その響きはちょっといいな。もっと呼んでくれ」

「コマリお姉ちゃんっ！」

「…………」

頭を優しく撫でてやると、サクナは目を細めて嬉しそうにしていた。彼女に尻尾（しっぽ）が生えていたらぶんぶんと暴れ回っていそうなほどの喜びようである。

なんだこれ。可愛いぞ。本物のロクでなし妹は是非とも見習ってほしい。

……あれ？　そういやこの子って十六歳だったよな。ってことは私より年上じゃん。年上の妹ってどうなの？　まあいっか、ただのじゃれ合いだし。

「コマリ様、イチャイチャしている場合ではございません」

冷徹な声を浴びせられて振り返る。

冷徹な顔をしたヴィルがこっちを見ていた。

「メモワール殿の援護があったとしてもコマリ様が助かる可能性は低いです。なぜなら七紅天は他に五人もいるからです。おそらくその大半がコマリ様に反感を抱いているでしょう」

「そ、そうだった……！　どうすればいいんだ？　お金でも渡すか？」

「賄賂はいけません」

「正論なんてキライだ！　こっちは命がかかってんだよ！」

「ですから賄賂など必要ありません。私に任せていただければ万事が上手くいきます。――

コマリ様、私の目が見えますか」

「目……？　っておい、どうしたんだ？　充血して真っ赤だぞ……」

ヴィルの双眸は宵闇の中にあって爛々と赤く輝いていた。もはや充血というレベルでもない気がするが――心配する私をよそに、彼女はくすりと笑って言うのだった。

「烈核解放・【パンドラポイズン】。ようやく召し上がっていただけたようです」

「何を言ってるんだお前は」

「詳しくご説明しておりませんでしたね――私の烈核解放は未来を視る異能。自分の血を誰かに飲ませることで、その誰かの遠くない未来を知覚することができます。ただし今回は飲ませた血の鮮度が低いので微かにしか視えませんが」

サクナがぎょっとしたようにヴィルから一歩離れた。

未来を視ると言われてもピンとはこないが――なんだかすごそうだった。

ヴィルは真っ赤な目を虚空に彷徨わせてブツブツと何事かを呟き始めた。

「――七紅天会議――フレーテ・マスカレール――ヘルデウス・ヘブン――オディロン・メタル――なるほどなるほど」そこで私のほうを顧みて、「わかりました。何もかも」

「何がわかったんだ？」

「会議とは名ばかりの尋問会。それが三日後に開かれる七紅天会議の実態です。フレーテ・マスカレールは高圧的かつ論理的な言葉でコマリ様を詰り続け、最終的に多数決でコマリ様が七紅天に相応しいかどうかを決めるつもりのようです」

「……で、どうなるんだ？」

「会議場でコマリ様は爆発します」

「嘘だろ？」

「ほんとです」

「嘘だろ？」

「ほんとです」

「嘘だと言ってくれよおおおおおおおおおおおっ！」

「嘘です」

「嘘なのかよ⁉」

「嘘にするんです。未来は人の行動によっていかようにも変えることができるのです。私に任せてくだされぱコマリ様が爆死することはありません。——そう、絶対に」

ヴィルは自信満々にそう言った。

そうして私は思い出した。

そうだ、今までもそうだったじゃないか。こいつに任せておけばなんだかんだで上手くいくのだ。大船に乗ったつもりでいるのは無理だが、とにかく彼女を信じてみようじゃないか
——そんなふうに淡い希望が芽生えるのを感じていると、にわかにヴィルが頭頂部をこちら

に突き出してきた。……何の真似だ？

「コマリ様のために誠心誠意働きます」

「そ、そうか。ありがとう」

「私もいい子です」

「………………」

顔がマジだった。とりあえずヴィルの髪をさわさわと撫でておいた。ラベンダーのようないいにおいがした。

そこでふとサクナがきょとんとした目でこっちを見ていることに気づく。

「あの……テラコマリさんって、けっこう戦うのが好きじゃなかったりするんですか？」

「え？　な、なななななんで？」

「だって……普通の七紅天だったら、もっと暴力的な手段で解決したがると思います。フレーテさんのように逆らってくる相手がいたら、その場で力を見せつけて黙らせるとか……」

やばい。鋭いぞこの子。

「――も、もちろんそうしてやるのがいちばん効果的だと思うけどな！　でも私は無益な戦いはしない主義なんだ！　できることなら話し合いで解決したいと思っている」

「へえ……」

やっぱりそうなんですね、とサクナは安心したように笑った。

意味がよくわからないが、まあ、気にする必要はないだろう。

かくして地獄の七紅天会議は迫る。

ちなみに、この日、テロリストは見つからなかった。

[1.5] 百人のコマリ

[Hikikomari the Vampire Countess no Monmon]

「――非難してくる者に負けたらいけないよ。心を強く持つことだ」

と、しばしば姉は言った。

イジメられていたわけではない。しかし吸血鬼が住む国において蒼玉種の血を引くサクナの姿は浮いており、ゆえに心ない陰口を言われることが多々あった。

そんなサクナのことを、姉は温かな笑顔で迎え入れてくれる。

「どうしたんだ？　また嫌なことがあったのか？」

サクナは事情を話した。学院の授業でグループを作ることになり、自分だけ仲間外れになったこと。クラスメートが独りぼっちのサクナを見てくすくす笑っていたこと。

「そっか。ひどいやつらだね。私がぶっ殺してやる」

「やめて。本当にやめて」

慌てて彼女の腕を引いて止めた。喧嘩っ早いのが玉に瑕だった。

サクナは困ったように姉の顔を見上げた。

「なんで、こんなことになるのかな」

「仕方のないことかもしれないな。国家というものは引きこもり体質なんだ。魔核があるから自然とそうなっちゃうんだろうけど——自分の国の種族のことしか考えていないから、私たちみたいなちょっと変わった人間は排除されがちなのさ。ひどいひどい」

「私はどうすればいい……？」

「うぅん、サクナは引っ込み思案だからね。ちょっと勇気を出して行動してみるといいよ。もしかしたら返り討ちに遭うかもしれないけれど、何もしないでいるよりマシだ。何かあったらお姉ちゃんがなんとかする。きみにひどいことをするようなやつは殺してやる」

「殺さなくていいから……」

「殺してやる、くらいの気持ちでいたほうがいいんだよ。心の強い人には特別な力が宿る。そしてサクナには十分な資質がある。——私にはわかる」

だんだんと勇気が湧いてくるのを感じた。だけど姉の言葉は少々具体性に欠けている。

「……あのね、私はね、どうしたらいいの。教えて」

「きみが次に泣いたとき。それが合図だ。きっと苦しい思いをするだろうけど、決して挫けてはいけない。自分をこんな不幸に陥れた原因は何なのか、それをしっかりと考えて、自分の思うように行動すればいい。そうすればサクナは幸せになれるから」

サクナと姉はそれほど年が離れているというわけではない。だのにこの少女は妙に抽象的で衒学的な言い回しを好むのだ。この浮世離れした空気が、サクナは好きだった。

そして何より、姉は、きれいな星座の形をしているから――

「……わからないけど、わかった」

やっぱり彼女の言はちんぷんかんぷんだったけれど、それでもサクナは尊敬するべき姉に対し、心からのお礼を言うのだった。

「本当にありがとね。……コマリお姉ちゃん」

それが数年前のこと。

優しかった姉は、もういない。

※

夜間パトロールは成果ナシのままお開きとなった。

コマリン閣下やメイドのヴィルヘイズと別れたサクナは、暗闇に包まれた帰路を軽やかなスキップでたどっていく。

心が弾むと身体が元気になってしまうのだ。

朝九時から夜十時までの労働は辛いといえば辛い。しかしサクナ・メモワールの精神は疲れを知らず高揚していた。心臓がドキドキ鳴っていた。憧れのアイドルに念願叶って会うことができた少女のごとく浮き足立っていた。

——だって。だってだって、テラコマリ・ガンデスブラッド大将軍に会えたのだから。

しかも頭を撫でられたんだぞ。優しく。丁寧に。ナデナデと！　これで心がさざめかないやつはムルナイトの吸血鬼として失格だよ！——とサクナは思う。

「くふ。くふふふふふふふふふ………」

知らず知らずのうちに顔がにやけてしまう。誰かに見られたらまずいとわかっているけど頬が緩むのを抑えられない。軍服の酔っ払いとすれ違ったけど全然気にならない。

サクナにとって、テラコマリ・ガンデスブラッドは憧れの的だった。

理由は簡単。彼女はサクナにないものをたくさん持っているからだ。

まず可愛い。きれい。そして強い。カリスマ性もある。今日会ってみてわかったが意外に親しみやすい。自分のような不出来な新人にも優しく接してくれる。最強の吸血鬼なのに、暴力に頼ったりせず話し合いで物事を解決しようとする平和な心を持っている。

こんなにすごい人と一緒に仕事ができるなんて夢みたいだ。

七紅天になっても嫌なことばかりかと思っていたけど、これは予想外の幸運だなあ——そんなふうに万感の思いを抱きながらサクナは自宅の扉に鍵を差し込んだ。

自宅、といっても帝国軍の女子寮である。ムルナイト宮殿の中心から川をはさんだ反対側に建っているぼろ屋だ。七紅天にはもっと上等な宿舎が与えられるのだが、サクナはこの狭くて古いワンルームが気に入っているので引っ越す予定はない。落ち着くから。

「ただいまー」

ギィー、と扉を押し開ける。当たり前のことだが真っ暗だった。サクナは微量の魔力を練ると、天井に備え付けられた魔灯に注いでやる。ぱっと周囲が明るくなった。

目の前にコマリが立っていた。

ただのコマリではない。

サクナの手作りコマリである。中級造形魔法【マッドクリエイション】で作製した等身大のコマリン人形。目を凝らせば作り物だとわかるが、ぱっと見では本人がそこにいるのかと見紛うような出来栄えである。それが狭い部屋のあちこちに突っ立っていた。十五体。

「ただいま、コマリお姉ちゃん」

満面の笑みを浮かべてコマリン人形に挨拶する。ただし一体だけに挨拶すると他のコマリお姉ちゃんが拗ねてしまうかもしれない。だから全員に挨拶するのだ。「ただいま、コマリお姉ちゃん」「ただいま、コマリお姉ちゃん」「ただいま、コマリお姉ちゃん」――しっかり十五体に「ただいま」を告げたサクナは満足そうに頷くと、軍服を脱ぐこともせずにそのままベッドに倒れ込んだ。コマリン閣下の全身がプリントされた抱き枕にしがみつきながら、今日の出来事を反芻しては身悶えする。

ああ。ああ――やっと憧れのテラコマリさんとお話しすることができた!

サクナの心を包み込むのは絶大な歓喜。そしてこの歓喜はしばらく続くことになるだろう。

そう思うだけで胸の奥がきゅうっとなって自然とニヤニヤしてしまうのだ。

サクナはふと天井を見上げた。そこにべたべたと貼(は)られているのは闇市(やみいち)で買ったコマリの盗撮写真。目覚めた瞬間に憧れの人の顔が視界いっぱいに広がっていると「今日も一日がんばろう」という気分になれるのだ。

「くふふ。ふふふふ」

天井から視線を外しても、必ず何かしらのコマリが目に入る。等身大コマリ人形は言わずもがな。クローゼットの中の閣下Tシャツ、コマリン閣下の活躍が掲載された新聞の切り抜き、自分で描いたコマリン閣下の似顔絵——どこを見渡してもコマリ。コマリコマリ。コマリ。

総勢百個のコマリグッズ。

何を隠そう、サクナはコマリン閣下のことが大好きなのである。

当の本人が見たら金切り声をあげて失神しそうな光景であるが見せるつもりは毛頭ないので問題ない。仮に見られたら潔く切腹をする覚悟だ。

「はあ……コマリお姉ちゃん」

仕事はいやだ。殺すのも殺されるのも好きじゃない。

だけど……この仕事に就いているおかげであの人と知り合えたんだ。

「明日も、会えるよね……」

もっと言葉を交わしたい。もっと仲良くなりたい。もっとあの人のことが知りたい。頭のてっぺんからつま先まで知り尽くして準備ができたら暗闇に誘き出して心臓を光った。

枕元に置いた通信用魔鉱石が淡い光を発した。

サクナは顔面蒼白になった。

先ほどまでの高揚は一気に霧散してしまった。

またあれだ。あの嫌な記憶が呼び起こされてしまう。でも応答しなかったら後でどんな目に遭わされるかわからない。応答しないわけにはいかない。

鉱石は光り続ける。まるでサクナを責めるかのように。

深呼吸をした。震える手で魔力を注いだ。

『——何をやっているサクナ・メモワールッ!!』

身が竦んでしまった。

暴力的な罵詈雑言が反響する。

『お前は馬鹿か、愚鈍か、腰抜けかッ！　もう三日も経つのに七紅天の一人も殺せていないではないか。愚図愚図していると皇帝のやつに感づかれてしまうぞッ！』

「ご、ごめんなさい。……でも、私なんかで勝てるかどうか……それに七紅天の人たちは、一人でいることがほとんどないんです」

『ならば決闘でも何でも仕掛ければよいだろうが。やつらは文官とは違う、公の場で殺してしまっても問題はなかろうに。その程度の頭も回らんのか⁉』

「て、帝国軍法が！　あります……、第十一条三項、『七紅天同士の私的な決闘はいかなる場合においても禁ずる』、って」

男が言葉を詰まらせた。そうしてサクナは余計な口答えをしてしまったことに気づいた。

すぐに嵐のような怒声が飛んできた。

『――ならば、そこを何とかするのがお前の仕事であろう！』

「ごめんなさい。ごめんなさいごめんなさい……」

『ええい鬱陶しい、軟弱な声をあげるなッ！――もういい、わかった、お前の愚鈍さはよぉくわかった。お膳立てはこちらで済ませておいてやる』

「お膳、立て……？」

『その通りだ。ちょうどフレーテ・マスカレールが面白い催しを企画しているようだからな、それに乗じることにする。言っておくが失敗は絶対に許されんぞ。もし失敗したら——我々逆さ月の看板に泥を塗るようなことがあったら——そうだな、罰が必要だな。お前の家族は何人だったか？』

ニヤリと笑う気配がした。サクナは壮絶な寒気を感じて身震いする。

『家族は何人だったかと聞いているんだッ！』

「さ、三人でした！　父と、母と、お姉ちゃんが……」

『ならば全員殺す。お前が失敗するたびに我が神具で全員殺してやる。家族を失いたくなかったら必ず七紅天を殺し尽くせ、サクナ・メモワール』

ブチリ、と通話が切れた。

しばらく身動きすることもできなかった。頭が真っ白になり、呆然とその場に硬直し、壁掛け時計の針が夜の十一時を指す頃になってようやく感情が再起動した。

ぼすん、とベッドに倒れ込む。

殺したくない。殺されたくもない。でも殺さなければ殺されてしまう。

こんなに理不尽なことがあるだろうか。

「コマリ、お姉ちゃん……」

サクナは彼女の名前を呟きながら抱き枕にしがみついた。知らず知らずのうちにこぼれた涙がシーツに染みを作っていく。自分もあの人のように強くてきれいで勇猛果敢だったなら、この理不尽な境遇を粉々に破壊することができるのだろうか。いや——

——自分をこんな不幸に陥れた原因は何なのか、それをしっかりと考えて、自分の思うように行動すればいい。

そうだ。あの人は言ったじゃないか。

まだ、自分には、できることがあるはずなのだ。

「……五十一。五十二。今日で五十三。これで全部」

引き出しから輝く石を取り出す。

大して珍しくもない【転移】の魔法が封じ込められた魔法石だ。

この行為にどんな意味があるかはわからない——しかし無抵抗でいることは我慢ならなかった。これはささやかな反逆だ。憎きテロリストに対する小さな意趣返し。

サクナは深呼吸をすると、魔力を込めて【転移】を発動させた。

コマリだらけの部屋から、少女の姿がふっと消えた。

2　曲者ぞろいの円卓会議

　あれから毎晩見回りをしているのだが、テロリストは結局見つからなかった。新しい犠牲者が出たという話も聞かないので、私たちの残業が功を奏しているのかもしれない。あるいはテロリストが殺人に飽きてしまったとか。既に目的が達成されたので犯行を止めた、という可能性も否定できないが——正直そんなことはどうでもいい。

　ついにあの日が訪れてしまったのである。

　言うまでもなくアレだ。七紅天会議だ。

「ああああああああああああああ行ぎだぐない行ぎだぐないいいいいいいい‼」

　私は叫んだ。なりふり構わず絶叫していた。

　朝。自室。ベッドの上。今日こそ仮病を使ってやろうと毛布に包まっていたところ、いきなり変態メイドが出現して「出勤のお時間ですよ」とにこやかに告げたのである。まさに死神のお告げである。

「コマリ様、私がサポートいたしますので平気です。よほどのことがない限り死にません」

「よほどのことがあったらどうするんだよ！」

ヴィルはやれやれといった感じで肩をすくめた。

「いったいどうなさったのですか。先日は『ヴィルのこと信じてるから大丈夫！』と言って私を抱きしめてくださったのに」

そんなことをした覚えはないし言った覚えもない。

「……そりゃあお前のことはそれなりに信頼してるよ。でもさ、よく考えたら今回の相手は帝国最強の七人なんだぞ。ヨハンのときみたいにはいかないんだぞ！」

「なるほど。考えているうちに不安が増大してしまったのですね――でもご安心ください。コマリ様が爆発する可能性は消えました」

「それも烈核解放で視たの？」

「いえ。効果が切れたので視えませんが」

「あっそ」

私は今度こそそっぽを向いた。イルカの抱き枕に顔を埋める。

今日はもう外に出ないほうがいいかもしれないな。うん。私は寝るんだ。夢の中でお菓子の国に行くんだ。もう誰も話しかけないでくれ。

「コマリ様、行く気はないのですか」

「ない」

「また小説を音読しますよ」

「……いちごミルクだろ？　べつにもうどうでもいいよ」

「違います。新作のほうです」

「な、何でだよ⁉　無理に読まないって言ってたじゃん！　というか机の引き出しに鍵をかけてしまっておいたんだぞ⁉　どうやって読んだんだよ⁉」

「『よほどのことがない限りは読まない』としか言ってません。今回はよほどのことなので机の鍵を破壊して脅迫材料とさせていただきました」

「ああああああああああああああああああああああああああ‼」

私は頭を抱えてベッドの上で悶えた。

ああそうだよちくしょう！　どうせ読まれるとは思っていたよ！　ヴィルのことだしな、私の書いた小説が好きで好きでたまらない変態メイドのことだしなッ！　そっちがその気ならもういいよ。わかったよ。吹っ切れてやるからな！

「ふん！　あれはいずれ世間に発表する予定だったんだ！　好きなだけ音読すればいいじゃないか！」

「そうですか。ではサクナ・メモワール殿、お願いします」

「え？　は、はい――『オレンジの季節の恋』」

「ちょっと待てえええええええええええええええええ！」

私は飛び起きた。飛び起きた瞬間目に入ってきたのは白銀の髪を持つ女の子の姿である。

サクナ・メモワール。この独特で儚(はかな)げな空気感、間違いない。

ヴィルが目で言っていた。「外に出ないとサクナに読ませるぞ」。

「あ、テラコマリさん、おはようございます。七紅天会議、頑張りましょうね」

「う、うむ！　頑張るぞ！　頑張るけど……えっと、サクナはどうしてここに？」

「せっかくだから一緒に行こうかなと思って……」

サクナの家って寮だよね？　ものすごく遠回りじゃない？――と思ったが、彼女は魔法使いなのだ。空間転移の魔法なんて呼吸をするように使いこなせるのだろう。

「だ、だめでしたか？」

「ダメじゃないダメじゃない！　むしろ大歓迎だ！」そこで私は彼女の手元に視線を向け、

「ところで、その原稿だけど……」

「これですか？　えと、これって何なんでしょうか？」

サクナがヴィルに問うた。ヴィルはドヤ顔で答えた。

「将来偉大な作家になる方の作品です。本がお好きだとうかがいましたので、メモワール殿にも読んでいただこうかと思いまして。おそらくお気に召すかと」

このやろう、適当ぶっこきやがって！

「そうだったんですか。テラコマリさんはもう読みました？」

「ふぇ⁉　……そ、そうだな。読んだな」そりゃ自分で書いたやつだしな。

「面白かったですか？」

「面白いか面白くないかでいえば……め、めちゃくちゃ面白かったな！」

「うわぁ、楽しみだなあ。……ところで、これ、どなたが書いたんですか？」

　ぎくりとした。いずれ世間に発表する予定であることは間違いない——しかし現時点でサクナに小説を書いていることを知られたくはなかった。だって恥ずかしいから。

　ゆえに私は隠すことにした。後々面倒なことになる予感がしたが今は無視。

「それはだな……私の親戚が書いたんだ。自信作だから見てくれって言われてな……サクナも読んだら感想を聞かせてよ。伝えておくから」

「はい。是非読ませていただきます」

　サクナは嬉しそうに頷いた。

　……あれ？　これって最高の形じゃないか？　作者名が秘匿されるなら音読されても熟読されても私は痛くも痒くもない。ゆえにこれは脅迫になっていない。外に出る必要もない。

　しかも、しかもだぞ。ちょっとサクナを騙してるみたいな感じになってしまったけど、私の原稿を誰かが読んでくれるってすごくないか？　忌憚なきご意見ご感想をもらえるかもしれないんだぞ。うわ、ドキドキするなあ。

「それはコマリ様が書いたものです」

「何バラしてんだよお前⁉」

「え？　……本当にテラコマリさんが書いたんですか？」

「ち、違うぞサクナ！　この変態メイドは一日に五、六回嘘を吐かないと気がすまない大嘘吐きなんだ！　それは私の親戚が書いた本だぞ！」

「そうですか……ちょっと残念」

サクナは本当に残念そうに掌中の原稿に目を落とした。

危ない危ない。この変態メイドを放置しておくとロクなことにならんな。と思っていたら、その変態メイドがガシッと私の腕をつかんで微笑んだ。

「さて、本気でバラされたくなかったら外に出ましょうか」

「さ、さわるな変態！　今日は永遠に寝る予定なんだ！　永眠するんだっ！」

「それ死んでますが」

「永眠するくらいの勢いで寝るってことだよ！　とにかく私は外に出ないからな！」

「お戯れを。ここにはメモワール殿がおられるのですよ」

「…………」

忘れていた。サクナは困惑したような顔でこっちを見ていた。最悪だった。

小説のくだりなんて軽いジャブにすぎなかったらしい。こいつが（なぜか）毛嫌いしているサクナを私の部屋に入れたのはそういう理由だったのだ。

「テラコマリさん。お仕事で疲れて、寝不足なのはわかりますけど……でも、行かなくちゃダメだと思います。私も応援しています。一緒に、頑張りましょう」

逃げ場はないみたいだ。

一応私は先輩だしな。後輩の前ではカッコつけてしまうのが人のサガというものだしな。

というわけで、私はベッドの上に仁王立ちしてこう宣言するのだった。

「よかろう！　七紅天どもの顔を拝みに行こうじゃないか！　なぁに心配はご無用だ。結局私ほど〝帝国最強の七人〟に相応しい吸血鬼などいないのだからなっ！」

このあと滅茶苦茶後悔した。

☆

ムルナイト宮殿、『血濡れの間』。かつて私が部下たちと初顔合わせをした部屋である。軍服の吸血鬼たちが勢ぞろいしている光景ばかりが目に焼きついているが、今日はだだっ広い空間の中央に巨大な円卓がでん！　と置かれているのみ。

そしてその円卓を囲むようにして例のやつらが座っていた。

怖い。怖すぎる。どいつもこいつも完全に堅気ではない。誇張なしに千人単位で人を殺してきたヤバイ連中、それがムルナイト帝国大将軍・七紅天なのだった。

「あらあらガンデスブラッドさん！　それにサクナ・メモワールさんも！　二人そろって見事

な重役出勤ですわね。皆さん待ちくたびれていますわよ？」

部屋に入るなり好戦的な眼差しを向けてきたのは〝黒き閃光〟フレーテ・マスカレールである。相も変わらず木耳みたいなツヤツヤヘアが印象的だった。これに対し私は死を覚悟するような思いで彼女を見つめ返し、

「ふ、ふん！　まだ時間は過ぎてないから文句を言われる筋合いはないな！　お前こそもっとゆとりをもって行動したらどうだ？」

「……ッ、言うじゃありませんの」

やばい。汗ダラダラ。なんで私はこんなことを言ってるんだ。

でもこれは作戦なんだ。作戦だから仕方のないことなんだ……！

ここに来る前にヴィルに言われたことはただ一つ。

「できるだけイキりましょう。そうすれば相手も怯みます」

「イキるってどういう意味？」

「調子に乗るという意味です。頑張ってイキリコマリになってください」

ようはいつものアレである。

はっきり言ってそんな陳腐な戦法が帝国最強の将軍どもに通じるとは思えない。

しかしイキらないよりイキるほうがマシだろうということでイキることにした。……が、さっそく失敗な気がしてきたぞ。見ろ、フレーテの手が腰の剣に伸びてるじゃないか。めちゃ

くちゃブチギレてるだろ、あれ。

「コマリ様、はやく席につきましょう」

「う、うん」

背後のヴィルに急かされつつ、私は震える足をなんとか動かして円卓のほうへと近づいていく。そして気がついた。本来なら第一部隊の隊長が座るべき椅子（つまり私の隣）に、見覚えのある変態金髪縦ロール巨乳美少女変態皇帝陛下が悠然と腰かけているのである。

「……皇帝？　何やってんだ」

「見物さ。コマリの処遇がどんなふうになるのか気になってね」

なんでそんな楽しそうな顔してるの？　人の生き死にに関わる会議なんだぞ？――非難の目を向けてやれば、彼女は「あっはっはっは！」と豪快に哄笑するのだった。

「もの欲しそうな顔をしてもダメだぞ。そういうおねだりはプライベートのときだけにしたまえ」

「何の話をしてんだよ!?」

「何の話をしてるんですの!?」

声がかぶった。

フレーテが不愉快そうに眉を吊り上げながらこっちを睨みつけていた。

「いいから席につきなさい！　ほらサクナ・メモワールさんも！」

「は、はい！」

サクナがあわあわしながら席についた。私も内心あわあわしながら彼女の隣に腰かける。

やばい。やばいやばいやばい。七紅天たちがこっちを見ている。視線だけで殺されそう。だがここでビビったら私の負けだ。「あ、こいつ弱虫だな」みたいな印象を持たれて七紅天失格の烙印を押されてしまうかもしれない。だから私はあくまでも不敵な態度を装って、「ふーん、こんなもんか」みたいな感じでぐるりと円卓を見渡してやるのだった。

隣。皇帝陛下。涼しそうな顔でティーカップに口をつけている。本来は第一部隊の隊長が座るべき椅子なのだろうがそんなに堂々と占拠してしまっていいのだろうか。まあ初対面のバーサーカーよりは変態でも気心の知れた人物が隣にいるほうがマシである。

隣。第二部隊隊長　ヘルデウス・ヘブン。七紅天でありながら孤児院を経営する神父でもある型破りな奇人。こいつだけ軍服じゃなくて宗教チックな衣装である。彼はこちらに目を向けると高速で十字を切って両手を合わせた。やめろ。私はまだ天に召されるつもりはない。

隣。第三部隊隊長　フレーテ・マスカレール。この中でいちばん私に敵意を持っていると思われるのがこいつである。ちなみにマスカレール家は歴史上ガンデスブラッド家と対立してきた名門らしい。フレーテが私を敵視するのはその辺の事情も関係しているのかもしれない。

隣。第四部隊隊長　デルピュネー。異国風の仮面をかぶった女性……いや、制服が男性用だから男の人だろうか？　腕を組んで背もたれに寄りかかる様子からはミステリアスな威厳を感

じる。まあ仮面で正体を隠しているやつは大抵ロクでもないと相場は決まっているのだ。

隣。第五部隊隊長　オディロン・メタル。見るからに歴戦の猛者といった感じのおじさんである。年の頃は四十くらいだろうか。筋骨隆々の体躯、皺の寄りまくった眉間、立派な髭、そして何より相手を射殺さんばかりに鋭い視線――正直言っていちばん怖い。

隣。第六部隊隊長　サクナ・メモワール。この場における唯一の癒し。私が平常心を保っていられるのはこの子が隣にいるからといっても過言ではない。視線が合うと彼女は緊張した面持ちで両手の拳をぎゅっと握った。わかる。わかるぞその気持ち。

隣。第七部隊隊長　テラコマリ・ガンデスブラッド。つまり私。七紅天どもの凶悪な視線を一身に浴びながらそれでも余裕の態度を崩さない――ように必死で腹に力を入れている。だめだ。死にそう。私は背後に控えるヴィルのほうを見た。彼女も余裕の態度だった。何を考えてるのか知らんが頼んだからな……！　お前が最後の命綱なんだからな……！

「――さて、遠征中の第一部隊隊長ペトローズ・カラマリア様を除いて全員が揃いました。会議を開く条件は『七紅天が六人以上出席すること』。ご覧の通り条件は満たされましたので、これより七紅天会議を開催したいと思います。異論はありませんね？」

フレーテの言葉に一同が頷いた。どうやら彼女が司会役を務めるようである。

こうして七紅天たちを見渡してみると、意外にもカラフルだ。七〝紅〟天なんていう名前をしているからみんな赤い制服なのかと思われがちだが、部隊ごとにカラーが異なる。ちなみに七紅天は〝赤い将軍〟じゃなくて〝天を赤く染める将軍〟という意味。物騒。

――と、そんなどうでもいいことを考えているうちに、フレーテが重々しく開口した。

「本日の議題はたった一つ。すなわち『テラコマリ・ガンデスブラッドが七紅天の地位に相応しいか否(いな)か』というものです。彼女は本年四月に七紅天に就任して以来、連戦戦勝を重ね、先日のラペリコ王国戦でついに十連勝を成し遂げました。これは新人七紅天の活躍としては史上類を見ないほどに目覚ましいものでしょう」

「まったくでありますな!!　神に祈りが通じた結果でございましょう!!」

「わけがわからないのでヘブン様は黙っていてください。――いずれにせよテラコマリ・ガンデスブラッドの活躍には目を見張るものがありますわ。国内外を問わず法外な評価を受けているのも納得の実績です――そう、実績だけを見るならば！」

キッ！　と私を睨みつけて、

「皆さんは彼女が戦う姿をご覧になったことがあるでしょうか？　いいえ、ないはずですわ。テラコマリ・ガンデスブラッドは戦争の際でも本陣の椅子に座って指図(さしず)をするだけ。部下たちを戦わせるばかりで、本人が敵将を討ち取ったという話は一度も聞きません」

「確かに聞いたことがないなッ！」と地鳴りのような声を発したのは第五部隊隊長オディロン・メタル（怖いおじさん）である。「七紅天とは武の象徴でもある！　鍛え上げた己(おのれ)の肉体で敵を討ち滅ぼすことこそ宿命！　ガンデスブラッド殿はその辺りを理解しておられるか？」

「も、もちろんわかって――」

「ええわかっておりますとも!!」

私のかわりに絶叫したのはヘルデウス・ヘブン（変なおじさん）である。いや何でだよ。

「わかっていないのはメタル殿のほうですよ。真の強者は弱者など相手にしません！　ガンデスブラッド殿はそれを重々承知しておられるから自ら戦うことがないのでしょう！」

「ならばもっと強者に戦いを挑めばよかろう！　ガンデスブラッド殿の戦績を見たまえ、十戦のうち四戦が野蛮国家のチンパンジーではないかッ！　弱者を相手にしないという主義を持つのならそれはそれで納得だが、ではなぜ弱者ばかりと戦争をしているのだッ！」

「わかっていませんねえ！　これだから神を信じぬ野蛮人は！」

オディロンの額から「ぶち」と嫌な音がした。たぶんキレた。色々なものが。

しかしヘルデウスは構わずに言葉を続ける。

「ガンデスブラッド殿は偉大なる神のごとく大きな器を持っているのです。何者も拒むことはいたしません――それが神の教えに従うということなのです」

「わけがわからんッ！　わかるように話せ!!」

「では俗人にも理解できるようにご説明いたしましょう。ガンデスブラッド殿は敵国に宣戦布告された際、大海のごとき広い御心（みこころ）でもって可能な限り受け入れているのです。つまり相手など選ばない。ゆえに偶然！　たまたま！　運悪く！　対戦相手が弱者ばかりになってしまったのです！」

「それにしてもチンパンジーを選びすぎだろうが‼」

「獣ですから考えなしに何度も宣戦布告をしてくるのでしょう。そういう心情はあなたなら理解できるのではないですか？　チンパンジーに匹敵する野蛮人のメタル殿ならね！」

ドン‼　と拳が机に叩きつけられた。サクナが「ひいっ！」と悲鳴をあげた。私は漏らしそうになった。オディロンが叫んだ。

「もういっぺん言ってみろヘルデウス‼　その小汚い祭服をひっぺがして細切れにして炭焼きにして豚どもの晩飯のオカズにしてやろうかッ！」

「嗚呼なんと愚かな！　やはり世界には神の御威光が理解できない人間がまだまだ大勢いるのですね――わかりました。野蛮人を教化するのも伝道者の役目、髭面のバーバリアンにも救いの手を差し伸べてやるとしましょうぞ！」

「この糞神父がああああああああああああッ‼」

「――おやめなさい、二人とも！」

オディロンが剣を抜き、ヘルデウスも立ち上がり、そのまま殺し合いが勃発するんじゃないかと思ったところでフレーテの放った暗黒魔法が両者の間を勢いよく突き抜けていった。さらにその暗黒ビーム（？）は台風のような速度で私の頬をかすめて背後の壁に激突、堅牢なレンガを「メリッ」と抉り取ってようやく消える。

フレーテは冷ややかな声で言った。

「そのような振る舞いはこの場に相応しくありません。そもそも七紅天同士の私闘は禁じられていますわ。それにカレン様——皇帝陛下の御前でもあるのですよ?」

「……チッ、そうだったな。忌々しいことに私闘は厳禁だったな」

オディロンが舌打ちをして剣を収めた。ヘルデウスも笑顔で頷いて席に座る。

そして私はあまりの出来事にあんぐり口を開けていた。

「コマリ様、表情が死んでます」

ヴィルが背後から私の顔をむにむにといじった。

それでようやく不敵な笑みを取り戻すことに成功。

「ねえヴィル、死ぬのかな」

「死にません」

いや死ぬだろ。どう考えても。

「話を戻しましょう。——以上のごとくテラコマリ・ガンデスブラッドには実力詐称の疑いがかけられています。ガンデスブラッドさん、これに対して何かご反論は?」

「う、うむ。私は最強だ」

「それは反論になっていませんわ」

フレーテは冷たく一蹴した。

「そういえば、あなたは一カ月前に逆さ月の刺客ミリセント・ブルーナイトを殺害したそうですけれど、それはどうやったんですの？」

答えられなかった。そんなの私が聞きたいよ。

「あら、ご自分のことですのに答えられないと？　それとも忘れてしまった？」

だん！　とサクナが立ち上がり、

「ま、待ってください！　そんなこと、聞かなくてもっ！　テラコマリさんが実際に強いってことを証明できればいい……ですよね？　たとえば上級魔法をここで披露するとか」

サクナ。勇気をふり絞って意見してくれるのはものすごく嬉しいんだけどこちとら上級魔法どころか下級魔法も使えないからそれは私の首を絞めてるようなものなんだ……！

「どうせ使えませんわ。ねえガンデスブラッドさん」

「つ、つつ、使えるに決まってるだろうが！」

「ではやってみてください」

「……まだそのときじゃない」

「ほら、できないじゃない」

フレーテが失望の溜息(ためいき)を漏らした。隣からサクナの視線が突き刺さる。「なんで？」「どうして？」「本当に使えないんですか？」──みたいな不安のこもった視線。ごめん、サクナ……と心の中で謝罪をしていたら、ばん！　と今度はヘルデウスが立ち上がり、

「マスカレール殿！　神を信ずるガンデスブラッド殿が嘘をつくはずもないでしょうに！」

「嘘じゃないならこの場で派手な魔法を唱えればいいだけのことです。それにヘブン様、あなたは勘違いをしてますわ。テラコマリ・ガンデスブラッドは神聖教徒ではありません」

「は……？　そ、そんなはずは……」

「後で帝都の教会の名簿を確認してみてください。彼女の名前なんてどこにも載ってませんから。それに――ガンデスブラッド家は、昔から神に唾を吐きかけるような無神論者の一族として有名ですわ」

「な、なんですと……⁉」

ヘルデウスがこちらを見た。裏切られた子犬みたいな顔だった。ふざけんなよ。勝手に勘違いしていたのはそっちじゃん。

「――さてガンデスブラッドさん、テロリストの件についてお答えくださいな」

私は震える唇を辛うじて動かした。

「……わ、忘れるはずがないだろう。あれはすごい戦いだった……具体的に言うと色々な魔法がびゅんびゅん飛び交ってすごかった……」

誰かが失望したような溜息を吐いた。オディロン（怖いおじさん）である。

私はびくりと全身が震えるのを抑えられなかった。

「どこが具体的なんですの？」とフレーテが呆れたように言う。「私はあなたのそういうところが気に入りませんわ。何を聞かれても適当なことばかり――しかも『すごい魔法がびゅんびゅん飛び交った』ですって？　もうちょっと知的な言葉は使えませんの？　仮にもあなたは七紅天でしょう、これではまるで子供の言い訳ではないですか」

「違う。間違えた。詳しく説明すると――」

「実力もなければ語彙力もない！　もっと本を読んだほうがいいですわ。――ああそうだ、私のお姉様が書いた『アンドロノス戦記』という本があるんですけれど、これがとても知的で戦略的で子供の教育にもってこいの一品でして。よろしければ貸して差し上げましょうか？全巻お読みになればあなたの頭も少しはマシになると思いますわよ？」

「ほ、本は読んでるもん！」

「お黙りなさい。――とにかく、以上の理由であなたは七紅天に相応しくないのです。物的証拠もあります――これをご覧ください。彼女が帝立学院に通っていたときの成績表です。魔法も基礎体も1ばかり。こんな落ちこぼれが七紅天になれると思いますか？」

「そんなの……どこから……！」

「マスカレール家の力をもってすれば簡単に調べることができますわ。――いずれにせよあなたはどうしようもない劣等生だった。しかも学院を中退してますわよね？　この三年間、どこで何をしていましたの？　まさか引きこもり？　ガンデスブラッド家の息女ともあろう者が引きこもっていたんですの？」

「どうでもいいでしょ、そんなこと……」

「そうですわね。本当にどうでもいい。私が気になっているのは、あなたがどうやって七紅天になったのかということです。——あなた、ようするにコネを使ったんでしょう?」

「……………」

「ガンデスブラッド卿は大貴族ですものね。実力も実績もない娘を七紅天に就任させることくらい造作もありません。『お願いお父さん! 私を七紅天にして!』——と、こんな感じでおねだりをすれば簡単に準一位・七紅天大将軍の地位が手に入ってしまうのですわ。なんと浅ましいことか!」

「……………」

「ふん、どうせ人気者になりたかったんでしょう? ちやほやされたかったんでしょう? なにせ下品なグッズを大量生産して売りさばいていますものね。よくもあんなことができますわ——面の皮が厚いったらありゃしない!」

「……………………」

目に涙が溜まってきた。まるで裁判を受ける被告人のような気分だった。さすがに泣いているのがバレると即座に死刑になりそうなので、膝の上で拳を握りしめ、ジッとテーブルの上を眺めながらフレーテの痛罵を受け流そうとする。しかし受け流せない。やつの言葉は刃物のような鋭さで私の心をずたずたにしていく。……そうだよ。あいつの言ってることは正しい。正しくない部分も大量にあるけれど、反論することができなければそれが真実となってしまうのだ。つらい。苦しい。なんで私がこんな目に遭わなくちゃいけないんだ……。

「どうして俯いているのかしら？　もうすぐ辞任することになるとはいえ、あなたは現時点ではまだ七紅天大将軍。もっと覇気を持ちなさい。そんなだから学院で——」

「それくらいにしておけ」

議場に響き渡る雷のような声。全員の視線が一点に集まる——隣の金髪巨乳美少女が頬杖をつきながらフレーテを見つめている。フレーテは目に見えて狼狽した。

「か、カレン様……？　それはどういう」

「彼女はまだ十五歳なんだ。あまり強い言葉で詰るのは大人げないぞ」

「しかし……十五歳とはいえ、ガンデスブラッドさんは七紅天ですわ。だから……えと……このくらい責めたところで大した問題は……だ、だいたい私は事実を告げているんです！　事実を告げることの何が悪いのでしょう⁉」

「それは本当に事実なのかね？　きちんと確認は取ったか？　成績表はさておき他の点——たとえばコマリが『人気者になりたいからコネで七紅天になった』などという話に具体的な証拠はあるのかね？」

「そ、それは……状況証拠的に……」

「きみは人の心が読めるわけではなかろう。七紅天会議を招集して弾劾裁判を行うのなら、

「もっと調査を徹底することだ」

と、そんなふうに皇帝はフレーテの落ち度の指摘を始めた。

私を擁護してくれているのだと思った。

嬉しい。安心する。しかし――なんだか情けなくなってしまった。

私は一カ月前の一件で学んだはずなのだ。悪意や敵意を向けてくる相手に対して無抵抗でいたら、取り返しのつかないほどの大損をすることになる。実際、私はミリセントに好き放題やらせたせいで三年間も引きこもることになってしまったのだから。

皇帝が私の味方をしてくれているのは素直に嬉しい。

だけど、誰かに守られるばかりなのは情けない。

私はもっと自発的に〝抵抗〟していくべきなのだ。

「カレン様……確かにカレン様の仰(おっしゃ)ることにも一理あります。しかし、テラコマリ・ガンデスブラッドが七紅天として相応しい実力を示していないことだけは確実ですわ！　ゆえに彼女に大した戦闘能力がないのは自明の理！　学院の成績を見ても瞭然です！　そんな落ちこぼれが七紅天に就任できる理由など、コネや賄賂以外にありはしないでしょう！」

「その臆測を慎めと言うておろうに。だいたいコマリの七紅天就任を最終的に決めたのは朕(ちん)であるからして、お前の言っていることは――」

「皇帝。もういいよ」

私はありったけの勇気を振り絞ってそう呟いた。

皇帝が驚いたようにこっちを見る。

ハンカチで涙を拭い、背後のヴィルを顧みる。

「ヴィル。私は爆発しないいんだな?」

彼女も驚いたような顔をしていた。しかしすぐにいつもの不敵な笑みを浮かべて答える。

「私を信じてください」

ならば何も不安はない。いや本音を言うと不安すぎて死にそうなくらい参っているのだがこはヴィルを信じてみようじゃないか。そうでないと何も始まらない。

私は深呼吸をすると、まっすぐフレーテのほうを睨みつけた。

フレーテは「なんだこいつ」みたいな顔で私を見返した。

皇帝が「ほう」と面白そうに口角を吊り上げた。

周りの七紅天どもが私に注目している。

そうして私は、偉そうに腕を組み、偉そうに両足をテーブルの上に乗せ、偉そうに嘲笑しながらこう言ってやるのだった。

「好きなだけ囀りたまえフレーテ・マスカレール。雑魚が何をほざいても強者の耳には届かんがな」

フレーテが凍りついたように動きを止めた。

皇帝が「フッ」と噴き出した。

他の七紅天どもはきょとんとして私を見つめている。

そうして私は——私は、……ちょっとした快感を覚えると同時に世界が終わったかのような絶望を味わっていた。

言っちゃった……言っちゃった言っちゃった言っちゃったあああああああああ！

過去最大級のイキリ！　完全なる自発的挑発！　ボコボコにされても文句は言えない！　フレーテの顔が丑の刻参り七日目の最中に誰かに目撃されてブチギレた呪術師みたいになっている！

「……ふ、ふふ、うふふふふふふふふふふふ……ガンデスブラッドさん、……それは、何の冗談ですの……？」

「冗談？　それこそ冗談だろう。お前は自分の実力が理解できていないのか？　ちょっと暗黒魔法がスゴイからって調子に乗ってもらっては困るぞ！」

バキッ！　と嫌な音がした。フレーテの拳が木製の机に穴をあけた音である。

「この私を……この英邁なる七紅天〝黒き閃光〟フレーテ・マスカレールを前にしてなんと無礼な物言いッ！　撤回しなさいッ！」

「ならばお前が先に撤回しろ！　さっき私に対して根拠のない誹謗中傷を散々かましてくれたよな！　お前が謝るまで絶対に許さないぞ！」

「誰が謝るもんですかッ！　私は隠された真実を暴き出しただけのこと！　隠すほうが悪いんです——まあ隠すのも仕方がないことですわね！　あんなに腐った経歴なんですもの！」

「ッ、く、腐った経歴……」だめだ。怯むな。泣くな。頑張れイキリコマリ……！「そ、そんなに腐ってるつもりはない！　むしろ腐ってるのはお前のほうだ！」

「はあああああ!?　わけがわかりませんわ！　それこそ根拠なき誹謗中傷ですッ！」

「うるさいうるさい、根拠なき誹謗中傷で私をボコボコにしたのはそっちのほうだろ！　そうだよ、お前は性根が腐ってるんだ！　何が〝黒き閃光〟だ、何が英邁なる七紅天だ、よくもそんなケッタイな二つ名を二つも自称できるな！　恥ずかしくないのかよ、この自意識過剰！」

「この……小娘がぁッ……！　あなたこそ……あなたこそ〝一億年に一度の美少女〟などという愚にもつかない笑ってしまうような二つ名を自称しているそうではないですかッ！　これについてはどうお考えなんですか、あァ!?」

「事実を言って何が悪いんだ！　お父さんが毎日そう言ってくれるんだから間違いない！　勝手に自称しているお前とは違うんだッ！」

「親バカを真に受けるやつがありますかッ！　そうですわ、私とあなたは月とスッポンほどもかけ離れているのです！　なぜなら私には七紅天として申し分ない実力と実績を兼ね備えているという自負がある！　自信がある！　周囲からの評価もある！　あなたのような愚劣極まりない似非七紅天とは違うのですッ！」

「何が違うんだ！　私はお前のことなんて全然知らなかったしお前が将軍として敵国と戦ってる姿なんて一度も見たことないんだよ！　地味すぎて全然気づかなかったよごめん！　でもこれって私とお前はお互いに相手のことを全然知らないってことで対等だろ！　もっとよく話してみたら相手が本当にすごいってことがわかるかもしれないじゃないか！　こんなわけのわからん裁判モドキで適当に決めるなんてやっぱりおかしいよ！　脳みそ腐ってるよお前!!」

「誰の脳みそが……腐ってるですってえええええええええええええええ!!」

ちゃきん、とフレーテが剣を抜いた。

あ、まずい。死んだかも。

「そこまで豪語するのでしたらこの場で剣を交えようではないですか！　そうすれば全てがわかります！　あなたが七紅天に相応しいのかも！　相応しくないのかも！　何もかもッ！」

「の、のの、のののののの望むところだッ！　かかってこいフレーテ・マスカレール！　私の超すごい魔法であっという間にオムライスの具にして食ってやるわッ！　と言いたいところだがまずはお前が私と戦うのに相応しいかどうかのテストも兼ねてメイドのヴィルヘイズが相手をしてくれるそうだ！　頼むぞヴィル！」

「嫌です」

「だそうなので剣を交えるのはべつの機会に……」

「ふざけやがってえええええええええええええええええええッ!!」

「よせ、フレーテ」

剣先に暗黒の渦が発生し、あと少しで私に向かって射出されようかというところで皇帝の制止がかかった。フレーテもさすがに皇帝には逆らえないようで、哀れなまでの涙目になって愛しのカレン様を見つめる。

「カレン様ッ！　カレン様もどうかしておられますわ！　なぜこのような小娘にそこまで肩入れなさるのですかッ！」

「決まっているではないか。コマリが可愛いからだよ」

「そ、そんな……そんな私的な理由で！　でしたら私も十分に、か、かか、かわいい、でしょう!?　カレン様だって、私が小さいとき、そう仰ってくれましたわ！　ですから私の意見にも少しは耳を傾けていただけると……」

「ムルナイト帝国国民は全員が朕の可愛い子供たちだ。べつにお前が特別というわけではないよ」

「なッ……」

「それと一つ訂正しておくが、朕はコマリに肩入れをするつもりはない。お前の行き過ぎた言動を窘めているだけさ――フレーテよ、ここはどこだ？　七紅天会議の場だぞ」

フレーテはハッとしたように目を見開いた。

きょろきょろと辺りを見渡して後、取り繕うように咳払いをしてから「……申し訳ありませんでした」と頭を下げる。しかしその謝罪は明らかに皇帝やその他七紅天に向けられたものであり、私に対してこれっぽっちも詫びていないことは態度からしてすぐにわかった。

「この場で争いを始めるなど野蛮人のすることとでした。そもそも争う必要すらありませんもの――なぜならガンデスブラッドさんは今ここで罷免されるのですからね」

「ひ、罷免だって？　お前の一存で決められることじゃないだろ！」

「わかっていますわ！　わかっているから七紅天会議を招集したのです。――では、これより七紅天による多数決でガンデスブラッドさんの進退を決定したいと思います。ああ、もちろんガンデスブラッドさんに表決権はありませんよ？　裁かれる対象なのですからね」

「ぐっ……」

やはりそうなるのか。これではヴィルの言っていた通りの展開じゃないか――そう思って背後に控える変態メイドに小声で訴えかけた。

「おいどうするんだよ。多数決とるとか言ってるぞあいつ」

「【パンドラポイズン】によればコマリ様は3対2で罷免されますよ」

「他人事みたいに言うなよ！　どうすりゃいいんだよ！　このままじゃ私は――」

「そこ！　何をコソコソと話しているんですの⁉」

私は慌てて彼女のほうに向き直った。

「何でもないぞ！　ほら！　早く多数決でも何でもやればいいじゃないか！」

「ふん、言われなくてもそうしますわ。――それではさっそく決を採りたいと思います。決というよりただの確認ですが、先ほど私とテラコマリ・ガンデスブラッドのやり取りを踏まえたうえで、まだ彼女が七紅天大将軍に相応しいと思っている愚か者はいませんよね？」

「こ、ここにいますっ！」と勢いよく手を挙げたのはサクナである。ありがとうサクナ。きみの優しさが心に染みるよ――そんなふうに感激しながらも恐る恐る円卓を見渡した。

誰か。他に誰かいないのか。

他に私の味方をしてくれる七紅天は――

「――私も彼女は七紅天に相応しいと思いますな!!」

ヘルデウス・ヘブン。意外にも変態神父が私の擁護をしてくれていた。

「……ヘブン様？　言っておきますが、彼女は神聖教徒ではないのですよ？」

「マスカレール殿は宗教で人を判断するのですか？　それはいささか野蛮かと」

「あなたに言われたくありませんわ」

「ふむ。ガンデスブラッド殿は神聖教徒ではないようですが、その在り方は神の教えに忠実であります。先ほど彼女は仰いました――『もっとよく話してみたら相手が本当にすごいってことがわかるかも』と。これは剣ではなく言葉で物事を解決しようとする神聖教の考え方と酷似しているのです。そういった崇高なる思想をお持ちの方を見捨てるわけには参りません」

「これは七紅天として相応しいかの多数決なのです。神だの教えだのは関係ありません」

「ええ関係ありませんね！　ですがどうでもいいでしょう！　私が気に入ったのですから！」

「はいそうですかわかりましたよかったですわね」フレーテは面倒臭そうにそう言ってから今度はサクナのほうに視線を向けた。「――で、サクナ・メモワールさんは何故？」

「そ、それは……テラコマリさんが七紅天に相応しいと思うからです」

「その理由を聞いているんですけれど？」

「ひ、ご、ごめんなさい……あの、理由はですね、テラコマリさんが……とっても優しくて、親しみやすくて、こんな私にも普通に接してくれるからで……」

「はッ、くだらないですわね！　ヘブン様もメモワールさんも私情ではないですか！　どうやらガンデスブラッドさんは奇人に好かれる特殊体質らしいですわね」

侮蔑するような目で私を睨んだ後、フレーテはにこりと笑って言った。

「しかし、これでガンデスブラッドさんの命運は決定いたしました。あなたを支持する者は二人だけ。たったの二人だけなんです。この意味がわかりますか？」

甚振るような言葉遣いが私の心を蝕んでいく。

二人だけ。私の七紅天留任に賛成してくれているのは――二人だけ。

まずい。まずいまずいまずい……まずいぞこれは……！　今まで何度も辛うじて回避してきた〝死〟が今度こそ目前まで迫ってきている……！　というかもう決定？　決定しちゃったの？　おいヴィル、どういうことだよ！　死んじゃうじゃん……！

「うふふ……ガンデスブラッドさん、覚悟を決めてくださいな。これであなたはもう七紅天ではないのです」

「ぐ、う、うううううううっ……！」

「あら、どうしたんですの？　七紅天を辞めるのがそんなに嫌？――あっはっはっは！　ザマアですわね！　あなたみたいな小娘は普通に町で就職するのがお似合いですわ！」

んなこたわかってるよ。七紅天を罷免させられること自体に関してはザマアどころかむしろ万々歳なんだよ。ケーキ屋さんとかになりたいよ。まあそれはともかく――私が嫌なのはなぁ……爆発して死ぬことに決まってるだろぉぉぉ！

「そんなに私を睨んでも無駄無駄無駄ですわ！　これは決定事項なのですから！――さあカレン様、ここに七紅天の総意がまとまりました！　テラコマリ・ガンデスブラッドは七紅天失格です！　どうかご裁可を！」

「そうか。決まってしまったのなら仕方がないな」

私は驚いて皇帝のほうを見た。この人なら私の味方をしてくれるのではないかと思っていたのだが、どうやら期待外れだったらしい。

「此度（こたび）の会議の様子を見ていて朕も思ったが、確かにコマリは戦争において七紅天らしき活躍をしていない。これは重大なる問題だろうな。よしわかった、朕は七紅天会議の決定に従いテラコマリ・ガンデスブラッドを七紅天の地位から――」

ああ。やっぱりダメなんだな。私はもう死ぬんだな。どうせなら辞世の句でも考えようかな――「夏空に　ぱっと花咲く　こまりかな」あはははは。上手(うま)いでしょ？　爆死する私を花火に例えてみたんだ――そんなふうに割とマジな現実逃避をしていたときのことだった。

「――異議ありッ！」

私の背後から突然大声があがった。

誰かと思った。ヴィルだった。彼女は珍しく真剣な表情を浮かべていた。

「異議ありでございます皇帝陛下。多数決はまだ終わっていません」

「いきなり何を言ってるんですの⁉　メイドの分際で！」

「座れフレーテ。――ヴィルヘイズ、それはどういう意味だ？」

「コマリ様の七紅天留任に賛成してくださっている方は二人。それはわかりました。しかし反対している方の人数が不明瞭なままです」

「そんなことはわかるでしょうに！　三人ですわ、三人！」

「ふむ――確かに挙手したわけではないから明確に三人と決まったわけではないな」

「カレン様⁉　卑しいメイドの言葉など真に受けてはいけません！」

「意見に貴賤(きせん)はないよ。それに減るものでもなかろう、試しにもう一度決を採ってみればいいじゃないか。なに、コマリが七紅天失格だということを再確認するだけの作業だよ」

「カレン様が……そこまで仰るのなら」

フレーテは少しだけ不服そうにしながらも結局は頷いた。

「では陛下のご意向に従ってもう一度多数決をします。テラコマリ・ガンデスブラッドの七紅天残留に賛成の方は挙手を」

ぱらぱらと手が挙がる。先ほどと同じく、サクナとヘルデウスだ。

「ふん、結果は変わりませんわ——それでは逆に、テラコマリ・ガンデスブラッドが七紅天に相応しくないと思う方は手を挙げてください」

言い終えるやいなやピンッ！　とフレーテが右手を天に向かって突き出した。

そんなに自己主張しなくてもわかっとるわ。重要なのはあいつ以外にも私の存在を快く思っていない人物が二人もいるということであり——ん？　あれ？

「ご覧ください陛下。2対2ではないですか」

ヴィルが誇らしげに言った。

確かに2対2だった。フレーテの他に挙手しているのはオディロン・メタルただ一人。あの怖いおじさんが私に反感を抱いていることについては驚きもしないが——それにしても、この場に私以外の七紅天が五人いて、しかし2対2で意見が真っ二つに割れたということは、手を挙げてないやつが一人いるということである。

全員の視線が一点に集まった。

さっきから一言も発さず椅子に腰かけている、仮面の吸血鬼。ユニークな格好をしているくせして完全に空気と化していた正体不明の七紅天だ。

「……デル、手を挙げなさい。あなたもガンデスブラッドさんがムカつくんでしょう?」

その言い方はどうなんだよオイ。

「デル!　まさかあなた、居眠りしていたのではないでしょうね⁉」

しかしデルピュネーはぴくりとも反応しなかった。

「ねえデル。いい加減に……」

「待て、マスカレール殿」

オディロンが立ち上がった。

そのまますぐ隣に座っているデルピュネーのもとまで歩み寄ると、「失礼!」と断ってから彼(彼女?)の手首を握った。十秒ほどの沈黙の後、オディロンは唐突に叫んだ。

「死んでるな!　こいつは!」

「「「は?」」」

大勢の声が重なった。

死んでる……え?　死んでるの?

「脈を測るまでもなく死んでいる!　身体が岩のように固く冷たくなっているぞッ!」

「――なんですってえええええええええええええええっ⁉」

フレーテが絶叫した。私も絶叫したい気分だった。隣のサクナが「ひいいいっ!」と叫んで顔を青くした。オディロンは不快そうに唇を歪めて自分の席に戻る。皇帝陛下はなぜかニヤニヤと笑っている。突然ガタンッ！　と椅子をひっくり返して立ち上がったヘルデウスがビブラートのききまくった声で「悪魔だぁぁぁ〜ッ！」と叫んだ。

「ああ、なんということか！　これは悪魔の仕業ですぞ！　デルピュネー殿は会議が始まるまでは生きておられた……ような気がする……こんなことができるのは悪魔しかいないッ！」

「悪魔など存在してたまるもんですか！　だいたい本当に死んでいるんですの⁉」

「俺を疑うのかマスカレール殿ッ！　自分で確かめてみればよかろうッ！」

「ほ、本当に死んでいるのなら触りたくありませんわ！　気色悪いですもの！　サクナ・メモワールさん、あなたが確かめなさい！」

「えええ⁉　なんで私がぁ……」

「この愚か者どもめがッ！　死んでいるのは確かなのだ、魔力反応でも何でも見れば良いではないか！　重要なのは誰が殺したのかということであろうッ！」

「悪魔です！　悪魔に決まっているのですッ！」

「やかましいですわ！　こんなのテロリストがやったに決まっております！」

「そ、それはないと思いますけど……」

「あなたに何がわかるんですの⁉　とにかくデルがいつどこで誰に殺されたかを調べる必要がありますわ！　この部屋に最初に入ってきたのは――」

七紅天たちは喧々囂々と論争を始めてしまった。

やれ犯人はテロリストだ、悪魔だ、敵国の暗殺者だ——そんなふうに単純な言い合いから始まって、犯行時刻の推定や被害者の昨日の行動など話題が細かくなっていくにつれて何故か罵り合いが勃発、お互いのアリバイや使える魔法等々の探り合いが始まり、臆測と臆測がお互いの敵意を高め、最終的には「犯人はこの中にいますわ！」などと断言するやつまで現れた。

なんだこれは。意味がわからない。

「……どうしようヴィル、なぜかミステリー小説みたいになってきたよ」

「本当に滑稽ですね。犯人が私だとも知らずに」

「すみません。栄えある七紅天の方々に対して『滑稽』は無礼でしたね」

「え？　なんだって？」

「そこじゃねえよ！　もっと重要なこと言っただろ絶対！」

「私がデルピュネー殿を殺害したという話ですか？」

「そうそうそれ……ってはあああああああああああああ⁉」

私は度肝を抜かれて絶叫した。ところが変態メイドは「しっ」と人差し指を唇に添え、

「お静かに。私が殺したということがバレたら大変なことになります」

「当たり前だろうが！　なんで殺したんだよ、なんで殺せるんだよ、意味わかんないよっ！」

「理由は簡単です。デルピュネー殿はコマリ様の七紅天留任に反対でした。ですので予め殺

しておくことによって多数決を3対2から2対2へと修正したのです」

「やり方が強引すぎるだろ⁉　だいたいどうやって殺したんだよ、相手は七紅天なんだぞ！」

「毒殺です」

ヴィルはウインクした。まさに悪魔である。

「殺し方はさておき、殺した後について詳しくご説明いたしましょう――デルピュネー殿を殺害した私は死体をこの『血濡れの間』に設置しておきました。七紅天会議は二人以上欠けていると開催できませんから、デルピュネー殿を出席させることは必須事項だったのです」

「死体でも出席したことになるの？」

「ならないとはどこにも書かれていません」

「いや、でもさ。会議が開催されないのならそれでよくないか？　私が死ぬこともなくなるんだし……」

「フレーテ・マスカレールのことですから延期してでも開催するはずです。そして延期になったら遠征中の第一部隊隊長ペトローズ・カラマリアが帰ってきてしまいます。彼女はオディロン・メタルに輪をかけて脳筋ですから、きっとコマリ様を罷免に追いやることでしょう。――つまりですね、七紅天のうちコマリ様に反抗的な者を一人だけ殺処分して多数決でコマリ様が死なないように調整し、かつペトローズ・カラマリアが帰ってくる前に七紅天会議が開催されるように工作しておく必要があったのです。そしてそれは見事に達成されました」

ヴィルはドヤ顔で滔々と語っていた。度重なる衝撃的な出来事で頭がいっぱいになっていた私には彼女の言葉のほとんどが理解できなかったが、どうやら首の皮一枚で助かったらしいことだけは理解できた。さすがは変態メイドである。ただの変態ではない。

「さてコマリ様。急場を凌ぐことはできましたがまだ足りません。最後の一押しが必要です」

「これ以上何をすりゃいいんだよ。わからないよ」

「コマリ様は最強です。しかしこんな裁判モドキで適当に決められてしまっては強さを発揮する前に殺されてしまいます。ゆえに力を見せつける場が必要なのです」

「お前は何の話をしてるんだ?」

「コマリ様の話です。——さあ、この魔法石を発動させてください」

小さな石ころを手渡された。まあよくわからないが使ってみよう——そんな軽い気持ちで魔法石を発動させた瞬間、ばごぉんっ！　という鼓膜を破壊するような爆音が鳴り響いた。

死ぬかと思った。しかし死んでいなかった。音だけである。下級音響魔法【爆音】——ありきたりすぎる爆音が血濡れの間に響き渡ったのだ。こんなことをして何になるのかと思ったが、なるほどなるほど、先ほどまで言い争いをしていた七紅天たちの視線が珍獣を発見したかの如く私のほうに向けられているではないか。

「……ガンデスブラッドさん？　いったい何の冗談ですの？」フレーテが問うた。

「……ヴィル？　いったい何の冗談ですの？」私が問うた。

「………さあ？」変態メイドはとぼけやがった。

私は慌ててフレーテに向き直った。……ええい、くそったれ！

「こ、これはあれだ！　お前らがあまりにもくだらない議論をしているものだから注意してやろうと思ってな！」

「くだらない？　くだらないですって⁉　七紅天が殺されたのですよ⁉」

「いやまあそりゃあそうだけど……今は七紅天会議だろう！　ほら2対2だぞ！」

「待たれよガンデスブラッド殿！　ここはマスカレール殿の言う通り、デルピュネー殿を殺した悪魔を捜すほうが先決ですぞ！　件のテロリストが近場に潜んでいるのかもしれませぬ！」

ヘルデウスが吠えた。正論である。

ところが、オディロンが「それは違うなッ！」と叫んだ。

「例のテロリストは必ず素手で獲物を殺していたのだろう。サクナ・メモワール殿、間違いはないな？」

「は、はいっ！　私も……たぶん、素手でお腹を貫かれてました……」

サクナは何故か異様に慌てていた。オディロンは満足そうに頷き、

「見たまえ。デルピュネー殿に外傷はない。つまり毒殺か何かということだ。これはテロリストの仕業ではない――」

「では誰の仕業だと仰るおつもりですの？」

「それはガンデスブラッド殿、貴殿がよく知っているのではないか?」

怖いおじさんに不敵な笑みを向けられた。

私は恐怖で死にそうになった。

おいヴィル。私は本当にどうすればいいんだよ。「知らない」って言えばいいの? それとも思わせぶりなこと言って大物感をアピールすればいいの? さすがにもう無理がない?

私が途方に暮れていると、にわかにフレーテが口元を押さえて青ざめた。

「ま、まさか——デルを殺したのは、あなたですの!?」

「……は?」

どうしてそうなる。

「動機は十分にありますわ……! 現に、デルが手を挙げなかったことでガンデスブラッドさんは辞任を免れていますもの!」

「ちょと待て! 発想が飛躍しすぎだろ!」

ドカァン! とテーブルがぶっ叩(たた)かれた。ぶっ叩いたのはオディロン・メタルである。

「殺す理由があるのは貴殿しかいないッ! おそらくデルピュネー殿は貴殿の七紅天留任に反対であっただろう——だから殺したのだッ! しかもこやつは普段から仮面をかぶっているうえに無口で物静かだからな! 殺したうえで生きていると見せかけて七紅天会議を開催させるにはうってつけの相手というわけだッ!」

はい名推理。完全にバレてるよヴィル。あのおじさん、ただの脳筋じゃない。

「そうですわ！　あなたがデルを殺したに違いありません！　食事に毒でも仕込めば最弱のあなたにも暗殺は可能なはずですッ！」

「な、なら証拠を出せ証拠を！　証拠がなければ言いがかりだぞ！　なあヴィル⁉」

「申し訳ありませんコマリ様。毒殺に使った毒の小瓶をデルピュネー殿の部屋に置き忘れました」

「証拠ありまくりじゃねーか⁉」

「『こまり』と書かれたラベルが貼ってあります」

「絶対わざとやってるだろ⁉」

「だからコソコソと密談をするのはやめなさいと言ってるでしょうに！」フレーテがテーブルをぶっ叩いて立ち上がった。どうでもいいがさっきからテーブルが可哀想すぎる。彼女は鋭い視線を皇帝に投げかけて、「カレン様！　やはりガンデスブラッドさんは七紅天に相応しくありませんッ！　このような暴挙に出るなど前代未聞です！」

「犯人がコマリだというのは臆測にすぎんと思うが――　ふむ。仮にコマリがデルピュネーを殺したとして、それでお前はどうするつもりなのかね？」

「こうしてやりますわッ！」

フレーテは手に装着していた手袋を外すと、渾身の力で私のほうに投げつけた。

「へぶっ」

顔面にぶち当たった。痛い。

布製の手袋でこの威力なのだから、もし小石でも投擲（とうてき）されたら私の鼻の骨は見事に破壊されていたことだろう——などと暢気（のんき）に考えていられたのはほんの一瞬だった。

ぺらりとテーブルの上に落ちた手袋を見下ろし、私は絶望に震えた。

めちゃくちゃ身に覚えのあるシチュエーションだった。

「七紅天会議などというまだるっこしいモノを開催したのがそもそもの間違いでしたわ！　あなたのような世界のあらゆる無礼を煮詰めて凝縮したかのような吸血鬼には最初からこうしてやればよかったのです！」

最悪である。私は泡を食って立ち上がった。

「お、おいフレーテ！　七紅天同士の私闘は禁じられてるんだろ！　さっきお前自身が言ってたじゃないか！」

「これは私闘ではありませんわ。正式な〝戦争〟の申し込みです。——カレン様、同じ国の将軍同士が戦争することは法的に認められていますわよね？」

「問題ないな」

「問題ないのかよ⁉」

まずい。逃げ道が塞（ふさ）がれてきた。助けてヴィル。

「望むところですマスカレール様！　さあコマリ様、あのような勘違い弱小貴族などけちょんけちょんにしてやりましょう！」

私は悟った。この変態メイドはもう味方じゃないんだな、と。

フレーテは優雅な微笑みを私に向けて言った。

「あなたが負けたら七紅天をやめていただきます。私が負けたら――そうですね、あなたの言うことを何でも一つ聞いてあげましょう」

「…………」

「あら？　ガンデスブラッドさん、まさか断るわけではありませんわよね？　チンパンジーの誘いを何度も受け入れているガンデスブラッドさんですもの、まさかこの英邁なる七紅天〝黒き閃光〟フレーテ・マスカレールからの宣戦布告を捨て置くはずがありませんわよね？」

私は円卓を見渡した。

ヴィルは無表情で頷いている。皇帝は知らん顔で紅茶を飲んでいる。サクナは期待のこもった表情でこっちを見ている。ヘルデウスも神に祈るようなツラでこっちを見つめている。デルピュネーは死んでいる。

……そうかそうか。逃げ道は完全に通行止めになったらしい。

「と、とと、当然だろうが！　私は最強だ！　どんなやつが相手でも構いやしない！　この戦争、受けて立――――」

「待たれよマスカレール殿ッ！」

突然広間に響き渡る大音声。オディロン・メタルである。

一同は何事かと髭面の巨漢を振り仰いだ。

「わざわざ七紅天会議を招集しておいて結論がそれか⁉　一対一の決闘なのか⁉　生ぬるすぎるぞフレーテ・マスカレール！　俺たちは貴重な勤務時間を削ってまでやってきたのだ！　これではあまりにも味気ないではないか‼」

「何を仰りたいのです？　メタル様」

「そうですぞメタル殿。ガンデスブラッド殿とマスカレール殿が戦争をすればこの件は解決ではないですか！　考えなしに口出しすることの恥を知りなさい野蛮人！」

「黙れッ‼」オディロンは鬼のような形相で叫んだ。「考えならある。ちょうど七紅天がほぼ全員集まったのだ、いい機会ではないか！　テラコマリ・ガンデスブラッドならびに新人のサクナ・メモワールの腕試しも兼ねて、俺は〝七紅天闘争〟の開催を提案するぞッ！」

「なんですって……？」

フレーテが柳眉をひそめた。

七紅天闘争。聞いたこともない単語だった。

「そういうことならば賛成ですな‼」とヘルデウスが挙手して絶叫した。賛成なのかよ。「野蛮人が何をのたまうのかと思っていましたが、なかなか建設的なことも言えるようです。決闘などよりも華があって素晴らしい！　サクナ・メモワール殿の実力試しまで考慮している点はなお素晴らしい！　素晴らしいほどに素晴らしい！」

「やかましいわ糞神父！――おいエルヴェシアス、構わんな？」

オディロンに名前を呼ばれた皇帝は「ふむ」と自らのおとがいに小指を添え、

「七紅天闘争か――面白いではないか」

「か、カレン様……？　さすがにそこまで大袈裟にするのは……」

「大袈裟だから面白いのだよフレーテ。下剋上によって七紅天メンバーがコロコロと入れ替わる昨今、御前会議では『七紅天とは何か』という問いが頻繁に投げかけられている。この辺りできみたちの存在意義を皆に証明することも必要だろう。――くく、よい。実によいぞ。よくぞ言ってくれたオディロン・メタル！」

皇帝は呵々大笑して立ち上がった。

唖然とする七紅天どもには構いもしなかった。金髪巨乳変態皇帝はまるで役者のように芝居がかった口調でこう宣言するのだった。

「よかろう！　七紅天闘争の開催を許可する！　知っての通り七紅天闘争とは七紅天によるエンターテインメントだ！　細かなルールの設定はフレーテ、お前に任せよう」

「は、はいっ！」

皇帝は彼女にしては珍しい獰猛な笑みを湛えた。

「そうだ。ここは弱肉強食のムルナイト帝国だ。結局のところ弱いやつから順々に蹴落とされていくのさ――ゆえにこの七紅天闘争で最下位になった者には七紅天の座を降りてもらおうではないか。なに、心配することはない。誰も実力を偽ることはできんからな、正真正銘の弱者が罷免させられることになるのだ。そうすれば此度の七紅天会議で果たせなかった目的――すなわち『七紅天に相応しくない者を爆死させる』という目的も達せられよう。――コマリよ、異論はないいな?」

そこでなぜ私に確認を取るのか理解できなかった。

しかしまあ聞かれたからには返事をしなければならない。

ゆえに私は、何が何だかわからないけれど、そもそも話の流れに全然ついていけてないけれど、とりあえず神妙に頷いておくのだった。

「うん。ない」

七紅天闘争。

詳細は不明だが、皇帝曰く「エンターテインメント」らしい。

たぶんみんなで集まってクイズ大会とか綾取り大会とかをするんだと思う。それなら死なないだろうし、一対一の殺し合いをするよりはよっぽど平和的で文化的だ。

――このときは、まだ、そんなふうに事態を甘く見ていた。

[2.5] 疑惑の第六部隊

『七紅天闘争』開催のお報せ

皇帝陛下の勅令により第8回七紅天闘争を開催する

●開催情報

・日時……七月一日　午前九時〜正午

・場所……核領域・メトリオ州古戦場

・参加者…ペトローズ・カラマリア七紅天大将軍
ヘルデウス・ヘブン七紅天大将軍
フレーテ・マスカレール七紅天大将軍
デルピュネー七紅天大将軍
オディロン・メタル七紅天大将軍
サクナ・メモワール七紅天大将軍
テラコマリ・ガンデスブラッド七紅天大将軍

●ルール

・各将軍が率いるべき軍勢は百名までとする

・本大会は基本的にフィールド内〝古城〟の頂上に設置された〝紅玉〟の奪い合い

・闘争終了時に〝紅玉〟を所持していた者が優勝者となる

・なお今回は優勝者以外の順位を決める必要があるためポイント制を採用する

・ポイント獲得条件は以下の通り

自軍が敵軍の兵士を一人殺害する——1P

自軍が七紅天を殺害する——50P

●備考

・最下位の将軍は七紅天を退任する

・優勝者には皇帝陛下から褒賞が下賜される

・異論のある方はフレーテ・マスカレールまで

・異論は認めません

※

ムルナイト宮殿七紅府の掲示板に突如として貼り出されたその〝お報せ〟が帝国軍関係者の

間に激震をもたらしたのは言うまでもない。七紅天闘争など一世代前の大英雄ユーリン・ガンデスブラッドが大々的に開催して以来、実に七年ぶりのことだった。しかも此度の闘争はただのエンターテインメントではない――最下位となった者が辞任を余儀なくされる正真正銘の闘争なのである。帝国軍正規部隊の吸血鬼たちが色めき立つのも無理からぬ話であり、また軍人でなくとも、たとえば帝国の住民どもは優勝者の予想で盛り上がり（ちなみに非公式の調査ではペトローズ・カラマリアとテラコマリ・ガンデスブラッドのツートップ）、また他国の軍人や政治家たちもムルナイトの戦力を推し測るべくことの成り行きを興味深く見守っていた。

帝国どころか六国をも巻き込んだ一大イベントである。

「――七紅天か。相手にとって不足はないな！」

七紅天会議の翌日。先のラペリコ戦で見事な無駄死にを遂げたヨハン・ヘルダースは、戦争から一週間ほど経った今日、ようやく頭部が再生して蘇ることができた。そういうわけで意気揚々と出勤したところ、七紅天闘争開催の一報を耳にしたのである。

「僕の炎ですべてを焼き尽くしてやるぜ！　そうすればテラコマリのやつも――」

「ふん、獣人王国の猿に後塵を拝する輩が七紅天に太刀打ちできるとは思えんがな」

とシニカルに笑ったのは犬頭の獣人ベリウス・イッヌ・ケルベロ。先ほど七紅府でばったりと出くわしたのである。例によって遠慮なく皮肉を炸裂させてくる畜生であるが、今のヨハンは雑魚の戯言に耳を貸している暇はなかった。

「そうかよ。まあお前が何を言おうとお前の勝手だぜ。僕のやることは変わらない——敵将をぶっ殺す、それだけだ」

「貴様、何か変なものでも食ったのか?」

ベリウスが奇妙なものでも見るかのような目を向けてくる。

実際、ヨハンは少し変わった。正確に言うと一皮むけた。こないだミリセント・ブルーナイトに煮え湯を飲まされたことによって、自分の愚かさと無力さを悟ったのである。このままでは何も変わらない、あの生意気なテラコマリに助けられたままではいられない——そう痛感したヨハンの精神は少し丸くなっていた。——そう、テラコマリである。あの小娘はヨハンのプライドをずたずたにしてくれたのだ。何が「助けに来たぞ」だ。魔法も使えないくせに。武器を持つこともできないくせに。なのに無駄に勇気を振り絞りやがって。運よく殺されなかったからよかったものの、今度あんなことをしたら間違いなく死んでしまうだろう。まったく危なっかしくて見ていられない。だからヨハンが強くなる必要があるのだ。テラコマリが安心して七紅天でいられるように、彼女に襲いかかる敵は全員燃やしてやる必要がある——そんなふうにヨハンは決意を新たにする。チンパンジーに負けたことは忘れるとする。

「なあベリウス。テラコマリは七紅天闘争について何か言っていたか?」

「さあな。今日はまだお会いしていない」

「閣下ならきっとこう仰(おっしゃ)るでしょう——『どいつもこいつも私が息の根を止めてやる!』と」

いきなり枯れ木男が現れた。カオステル・コントである。先日フレーテ・マスカレールに呆気(あっけ)なく殺害されたようだが、ただの失血死なので蘇生は早かったらしい。

　例によって犯罪の計画を立てる犯罪者予備軍のような顔で彼は言う。

「歴代最強の七紅天たる閣下にかかれば他の将軍など軽く一ひねりでしょう。七紅天闘争といえばいかにも『七紅天全員によるサバイバル』のような印象を受けますが、実際はテラコマリ・ガンデスブラッド閣下による虐殺ショーになるでしょうね」

「ムルナイトの将軍は粒ぞろいだ。いくら閣下といえど一方的な虐殺は厳しいのではないか」

「何を言っているのですか。ベリウスも見たでしょう――閣下の強大な力を！　テロリストを一瞬で屠(ほふ)る雄姿を！　あんなことができる七紅天が他に存在するでしょうか？」

「うむ、あれがすさまじかったのには同意だな。上手(うま)く言葉では表せないが……全身の毛が逆立つような感覚だった。確かに他の七紅天があれと同じことをできるとは思えんが……」

　二人の会話を聞いていてヨハンは思う。こいつら何言ってんだ、と。

　眉(まゆ)をひそめるヨハンに気づいたのか、カオステルが嘲笑(ちょうしょう)するように言った。

「おっと失礼。ヨハンは閣下のご活躍を見ていませんでしたよね。死んでいたので」

「はぁ？　お前ら幻覚でも見たんじゃないのか？　テラコマリは弱――」

　と、そこで珍しくヨハンの脳みそが良い仕事をした。

　こいつらは自分の上司がダメダメ吸血鬼だと知ったら即座に下剋上をするようなバカどもで

ある。なぜテラコマリの実力を勘違いしているのかは知らないが、彼女の身の安全を考えるうえでは好都合なので話を合わせておくことにしよう。ゆえにヨハンは一カ月前までなら死んでも言わなかったであろう台詞を口にしていた。

「はっ、知ってるさ。知ってるに決まってるだろ！　テラコマリは最強だ！」

結局、テラコマリのことを真に理解しているのは僕しかいないんだな――そんなふうに自己陶酔しながらヨハンは同僚たちを見つめる。まったく哀れなやつらだ。

「……なぜ同情するような目で見るのですか？」

「べつにぃ？　無知は悪いことじゃないぜ。むしろテラコマリのためになる」

「前々から思っていたのですが閣下のことをファーストネームで呼ぶのはやめませんか？　虫唾が走ってうっかり殺してしまいそうになるのですが」

「やれるもんならやってみやがれよ。今の僕は今までの僕じゃないぜ」

「やめろ二人とも。七紅天闘争の前に仲間割れをしてどうするのだ」

ベリウスに窘められ、カオステルは「わかっていますよ」とつまらなそうに言った。

「いずれにせよ閣下が最強なのは事実。第一から第六までの部隊など敵ではありません」

「しかし舐めてかかると痛い目に遭う可能性もある」

「ええ、それは重々承知しておりますので情報収集を怠るつもりはありません。現時点でもっとも脅威なのは第一部隊でしょう。やはり世間で〝最強の七紅天〟と謳われるペトローズ・カラマリアは侮るべきではないかと」

「ふむ……それ以外では？」

「これは脅威とは違う話ですが、フレーテ・マスカレールには是非ともご挨拶をしたいものです。受けた借りは倍にして返さなければなりませんから――」

　他の七紅天についてあーでもないこーでもないと議論を始める二人。特に興味のなかったヨハンはふと視線を訓練場のほうへと移す。そして、大声をあげながら模擬戦をしている部隊の姿が目に入った。コマリ隊の連中ではない。あれは――

「あれは第六部隊ですね。先日七紅天が入れ替わったところです」

「入れ替わった？　そんなの聞いてねえぞ」

「あなたは世間に疎すぎるのですよ。――新任七紅天の名はサクナ・メモワール。十六歳の少女です。雪のような白い肌と薄幸な顔立ちが非常に可憐なお方でありまして正直言って一瞬だけ素足を舐めたくなりましたがよく考えたら考えるまでもなく閣下のほうが一億倍は可憐だったのであれは気の迷いだったのでしょうね間違いなく」

「貴様の所感はどうでもいいが、やつらの強さは如何ほどなのだ？　こうして見ると……少々変わった連中に思えるのだが」

　第六部隊の訓練風景には鬼気迫るものがあった。

　隊員どもは口々に「サクナ様ァ！」と叫んで戦闘を繰り広げている。かけ声の一種なのだろうか。耳を澄ませてみても「サクナ様」以外の言葉が聞こえない。

「サクナ様のためにィ――――ッ！」

「サクナ様に栄光あれェ――――ッ！」

「貴様らそんなことではサクナ様に顔向けができんぞォ――――ッ！」

サクナ様とやらはどれほど慕われているのか。うちの部隊も大概だがあそこまで突き抜けているわけではないはずだとヨハンは思う。

「そういえば、閣下はサクナ・メモワールと一緒にテロリストを捜索していると聞いたが」

「ああ、政府高官連続殺人事件のあれですか。捕まったという話は聞きませんね――というよりも事件そのものが風化しつつあります。閣下のお父君が殺されて以降は犠牲者が出ていませんし、七紅天会議やら七紅天闘争やら華々しいイベントが連続していますからね。どうしても地味になってしまうのは仕方のないことでしょう」

「しかし捕まらなければサクナ・メモワールも面目丸潰れではないか？　あれは七紅天の中で唯一テロリストに殺害されているのだろう」

「それはそうなんですが……後で閣下に聞いてみましょうか」

と、そんな感じで話が一段落したとき、不意に背後から誰かが近づいてくる気配があった。

「な、なあ。お前ら第七部隊のやつらだろ？」

三人そろって振り返る。そこに立っていたのは見知らぬ吸血鬼だった。しかし軍服をまとっていることから察するにムルナイト帝国軍所属の軍人なのだろう。

「ええ、そうですが」とカオステルが答える。男は少したためらってから開口した。

「俺は第六部隊所属なんだが……あれを見てどう思う？」

「第六部隊の演習ですか？　気合があるのはよろしいことかと」

「そうじゃねえんだよッ！」

　急に怒鳴られてカオステルはきょとんとした。男の立ち居振る舞いには言い知れない不安や疲労のようなものがにじんでいる。

「おかしいだろあいつら。急に人が変わっちまったようにサクナ様、サクナ様って」

「あなたが何を仰っているのかわかりかねます。それだけサクナ・メモワールに人望があるということでは？」

「そんなはずはないんだ。だってあのサクナ・メモワールとかいう小娘は、第六部隊の末端も末端、単なる雑兵でしかなかったんだぞ。だのに七紅天になった途端あの人気だ」

「そういうものでしょうに。我々も忙しいのでこの辺で――」

　しかし男はカオステルの肩をつかんで引き留めた。

「いいから聞いてくれよ。――俺はサクナ・メモワールが将軍に就任した日、ちょうど死んでいたんだ。だからやつが七紅天になった瞬間を知らない。そこで何が起きたのかも知らない。ただ一つだけわかることは、俺が蘇生して隊に復帰したとき、第六部隊の連中は揃いも揃ってサクナ・メモワールの狂信者になっちまってた、ってことなんだ」

ヨハンは呆れてしまった。そんな話が信じられるはずもない。

「……おい、おかしいのはてめえなんじゃねえのか？　ふざけたこと抜かしてないで修行しろよ修行。お仲間はあんなに必死で頑張ってるじゃねえか」

「必死すぎて気持ち悪いんだよ。わかれよ……わかってくれよ。第六部隊で俺以外に正気なやつは誰一人としていないんだ。だって――あいつら、昼も夜もサクナ様サクナ様っつって殺し合ってるんだぜ？　おかしいだろどう考えても」

カオステルが腕を組んだ。ベリウスも訝しそうに第六部隊のほうを見やる。

「……精神操作の魔法だろうか？」

「それはありえない。魔法には〝効果の期限〟が必ず存在する。あいつら全員を同じ魔法にかけて、しかもサクナ・メモワールが就任してから――そうだな、二週間くらいか。二週間も効果を持続させるなんて、歴史上の大魔法使いでもできない芸当だ」

男は頭を抱えてその場に蹲ってしまった。

「俺がおかしいんじゃない。現に異常に気づいてるやつは何人もいる。あいつらにも家族はいるからな。……なあ、俺はサクナ・メモワールが怖くって仕方がないんだ。あいつはただの七紅天じゃない。もっとヤバイ何かなんだ。……俺は、どうすりゃいいんだ？」

男の問いに答える者はいなかった。

第六部隊。――サクナ・メモワール。

何か一波乱ありそうな予感がして、ヨハンは苦虫を噛み潰したように顔をしかめる。

3 記憶の網は星の海

他人の記憶を俯瞰(ふかん)すると夜空に浮かぶ星を見上げている気分になる。

記憶の総体を構成している部品の最小単位は豆粒にも等しい点だ。この点こそが人間の脳に刻まれた知識やエピソードそのものであり、まるで宇宙に偏在するという星々のごとく無量無数、しかも個々が電気信号か何かで複雑に絡(から)み合(あ)い未知の星座のような様相を呈している。

ゆえに記憶を見ることは天体の間に遊ぶことと同義である。

かつてサクナは家族と天体観測に行くのが好きだった。しかし今はどうだろう。嫌いではないが、他人の記憶を盗み見るという行為を繰り返していくうちに、星に関して血生臭い印象がまとわりついてしまったのは確かである。

「――でもさ、また昔みたいに家族みんなで星を見に行ったら違った景色が見えるかもしれないよ」

と、父は心配そうに言った。

夕方、サクナが七紅天(しちぐてん)としての仕事を終えて寮に帰ってくると、ほどなくして父が訪ねてきた。彼はしばしば何の連絡もなしに訪れては「ご飯を作りに来たよ」と言って本当にご飯を作って帰っていく。昔と何も変わらない。父は母よりも料理が得意なのだった。

「天体観測かあ。いつ行けるのかな」

サクナは自分で作ったコマリのぬいぐるみを抱きしめながら、エプロンをして狭い台所に立つ父の後ろ姿を見つめる。

「それはサクナの頑張りしだいじゃないかな。手伝ってあげたいのは山々だけど、お父さんはほら、そういうことはよくわからないから」

「うん。頑張らなくちゃ……」

とんとんという包丁の音が耳に心地よい。父は「大丈夫さ」と笑って言った。

「サクナは十分に頑張っていると思うよ。七紅天としてちゃんと隊のみんなをまとめているようだし、テロリストを捕まえるために夜遅くまで巡回しているそうじゃないか」

「でも、今日は巡回はなかったよ。テロリストはしばらく出ないだろうって、ヴィルヘイズさんが……」

「そっか。じゃあ今日はゆっくり休めばいい」

本当は休んでなどいられないのだ。

サクナには表の仕事とはべつに、裏の仕事がある。

すなわち――テロリスト集団〝逆さ月〟の一員としての仕事が。

しばらく待っていると父が料理を運んできてくれた。カレーライスである。そうだ、父の作るカレーは美味しいのだ。小さい頃はとても好きだった覚えがある。

二人で「いただきます」を言ってからスプーンを取る。少し掬って口に運ぶ。やっぱり美味しかった。記憶上のものと何も違わない。

それからサクナは父と談笑した。それは本当に他愛もない談笑だった——好きな本のこと。好きな音楽のこと。好きな星座のこと。そして家族のこと。お姉ちゃんのこと。

逆さ月からの指令で心がすり減っていく毎日の中、家族と過ごすゆったりとした時間は何物にも代えがたい。こんな時間が永遠に続けばいいのにと思う。できればお父さんだけじゃなくて、お母さんや、お姉ちゃんも一緒にいれば——

「ごちそうさまでした」

しかし楽しければ楽しいほど時が経つのも速かった。カレーを食べ終えた父はゆっくり立ち上がると、「じゃあまた、近いうちに来るから」と言い残して帰ってしまった。つらい現実に逆戻り。空しい気持ちがサクナの心を満たしていく。

「お父さん……」

サクナは消え去った父の気配を反芻する。

あの人の記憶の総体、つまり精神構造は星座でいうと〝おおわし座〟に似ていた。サクナの家族はみんなきれいな星座の形の記憶を持っていたのだ。

「私、頑張るよ。……家族をまもるために」

天井にべたべたと貼られたテラコマリ・ガンデスブラッドの写真を眺めながら、サクナは無理矢理に口角を吊り上げる。そうしてふと思い出す。

テラコマリさんから借りた小説、読まなくっちゃ。

☆

最悪だった。

ようするに七紅天闘争というのは七紅天同士の殺し合いだったのである。これをエンターテインメントなどと豪語する皇帝の感性はズレているとしか思えない。まああの人は感性どころか存在感すら世界からズレているような気がしなくもないが。

七紅天会議の翌日である。普通に出勤させられた私を待ち受けていたのは「『七紅天闘争』開催のお報せ」なるふざけたお報せだった。そうしてオディロン・メタルやフレーテ・マスカレールの企みを知った私が絶望したのは言うまでもない。もはや仕事をする気も失せた私は執務室のふかふか椅子に腰かけ呆然と天井を見上げるだけの抜け殻と化し、それを好機と捉えた変態メイドのくりだすセクハラ（色々なところを揉みまくる）にも適切な対処をすることができず、定時を告げる鐘の音が響くと同時に迷わず帰宅したのであった。普段ならサクナと一緒に宮殿の見回りをするところなのだが、ヴィルが「しばらく見回りはやめにしましょう。効果が見られませんので」と言ってくれたので残業する必要がなくなったのである。彼女なりに気を使ってくれたのかもしれない。

で、帰ってきた私はベッドに仰向けになって天井を見つめていた。

もうだめだ。死んだ。確実に死んだ。今まで何回「死んだな」と思ったかわからないけれど今回の「死んだな」はレベルが違う。クジラとイワシくらい違う。

私は途方もない絶望の波に打たれていた。ここから一歩も動く気になれない。

「コマリ様、起きてください。夕飯の準備ができましたよ」

「私は感情を失った。もうだめだ」

「本日のメニューはデミグラスハンバーグです」

「…………」

しばらく考えてから私はのそのそと起き上がる。腹が減っては二度寝ができぬというし、せっかくヴィルが作ってくれたのなら食べてやるのも吝かではない。

自室のテーブルの前に座って待っていると、ヴィルが夕食を運んできてくれた。

デミグラスハンバーグ。いいにおい。きちんと食前の挨拶をしてからフォークで口に運んでみると、ぱあっと幸せの味が広がっていった。なんだか心までウキウキしてくる。やっぱりヴィルの作る料理は世界一だ。

「どうですか、コマリ様」

「うん、おいしぃー」

「七紅天闘争も頑張れそうですか」

「うん、がんばるー………って頑張れるわけないだろうが⁉」

幸せな気分は吹っ飛んでいった。現実に引き戻すようなこと言うんじゃねえよ。

「どうするんだよ！　今度こそ確実に死ぬだろこれ！」

「死ぬときは私も一緒ですのでご安心ください」

「いやだよ安心できないよっ！」

「コマリ様が死にそうになったら私が盾になって死にます」

「そこまでしなくていいよっ！」

どうしたらいいのだろう。仮病(けびょう)を使うか？　いや無理に決まっている。どうせヴィルに引きずり出されるのだ。なら賄賂を使って他の七紅天を籠絡(ろうらく)するのはどうだ？　これも無理。どうせヴィルに止められる――ってこの変態メイドは私の邪魔しかしないなくそめ！

「うぅう……やっぱり私に七紅天なんて荷が重いんだ……他になりたいやつはごまんといるだろうし、そういう人に譲ってあげようかな」

「それではコマリ様が爆発(ばくはつ)してしまいますよ。だいたい、そんなことはしなくても大丈夫なのです――コマリ様、私が今までコマリ様に何をしてきたか覚えていらっしゃいますか？」

「セクハラだろ？」

「違います。あれは愛情表現です。――そうではなくて、私が今までコマリ様を一度でも死なせたことがありますか?」

そう言われると何も言えなくなってしまう。確かに私はこいつのおかげで何度も命拾いをしてきたのだ。昨日の七紅天会議だってこいつのおかげで死なずに済んだし。でも――今回も助かる保証なんてどこにもない。

「……はあ。どうしてこんなに苦労してるのかな。七紅天なんてやりたくないのに」

「ではお尋ねしますが、コマリ様はどんな職業に就きたいのですか?」

「就職するつもりはない」

「永久就職はいかがですか?」

永久就職……? ああ、お嫁さんになるってこと?

それはいいかもしれない。でも相手がいないからだめだ。

「私はフリーですよ」

「は?」

「ですから、永久就職するなら私と……」

「何を言ってるんだ。ヴィルは女の子でしょ。私とは結婚できないよ」

「………………」

なぜか彼女は微妙な顔をしていた。相変わらず何を考えているのかわからない。私はハンバーグのかけらを口に含み、ごくんと飲み込んでから言った。

「……まあ、将来の夢ならあるけどね。私は小説家になりたいんだ」

「承知しております。どんなに作品がつまらなかったとしても七紅天としての名声があれば爆売れするでしょう」

「いやだよそんなの。私はペンネームを使うつもりだ。……本名でやるのはちょっと恥ずかしいし」

「どんなペンネームですか？」

「まだ決まってない。今は暫定的に本名で書いてるけど……」

「なるほど。新作『オレンジの季節の恋』もですか？」

「うん。原稿用紙の一枚目の裏に名前を書いておいた」

「ではサクナ・メモワール殿にバレてますね」

「うん？」

「原稿、読んでもらってますよね」

「…………、」

は？　いやちょっと待て。

それは――それは、

「そ、それは……、」

「それは?」

「それはまずいっ!!」

私は両手を頭に当てて立ち上がった。最悪だった。この私が……この希代の賢者である私がそんなミスをするなんて! 匿名のつもりだったのに名前書いてあるとかバカじゃん! 自らバラしてるようなものじゃん! 私が魂を込めて執筆した……あの最高傑作が……サクナに読まれて……しかも私が作者だってバレて……うわあああああああああああああああ!!

「こ、これからサクナの家に行くっ!」

「行ってどうするんですか。どうせもうバレてますよ」

「まだバレたと決まったわけじゃないだろうが! だから行くんだ! もし作者が私だとバレたら先輩としての威厳が台無しになっちゃうんだよっ!」

「威厳なんてありましたっけ――あ、コマリ様! 一人で夜道を歩いたら危ないですよ――」

私は部屋着のまま家を飛び出していた。メイドの声など無視だ無視。

今は一刻も早くサクナから原稿を取り戻さなければならない。そして「テラコマリ・ガンデスブラッド」と書かれた部分を墨で削除してからもう一度サクナに渡さなければならない。引きこもってる場合じゃねえ……!

☆

スタミナは一分と続かなかった。

運動不足の私が全力疾走したのだから当然である。

「……く、くそ……絶対に……絶対に読まれては……いけないんだ……」

足が痛い。胸が苦しい。だけど——これだけは絶対に譲れない。

傍から見れば戦地から辛うじて敗走してきた兵士に見えるかもしれない。息も絶え絶え、しかし私は足を止めなかった。

だって。あの小説には……その、ちょっと、子供には見せられないような描写があるのだ。べ、べつに私がそういうシーンが好きなわけじゃなくて、物語の展開上仕方なく入れたんだけど。でも……書いた理由がどうあれ、あんなのを私が書いたと知られたらサクナに引かれてしまう。それだけはいやだ。せっかく悩みを同じくする同僚ができたというのに……！

死ぬ思いで走り続けていると、やがて橋が見えてきた。ムルナイト宮殿の敷地を流れているナントカ川（名前は忘れた）にかかっている橋である。あれを渡れば、サクナの家——帝国軍女子寮はすぐそこだ。

「よ、よし。待ってろサクナ——わっ、？」

橋の段差につまずいた。

そのまま前に転ぶと橋の欄干に顔面をぶつけそうだったので慌てて身体を捻る。しかし捻りきれなかった。疲労で身体が上手く動かず、気づいたときには土手から滑るような形で転げ落ちており、ドボン！　と勢いよく生ぬるい川に着水してしまった。

そうして私は底なしの恐怖に襲われた。

足がつかない。この川、こんなに深かったの……？

「だ、誰か……たすけ、」

手足をばたばた動かしてなんとか岸に近づこうとするが無駄だった。水が飛び散るばかりで思うように身体が動かない。ただただ沈んでいくだけ。口から入ってきた水が肺に侵入した。だめだ、苦しい。もう助からない。まさかこんなところで死ぬことになるなんて。七紅天闘争どころの騒ぎではない。少しくらい泳ぐ練習しておけばよかったよ——と、そんなふうに人生を諦めかけていたとき、

「大丈夫ですか！」

誰かの声が聞こえた。がしっと力強く腕をつかまれる感触。わけがわからず目を白黒させているうちに、私の身体は空を舞うような勢いで陸のほうへと引っ張りあげられていた。

ふわり、と地面にお尻がつく。たぶん重力を制御する魔法だと思う。私はげほげほと何度も咳き込みながらも、なんとか自分が一命をとりとめたことを理解した。それにしても、いったい誰が助けてくれたのだろう。声はヴィルのものじゃなかった気がするし——そう思って視線を上げてみると、

「間一髪でしたな！　それにしてもガンデスブラッド殿が泳げないとは意外でしたぞ！」

祭服を着た男が立っていた。

神を信奉する奇人。ヘルデウス・ヘブン。

「ど、どうしてここに……？」

「はっはっは。ちょいと野暮用がありましてな」

この先には女子寮しかない。なんだか犯罪のニオイがしたけど彼は命の恩人なので変に詮索するのはやめておこう。――そうだ、命の恩人だ。この人に助けられたんだ。

私は慌ててヘルデウスに向かって頭を下げた。

「ありがとう、ございます。おかげで助かった」

「いやはや！　今を時めくガンデスブラッド大将軍に感謝されるとは、このヘルデウス・ヘブンも捨てたものではありませんな！――ところで、お身体のほうは大丈夫ですかな？　よければご自宅まで送っていきますぞ」

「だ、大丈夫だ。心配には及ばない。すまないが私は急いでいるんだ――あとでお礼はたっぷりするから、その辺は期待しててくれ」

「お礼などしていただかなくとも結構。困った人を助けるのは神の徒として当然の行いでありますす。それはともかく着替えたほうがいいですよ。夏とはいえ風邪をひいてしまいます」

「大丈夫だから。だからそろそろ――」

「ふむ。ガンデスブラッド殿は何をそれほど急いでおられるのかな?」

ぎくりとした。やましいことなんて一つもないのだが。

私はなるべく心を落ち着けてから言った。

「サクナだよ。ちょっとサクナのところへ行こうと思ったんだ」

ヘルデウスの目が細くなった。――ん? なんか雰囲気変わったか?

「ほう、メモワール殿のところへですか。何用ですか?」

「遊びの約束だ。一緒にツイスターゲームをしようって誘われたんだ」

「ほうほう、是非私もご一緒したいものですな」

やめろ。絵的に犯罪だ。

「冗談ですぞ! そんな目で見ないでくだされ。――しかし、メモワール殿はよき友人に恵まれたようですな。なんとも素晴らしいことです。あの子は昔から一人でいることが多く、私も心配しておりましたゆえ」

「そうなのか……?」

私はふと思い出す。

そういえば、サクナはヘルデウスの経営する孤児院にいたんだっけ。彼女にとってこの変態神父は父親の代わりみたいな人なのかもしれない。変態とか言っては失礼だな。まあそれはともかくそろそろ本気でサクナのところへ行きたい。早くしないと手遅れになるから。

「とにかくだ。ありがとうヘルデウス。ちゃんとしたお礼ができないのは心苦しいが、今日のところは急いでるので……」

「承知しました。メモワール殿と――サクナと仲良くしてやってください」

「う、うむ。こちらも承知した」

もう一度だけぺこりとお辞儀をすると、私は悲鳴をあげている筋肉に鞭を打って再び走り始める。なんか意外としっかりした人だったんだな、ヘルデウス。まあそれはともかく、はやくしないと。はやくしないと。はやくしないと――

そんなふうに焦っていたせいだろう。

背後で呟かれた神父の言葉が私の耳に届くことはなかった。

「――さようならガンデスブラッド殿。あなたは神の国で幸せになれるでしょう」

☆

寮に到着した。しかし部屋番号を知らなかった。一瞬だけ絶望してしまったが、郵便受けのところに入居者の名前が書かれていたので一安心。私は逸る気持ちを抑えつけながらサクナの部屋の前までくると、少しだけ躊躇ってからピンポンを押した。

『ひゃいっ⁉』

中から悲鳴が聞こえた。続いてどったんばったんと何者かが暴れまわるような音、物体が落下する音、おそらくテーブルか何かに足でもぶつけたのだろう、『うッ！』というくぐもった声などなどが漏れ聞こえ、さらにしばらく待っていると薄い扉を隔てたすぐ向こう側から『うひゃあああああ‼』という絶叫が聞こえた。おそらく覗き穴で見られたのだ。

「サクナ、突然来てしまって申し訳ない。……お取り込み中だったか？」

「いえっ！　そんなこと全然これっぽっちもないですっ！」

扉が開かれた。ただし何故かチェーンがかけられている。警戒されているのだろうか。

狭い隙間からでもわかるが、サクナは普段の軍服を着ていた。私服が見られるかと思ったのに残念である。

「えと、テラコマリさん……？　何か、ご用でしょうか？」

「用というほどのことはないんだがな、あれだ、前に小説を――」

「って、どうしたんですか⁉　ずぶ濡れじゃないですか！」

「ん、ああこれか。これは川に落っこちてだな」

「川⁉　……は、はやく着替えましょう。風邪をひいたら、大ごとです」

「いや、そんなことよりも小説を――」

ばたん！　と扉が閉められた。部屋の中では再びどったんばったん大騒ぎ。手持無沙汰に突っ立っていると、すぐにサクナが戻ってきて扉を少し開けた。

「あの。あの。着替え……あるんですけど、その、ちょっと変な服で」そこまで言ってサクナは慌てて首を横に振った。「いえ！　変って言ったらすごく失礼なんですけど！」

「変？　カピバラの絵でも描いてあるの？」

「そうじゃないんですけど……ごめんなさい。これしかなくて」

隙間から手渡されたのは何の変哲もないTシャツである。

広げてみる。

私の顔（半笑い）が現れた。

変哲ありまくりだった。

「……これをどこで？」

「お店で売ってました！　つ、つい、知ってる人のだったので、買っちゃって……」

この噴飯モノのTシャツが市井（しせい）に流通しているという話は真実だったらしい。まったくもって遺憾である。こんなモノ着るわけが――

「べくしっ」

くしゃみである。サクナが世にも情けない顔をして「大丈夫ですか⁉」と叫んだ。

私は「だいじょうぶだいじょうぶ」と無理に笑みを作った。

「それよりもだな。小説を――」

「だ、大丈夫じゃないです！　シャワー浴びましょう！　うちの使っていいですから――ああでも、ちょっと部屋が散らかっていて、できればリビングのほうはなるべく見ないでいただけると……なるべくというか絶対に見ないでいただけると、嬉しい、のですが、……と、とにかく、ご案内します。どうぞ、いらっしゃいませ」

　よくわからない台詞とともに部屋に招き入れられた。正直言って私はシャワーどころではなかった。はやく小説を。小説をなんとかしないと……！　しかしサクナは私にシャワーを浴びせて閣下Tシャツを着せるまでは意地でも話を聞いてくれないらしい。そんな雰囲気がした。

　仕方ない。ここはひとまずサクナに従っておくとしよう。

「こちらです。どうぞ。下着とかも、置いておきますので」

「……下着？　サクナの？」

「いえ、違いますけど……人形に穿かせているものがあるのでサイズはぴったりだと思いますが――――、いえなんでもないですなんでもないです忘れてください！」

「そ、そうか。よくわからんが、とりあえずシャワー借りるよ」

「ごゆっくり！」

　そう言ってサクナは去っていった。脱衣所に取り残された私はとりあえず服を脱ぐ。脱いだところでふと思う。……閣下Tシャツ、結局着ることになるんだよな。さすがに嫌だな。

　やっぱり、他の服がないかサクナに聞いてみよう。

　まさか彼女もこれしか持ってない、なんてことはないだろうし。

私は脱いだ服を再び身につけてから脱衣所を出た。

薄暗い廊下を進み、おそらくリビングへとつながるであろう扉をゆっくりと開ける。

「サクナ。悪いんだけど、べつの服ないか？　さすがに自分の顔が描かれたやつは――」

最初、私はどこかのお店屋さんに迷い込んでしまったのかと思った。

それほどまでにたくさんの〝モノ〟が置かれた部屋だった。

すぐに異様な光景だと知れた。

そこにいたのは、無数の私だった。

私を象った人形。私を象ったぬいぐるみ。私の姿がプリントされた抱き枕。私の写真。私のポスター。私の顔が描かれたTシャツ。私の絵――どこを見てもテラコマリ・ガンデスブラッドしかいない。まるで私をテーマにした博物館みたいな部屋だった。

あまりの景色に絶句してしまった。

なんだこれ。私は夢でも見ているのか……？

「……テラコマリ、さん………」

白銀の少女は、そんな異様な光景のど真ん中で、今にも泣きそうな顔をして立っていた。まるで絶対に知られてはいけない恥ずかしい秘密を知られてしまったかのような表情だった。というかそれそのものの表情である。

「ち、違うんです。これは違うんです……」

何が「違う」のか、彼女が具体的に説明することはなかった。説明できないのだろう。

私は呆然と立ち尽くすことしかできなかった。

もはや小説どころの騒ぎではない。

この少女は私なんかよりも遥かにヤベー爆弾を抱えていたらしい。実名つきで書いた小説に三回キスシーンが出てくるからって大慌てしていた自分がバカみたいだった。

「て、テラコマリさん……」

彼女はすがるような目でこちらを見つめてくる。

どうしたらいいのかわからなかった。わからなかったのでとりあえず私はこう言った。

「シャワー浴びてくる」

☆

二十分後。

シャワーを済ませた私は私まみれの部屋の中央でサクナと向かい合っていた。ちなみに閣下Tシャツ以外を要求する余裕などなかったので私のお腹には私の顔が描かれている。羞恥の極みである。というかこの部屋自体が恥ずかしい。いったいサクナは何を思ってこんなどえらいマイルームを作り上げたのか。

「……サクナ」

「はひっ」

名前を呼んだだけでゴキブリを目撃したかのようなビクつきようである。私はなるべく優しい声色を心がけて言った。

「すごいね、この部屋。私がいっぱいだ」

「うぅうう……ごめんなさい、ごめんなさい、ごめんなさい……」

「謝らなくていいし泣かなくてもいい！　ほら私べつに怒ってないからさ！」

「ごめんなさい……わたし、わたし……テラコマリさんのことが好きなんです……！」

「…………」

どんな告白だ。自分で言うのもなんだが、見りゃあわかる。

サクナは訥々と語り始めた。

「テラコマリさんは、強くて、きれいで、格好よくて……だから、自分もあんなふうになれたらいいなあって思ってて、それで色々テラコマリさんのこと調べてるうちに、グッズとか集めたり、作ったりしちゃって、部屋がこんなのになっちゃったんです……」

「グッズ作ったの？」

「はい。十五体あるテラコマリさんの等身大人形は、最高傑作だと思ってます。毎日ちゃんと挨拶をして、話しかけて、本物のテラコマリさんにするように接しています……」

私はぐるりと周囲を見渡した。壁際に直立している私たちが無表情で私を見つめている。サクナからあふれ出る闇を感じた気がした。

「そ、そうか。まあ趣味は人それぞれだしな。うん。私も人に言いたくない秘密の一つや二つはあるから」

「小説を書いてることですか？」

バレてるじゃねーか!!

「……そうだけど、知ってたの？」

「はい。以前ヴィルヘイズさんが教えてくれました」

しかも変態メイドの仕業かよ。絶対に許さねえ——と言ってやりたいところだがサクナにバレたところでべつに問題ないような気がしてきた。この部屋の有様を見た時点でキスシーンの出てくる小説なんて可愛いもんだということが理解できてしまったから。

「すみません。引きましたよね……こんなの集めてるだなんて」

サクナは消え入りそうな声でそう言った。ある意味で「こんなの」呼ばわりは失礼な気もするがそれはさておき、グッズを集められたところで実害があるわけでもないので私にサクナを責めるつもりは微塵もなかった。彼女との関係にヒビを入れたくないのだ。

「私は全然気にしないよ。大っぴらにしないのなら、サクナの好きにすればいい」

「本当ですか……？　じゃあもっとグッズ作っていいんですか？」

「まあ、ほどほどにな」

サクナはぱっと花が咲いたような笑顔になった。可愛い。

「テラコマリさんは優しいです。こんなの普通の人だったら絶交すると思います」

「はっはっは。私は最強の七紅天だからな、この程度では驚きもしないよ。むしろ嬉しいくらいだ。サクナがこんなに私のことを思ってくれているなんて思いもしなかったぞ」

「そ、そうですか……えへへへへ」

「はははははは」

………………………。

……何を話せばいいんだろう。たくさんの私に見つめられているせいで頭が回らない。この程度では驚きもしないと見栄を張ったが正直言ってこれは日常会話に影響を及ぼす程度には衝撃的な光景である。夢に出てきそう。

というか今思ったのだがもうサクナに用ないよね？　小説の件はどうでもよくなったし。ということは完全なるフリーの会話ということだが……そうだ、前々から彼女とは趣味の話をしたいと思っていたところなんだ。趣味の話をしようじゃないか。

「テラコマリさん。七紅天闘争、どうですか？」

と思っていたらサクナのほうに切り出されてしまった。しかも例のアレの話題である。

「私……不安なんです。皆さん本当に強い人たちばかりで、私みたいな弱っちい吸血鬼は場違いなんじゃないかって……すぐに殺されちゃうんじゃないかって……」

すぐに殺されるのはどう考えても私である。

「そんなことないよ。サクナはすごい魔法を使えるじゃないか」

「すごくないです。たとえ魔法が使えても……たとえ《烈核解放》が使えても……相手を殺すことができなければ意味がない」

「え？　ころ……、」

サクナは妙に思い詰めたような表情をしていた。聞き間違いだろうか。いま「殺す」って聞こえたような気がしたんだが——いやまあ七紅天闘争の目的が殺人であることは理解しているが、まさかあの気弱なサクナがそんな物騒なことを言うなんて。

と思っていたら、彼女は「ご、ごめんなさい」と慌てたように頭を下げた。

「間違えました。『相手に殺されちゃったら意味がない』、です。……私って本当にダメダメな吸血鬼だから、どんなにすごい魔法が使えても、使う前に殺されちゃうに決まってるんです。殺されるのは怖いんです……」

「そっか……誰でも殺されるのは怖いよ」

「それに、私はテラコマリさんと争いたくありません」

泣きそうな瞳に見つめられた。

七紅天闘争は文字通り七紅天同士の闘争である。普通にやれば私とサクナは殺し合いをすることになるのだろう。だが——私には考えがあった。

「同盟を組めばいいんだ」

　え、とサクナが声を漏らす。

「同盟を組んじゃいけないってルールはないはずだ。私とサクナが協力すれば、少なくとも敵が一人減るし、味方が一人増える。良いアイデアだと思わないか？」

「いいんでしょうか。テラコマリさんの足を引っ張っちゃうと思います……」

「構うもんか。むしろ私が足を引っ張らないか不安なくらいだよ」

「で、でも……」サクナはモジモジしながら言った。「どうしてそんなに優しくしてくれるんですか？　私は、テラコマリさんの、ストーカー……みたいなものなのに」

　ストーカーとか正直どうでもいい。似たようなのは私の周りにいっぱいいるし。

　理由は——サクナと協力すれば私が生き残れる可能性が高まるから、という打算的な部分ももちろんあるが、それにも増して彼女のことを放っておけないからだった。この儚げな表情を見ていると何が何でも助けてやりたくなる。……いや、これは完全に上から目線な考えだな。私のほうがサクナよりも百倍落ちこぼれなのだ。だから——これはそう、あれだ。

「と、友達だからだよ」

　私はそんなことを口走っていた。

「友達が協力し合うのは普通のことだろ。だから誘ったんだ」

「ともだち……」

「……う。悪い。私と友達なんて嫌だったよな……」

「嫌じゃないです！　お友達になれて光栄ですっ！　よろしくお願いします！」

「そ、そうか……！　こちらこそ、よろしくお願いします」

向かい合ってぺこりとお辞儀をした。そうして私はほっとした。勢いで「友達」とか言ってしまったが、もしもサクナに「え？　私とお前が友達？　バカなの？」みたいな顔をされたら首を吊ってしまうところだった。

それにしても友達か……ふふふ。初めての友達だ。こんなに嬉しいことはないぞ……！

「わかりました。では、第七部隊と第六部隊は、協力関係、ということでいいですか？」

「うむ。みんなに伝えておくよ」

「あ、そうだ」サクナは閃いたと言わんばかりに手を叩いた。「ヘルデウスさんにも協力してもらいましょう。あの人なら……たぶんわかってくれるはずです」

「ヘルデウス……？　大丈夫なのか？」

「ちょっと変な人ですけど、信頼はできます」

確かに川に落ちた私を助けてくれたしな。それに七紅天会議でも何かと私のことを援護してくれた。第一印象では神のことしか考えていない神オタクって感じだったが、サクナの彼に対する態度も加味して考えてみると、意外とマトモな人なのかもしれない。

「じゃあヘルデウスにも協力してもらおうか。——そういえば、サクナはあの人の孤児院にいたんだっけ？」

「はい。家族を皆殺しにされた私を引き取ってくれたんです」

「…………」

いきなり重すぎる。どう反応したらいいのかわからない。

「あ、いえ。でも家族はいますよ」

「魔核で蘇(よみがえ)ったってこと？　だったらなんで孤児院に……？」

「ふふ」

サクナはミステリアスに笑った。この子はこんな表情もするのか——私は少しだけ寒気を覚えて身震いをした。彼女の瞳には常ならぬ妖気が宿っているような気がした。しかしそれは本当に一瞬のことであり、すぐにいつもの気弱な雰囲気のサクナに戻ってしまっていた。

「あれが家族です」

サクナは本棚の上の写真を示した。

そこに写っているのは幸せそうな四人家族だった。

幼い頃のサクナ。サクナの頭に手を置いて笑っている女の子——たぶん彼女の姉だろう。

そして姉妹(しまい)の両側にはそれぞれ母親と父親が優しげな目をして立っている。

「私のお姉ちゃん、名前がコマリだったんですよ」

「そうなの？　なんか親近感が湧くね」

「はい。とってもキレイな〝いるか座〟の記憶を持っている人でした――」

「……ん？　どういう意味だ？」

「直観的にわかるんです。人の精神の形が」

サクナが不意に私の手をつかんだ。冷たい手だった。

「寒いの？　冷えてるぞ」

「いえ。蒼玉種は体温を持たない種族なんです。その特徴は凍てつく鉄壁の身体――白極連邦は極寒の地ですから、そういう身体じゃないと生きていけないそうです」

「ふ、ふーん」

「きっと私の血は冷たいんです。飲んでみますか？」

「遠慮しておこう」

それがいいです、とサクナは笑った。

「少し星を見に行きませんか？――最期に見るものは美しいもののほうがいいですから。それにここだと部屋が汚れてしまいます」

「サクナ？　ちょっと、」

強引に腕を引かれる。わけもわからないうちに連れていかれた先は外だった。ばさばさと飛び立つコウモリに驚いて思わず悲鳴をあげてしまう。サクナはそんな私のことなど無視してずんずん進み、やがてひっそりとした裏庭まで至ると急に足を止めた。

そこは何の変哲もない庭だった。フクロウの鳴く声が聞こえる。目を凝らせば庭のいたるところにアジサイが咲いている。昼に来ればさぞかしきれいな風景が見られるだろう。

「テラコマリさん、上を見てください」

言われるままに空を仰ぐ。そこに広がっていたのは眩い星たちの光景だ。特別な感じはしない普段の夜空、それゆえにこうして注視してみると今まで発見できなかった自然の美しさに気づかされる。

「あれが〝いるか座〟。その背に神を乗せて海を渡ったとされるイルカの姿です。そしてあっちが〝おおわし座〟。その隣が〝みどり座〟で、その隣が——」

サクナは指で星を示しながら熱心に説明してくれたが、どれがどれだか私にはさっぱりわからなかった。だけど星がキラキラしていてキレイだということはわかった。……私には情趣を理解する感性が欠けているのかもしれない。

「こうして星を見ていると、落ち着きますよね」

「そうだな。星座ってきれいだよな」どれが星座なのかわからんが。

「テラコマリさんの記憶も、星座のように整っています」

私は不審に思ってサクナの横顔を盗み見た。彼女は熱心に空を見上げている。

「——テラコマリさん、テロリストは何のために人を殺していたと思います？」

「ふぇ?」唐突な話題変更に少し戸惑ってしまう。「そりゃあ……あれだろ。殺人が趣味だったんじゃないのか? 私の近くにも殺人鬼はたくさんいるし」

「たぶん違います。人を殺さなきゃいけなかったからです」

「それはそうなんだろうけど……」

「……テラコマリさん、質問してもいいですか」

「う、うん」

「ありがとうございます。——もしも、もしもですよ、テロリストに家族が人質に取られていて……それで、『家族を殺されたくなかったら別の誰かを殺せ』って言われたら、テラコマリさんならどうしますか? 素直に従いますか? それとも……家族を見捨てて逃げちゃいますか?」

なんだその質問は。心理テストの一種だろうか?

しかしサクナの表情は真剣すぎるほどに真剣である。ここでふざけた回答をするのは少し違う気がした。だから私は心に浮かんだ意見を率直に答えることにする。

「テロリストを倒す」

「え……」

「悪いのは家族を人質に取ってるテロリストだろ。そいつがいなくなれば解決じゃん」

人を殺すのはいやだ。家族を殺されるのもいやだ。だったらその元凶をとっちめればいい。

……まあ、言葉で言うのは簡単だが実際に実行できるかどうかは別だけどな。私の場合は逃げる可能性が高い。いやでも家族を見捨てることもできないし……むむむ。悩みどころだな。

そんな感じでキッパリ答えてから悩むという優柔不断なことをしていると、サクナが感心したように吐息を漏らしてこう言った。

「さすがですね。私だったら、そんなことは……」

なんだろう。彼女の様子からしてただの心理テストではないような気がしてきたぞ。まさか本当のことだったり——はさすがにないか。

不意にサクナがこっちを振り返った。

なぜか目に涙を浮かべていた。

「そのまま星を見上げていてください。すぐに終わりますから」

「ちょっと待て。さっきから様子が変だが……えっと、もしかして泣いてる？　どこか痛いところでもあるの？　ねえ——」

サクナの腕がゆっくりと伸びてくる。

身体が動かない。彼女から目を離すこともできない。このままじっとしていたら何かとんでもないことが起こりそうな予感がした——けれども私はサクナの目を見つめるばかりで、蛇に睨(にら)まれたカエルのように動けない。

そうして私は自分が魔法にかかっていることに気づく。

初級拘束魔法【金縛り】。

もしかしてサクナは怒ってるのだろうか。そうだ。そうに違いない。私が勝手に秘密の部屋をのぞいてしまったことに腹を立てているに違いない。復讐に燃える彼女はこのまま私をくすぐり地獄の刑に処すつもりなのだ。サクナの指先が、私のお腹のところに触れた。

「ま、待てサクナ！　私はくすぐりに弱いんだ、ちょっと脇をヤられただけで呼吸困難になって死ぬ自信がある！　秘密を知ってしまったことは謝るから、だから――」

「――コマリ様、そろそろ帰りますよ」

瞬間、ばっ！　とサクナが熱湯に触れたかのごとく身を引いた。

私は驚いて振り返る。

宵闇の奥からぬッと変態メイドが現れた。いつからいたんだよ。軽くホラーだぞ。

「明日もお仕事です。あまり夜更かしをすると起きられません」

「仕事だって⁉　明日は土曜日だろうが！」

「何を仰っているのです。七紅天闘争が控えているのですから部下たちの訓練をしないといけません。さあ帰りますよ。まだ夕飯を食べている途中だったでしょうに」

「あ」

思い出したらお腹が「ぐー」と鳴った。ヴィルのハンバーグ食べたい。もう冷めちゃったかな。

「ではメモワール殿。今宵はこれにて失礼いたします」

「は、はい」

ヴィルはサクナに向かって優雅に一礼した。それに対するサクナは——なぜか怯えているような、焦っているような、それでいて安堵しているような、奇妙な表情を浮かべていた。

私は引っかかるものを感じた。けれどもその正体まではつかめなかった。

「じゃあサクナ。私たちはもう帰るよ。七紅天闘争の件、よろしく頼んだぞ」

「はい。おやすみなさい、テラコマリさん」

「うん、おやすみ」

それだけ言って私はヴィルと一緒に女子寮を後にする。ふと振り返るとサクナは呆然と夜空を見上げていた。少し心配になったので引き返そうとしたところ、ぐいっとヴィルに腕を引っ張られて止められてしまった。

「なんだよ。ちょっと痛かったぞ」

「申し訳ありません。しかし、サクナ・メモワールは少々危険かと」

危険？　意味がわからんぞ。あと腕をはなせ。そのままの流れで手をつなごうとするな。ナチュラルに指を絡ませてくるな。だめだ、握力の差で振り払えない……！

「何が危険なんだよ。私にはお前のほうがよっぽど危険に思えるぞ」

「殺気を感じました。ほんのわずかですが……」

「そりゃあそうだろ。サクナは私のことをくすぐるつもりだったんだ。――というか、なんで手をつないでくるんだよ。子供じゃないんだぞ」

「迷子になったら大変ですのでコマリ様のすべすべおててを満喫させていただきます」

「やめろよ、恥ずかしいだろっ！」

「そんな変なシャツ着てるほうが恥ずかしいと思いますが」

「…………」

同感だった。ヴィルは「いずれにせよ」と真面目な調子で続けた。

「サクナ・メモワールの動向には注意しておく必要があります。コマリ様はなるべく近づかないほうがいいです。二人きりで星を見るなんて言語道断です。あんなシチュエーションは断じて許せるはずがありません。ですので今度私とも二人きりで星を見ましょう絶対に」

ヴィルがぎゅっと私の手を握りしめた。やめろよ。それ以上強く握ったら骨がバキバキに折れるからな。私の貧弱さを舐めるなよ。

そんなふうに戦々恐々としながらも、私はヴィルと手をつないで帰路をたどるのだった。

だが、心にしこりのようなものが残ったのは否定できない。

サクナのあの顔。涙を浮かべた物憂げな表情。

彼女はいったい何を考えているのだろうか。

他人の心をのぞき見する魔法が使えるわけでもない私には、サッパリわからなかった。

☆

白状しよう、サクナ・メモワールの烈核解放は殺した人間の記憶をのぞき見ることができる精神干渉系の異能だ。テロリスト集団〝逆さ月〟はサクナのこの異能を用いて魔核のありかを突き止めようとしている。

魔核――それは人々に無限の魔力と生命力を与える特級神具である。しかし誰もがその存在と効果を知っているわりには実物の魔核を見たという者の話はきかない。それもそのはずである。魔核とは第一級の国家機密。その所在地・形状等々の情報は各国の政府によって厳重に秘匿されている（ちなみに、魔核に血を捧げる儀式によって無限回復の恩恵を得る、というのが現代の常識であるが、これは実物を目の前にして儀式をするわけではなく、国に点在する〝魔泉〟に血を流すことによって本体まで自動転送しているため、転送先の情報――すなわち魔核の正体は儀式を執り行う専門の官吏ですら知らないのである）。

――とにかく、そういう事情があるからサクナは夜な夜な宮殿を徘徊して政府高官を殺害して回っていたのだ。

しかし成果は皆無だった。

帝国宰相のアルマン・ガンデスブラッドですら魔核のありかを知らなかった。おそらく皇帝を殺すことができれば一発でわかるのだろうが、現状サクナの実力ではあの雷帝を仕留めることは不可能。ゆえに逆さ月から下った指令はこうである――「ひとまず七紅天を殺して情報収集をせよ」。

今までサクナの標的は殺しやすい文官に限られていた。だが武力を重視するこの帝国においては武官こそが重要な情報を握っているのではないか――逆さ月はそう判断したらしい。

「よかった……よかったのかな……」

サクナは星を見上げながらぽつりと呟いた。

テラコマリ・ガンデスブラッドを殺すのは忍びなかった。サクナのことを友達と言ってくれた心優しい少女のことを、どうして無感動に殺(あや)めることができようか。

だからヴィルヘイズがやってきて彼女を殺すタイミングを失った瞬間、サクナは安心してしまったのだ。少なくとも今日は殺さずにすむ、と。

……いや、そもそも、自分ごときの実力であの七紅天が殺せるとは思えないけれど。

いったい彼女はどれほど強いのだろうか。フレーテ・マスカレールのように疑っているわけではないが、確かに彼女の戦闘能力に関しては不明な点が多い。こないだせっかくアルマン・ガンデスブラッドを殺したのだから、その辺の情報も収集しておくべきだったか。いまさら言っても遅いけど。

サクナは思わず溜息(ためいき)を吐(つ)いてしまった。

自分は何をやっているのだろう。表では七紅天として分不相応な仕事をして、裏ではテロリストとして大嫌いな殺人をする。こんな人生に意味なんてあるのだろうか——そんなふうに懊悩しながら部屋に戻ってくる。

にわかに風が吹いた。サクナは思わず片目をつむる。

ふと見れば、開けた覚えがないのに窓が開いていた。カーテンがゆらゆらと揺れて部屋の中に不気味な陰影を作っている。

なんで？——奇妙な違和感を覚えてコマリだらけのリビングに足を踏み入れたとき、テーブルの上に放置しておいた通信用鉱石が光を発した。

心が裂けそうになった。しかし応じないわけにはいかない。

魔力を流すと、いつものように不機嫌そうな声が響いてくる。

『——意味がないな。サクナ・メモワール』

サクナは肩を竦ませた。

『まったくもって意味がない。獲物を殺せる好機をみすみす逃がすとはどういうことだ？　仕事を怠ける者に存在価値はないぞ』

「な……」

サクナは錆びついた機械のような動作で周囲を見渡した。

見られていた。見られていたんだ。

テラコマリさんとのやりとりを……！

「ご、ごめんなさいっ！　やろうと思ったんですけどヴィルヘイズさんが来たから……」

『ならばメイドともども殺してしまえばよかろうが。何のための烈核解放だ？』

「か、顔を見られても、わからなくするように、」

『では何故殺さなかったのだ。やれることはやれるときにやる、それが逆さ月のモットーであろうが』

そんなモットーは初めて聞いた。

男はサクナの当惑に構わず続ける。

『魔核を見つけ出さねば実行部隊も動けんのだ。ひとりの失態が組織の歯車を狂わせる。そんなことは絶対に許されない』

「…………、」

『……ふん、まあよい。七紅天闘争で全員殺せば何も問題はないからな。絶対に仕損じてはならぬ――俺はこの瞬間のために七年も間諜として帝国軍に潜り込んできたのだ。優先的に狙う相手はわかっているな？』

「ぺ、ぺとろ、」

『ペトローズ・カラマリアだ。やつは七紅天としての経歴がもっとも長い。次いでフレーテ・マスカレール。あれは今上皇帝が任命した七紅天だ。魔核の情報を握っている可能性が高い。

次にテラコマリ・ガンデスブラッド。こいつは皇帝の寵愛を一身に受けている小娘だ。お前が先ほど殺し損ねたネズミでもある』

「ごめんなさい、ごめんなさい……」

『それ以外の七紅天は最悪殺せなくてもいい。殺せなくてもいいがとりあえず殺せ。念には念を入れるのが逆さ月のモットーなのだ。殺せなかったらお前の家族を殺してやろう』

「ッ……」

家族を殺す。

何度その文句を聞いたかわからない。サクナは脅迫によって雁字搦めに縛られていたのだ。家族を殺すと言われるたびに身体が震えてトラウマが蘇る。もう二度と失いたくない。一人ぼっちはいやだ。だから頑張らなくちゃ——、

——悪いのは家族を人質に取ってるテロリストだろ。そいつがいなくなれば解決じゃん。

不意にコマリの言葉が頭の中で反響した。

なんて豪快な台詞だろうか。彼女のように振る舞えたら苦労なんてしないのに。怖いのは嫌だ。痛いのは嫌だ。これ以上余計な反抗をしたら、またひどいことをされるから——だから

サクナは不埒なテロリストに唯々諾々と従うことしかできない。

『何を黙っている？　命令は理解したのか？　頭は冴えているか？』

サクナは「大丈夫です」と答えた。

自分でもわかるほどに怯えた声だった。

『相変わらず覇気のない娘だ。そんなことではいつまでたってもヒラの構成員から抜け出せないぞ。――まあよい、今日はプレゼントを持ってきてやったのだ。お前が愛してやまないテラコマリ・ガンデスブラッドの人形を見てみたまえ』

嫌な予感がした。

そうして気づいてしまった。

ベッドの上に鎮座している小さなコマリ人形が、抱きかかえるようにして小さな小瓶を持っている。サクナはおそるおそる人形に近づく。

毒々しい色の液体が入った、そこらで売っているような普通の小瓶だった。

『コルネリウスの秘薬だ。聞いたことくらいはあるだろう？』

「…………、」

サクナは息を呑んだ。コルネリウスの秘薬。それは逆さ月の幹部、いわゆる〝朔月(さくげつ)〟のひとり、ロネ・コルネリウスが秘密裏に製造しているとされる増強剤だ。服用すれば常人には及びもつかぬ魔力を手に入れることができるというが、その副作用は破滅的に甚大で、のちのち手足が動かなくなったり、精神が壊れて廃人のようになったり、ひどい場合にはその場で吐血(とけつ)して死んでしまうことさえあるという。サクナの同僚のひとりは、実際にこの薬を飲んで寝たきりになった挙句、「もう使えないから」という理由で処分されてしまった。

『サクナ・メモワールの実力では七紅天五人を相手取るのはいささか厳しい。ゆえにわざわざ用意してやったのだ。喜びを噛みしめながら敵を殺したまえ』

「でも……この薬を飲んだら、副作用が……」

『副作用だと？　確かにあるかもしれぬが……それがどうした？』

「だって……死んじゃうかも、しれないんですよ……？」

『だから、それがどうしたというのだ。確かに死ぬかもしれん――だが組織に身を捧げることになるのだから本望だろう？　まさか死ぬのが怖いとは言わぬよな。それとも何か文句があるのか？　ええ？　あるならば言ってみろ』

　言えるわけもなかった。

　何も言わずに震えるばかりのサクナに露骨な舌打ちを浴びせると、男は『心配するな』と酷薄に笑って、

『ムルナイトの魔核を破壊できた暁には褒美をやろう。アジトの連中を集めて盛大な論功行賞の式典をしようではないか。まあ生きていればの話だが』

「ありがとう……ございます……」

『ああ、それと』

　男は何気ない調子で、

『アジトで思い出したが、お前、ちょくちょく帰っているらしいな』

ぎくりとした。血が凍るような気分。サクナは手の震えを隠して目をそらす。

アジト――それは言うまでもなく逆さ月のアジトのことだった。とはいえ〝朔月〟やボスがいるという所在不明の本拠地ではなく、ゲラ＝アルカ共和国南方の密林にひっそりとたたずんでいる支部で、サクナの配属先でもある。通信相手の男はその支部の長をやっている。

『別に帰るなとは言わぬが、妙なことをすれば即座に処分するぞ』

「……肝に銘じておきます」

『よろしい。期待しているぞサクナ・メモワール！　間違ってもミリセント・ブルーナイトと同じ轍は踏むなよ。失敗すればあの女のように捕まって殺されるのがオチだからな』

「はい、承知しました」

『健闘を祈る』

通話が途切れた。

――よかった。ばれてなかった。

しかし安堵は一瞬だった。何一つ問題は解決していないのだ。

コマリ人形が抱えている小瓶を、呆然と見下ろす。

毒々しい紫色の液体。ロネ・コルネリウスの烈核解放によって作られた神具の一種だ。副作用で死んでしまったら蘇ることはできない。

サクナは知らぬ間にぽろぽろと涙をこぼしていた。

ひどい。

こんなのはあんまりだ……。

「…………」

魔核は身体の痛みを無限に治してくれる。

しかし、サクナの心に刻まれた傷跡は永久に残り続けるのだ。物理的な傷を治すばかりで心までは癒してくれない特級神具。そんなものは欠陥品だとサクナは思う。

「くるしい……」

呟かれた言葉は誰に聞かれることもなく闇に溶けていく。

くるしい。つらい。死んでしまいたい。でも死にたくない。こんな苦しみを味わっている人間など、世界を見渡しても自分くらいのものだろう――

――ミリセント・ブルーナイトと同じ轍は踏むなよ。

サクナはふと思い出した。

あの青色の少女は今頃何をしているのだろうか。次代の〝朔月〟候補と目されるほど優秀だったにも拘わらず、個人の憎悪を暴走させたことによって何もかもを失った吸血鬼。

いや、失うことに成功した吸血鬼だ。

「ミリセント……」

彼女とはあまり接点がなかった。同じ吸血種ということで比較されることはあったが、烈核解放の有無という点を除けばミリセントのほうが何もかも優れているため勝負にならず、「こんなすごい人もいるんだなあ」程度の印象しか抱いていなかった。

でも、今頃になって彼女のことが頭から離れなくなってしまった。

会ってみたくなってしまった。

☆

ミリセント・ブルーナイトは帝都外れの監獄に収監されていることになっている。

お風呂で身体についた泥を落とし、閣下Tシャツに着替え、そのまま外の食堂に行った帰りにふらりと寄ってみたのだが、しかし彼女の姿はなかった。

看守に聞いてみても「ここにはいません」と突っぱねられるだけ。

死刑になったのだろうか。そんな話は聞いてないけれど——

「会っても仕方ない、か」

サクナはそう自分に言い聞かせて踵を返す。

ムルナイトは不夜の国。日が地平線の向こうに沈んでも帝都の往来は吸血鬼どもで満ちている。誰かがサクナを指差し「七紅天のメモワール様じゃないか?」と声をあげた。有名になるのは面倒なことだ——サクナは辟易しながら足早で帰路をたどる。

ミリセントに会うのは諦めよう。会ったところで何を話せばいいのかわからないし。

そんなふうに考えつつ、通行人の視線から逃れるように歩を進めていたとき、ぎょっとするような文字列を見つけて思わず振り返る。

ブルーナイト。

表札には確かにそう書かれている。

そうしてサクナは思い出す——この辺りは帝国の貴族たちが居城を構えている地域なのだった。ブルーナイト家の邸宅があっても不思議ではない。国外追放されたはずの彼らの屋敷が残っているのは不思議といえば不思議だが。

サクナは何気なく門の向こうをのぞいてみた。

かつては贅を尽くしたような庭が広がっていたのであろうが、今では見る影もなかった。雑草が伸び切り、人の気配は一切感じられず、空気中をただよう澱んだ魔力が吹き溜まる。その向こうにたたずむ家屋にしてもひたすら不気味だ。まるで幽霊屋敷といった有様。

「…………」

知らず知らずのうちにサクナはその廃墟に足を踏み入れていた。

身体を突き動かすのはミリセントに対する興味と、わずかの冒険心。

荒れ放題の前庭を突っ切って屋敷の扉の前に立つ。鍵はかかっていなかった。力を込めて押してみると、ぎぎぎ、と鳥肌の立つような音を響かせて扉が開いた。

建物の中は薄暗い。割れた窓から差し込む月の光が室内を照らしている。

床は埃だらけで見るに堪えず、壁や天井のいたるところに古びた蜘蛛の巣が張っている。完全に人から忘れ去られた廃墟なのだろう。

理性は叫んでいる——こんなところを探索しても意味はない、と。

だがサクナの足は止まらなかった。足元に気をつけながら階段をのぼる。指先にともした白光魔法を頼りにして廊下を進んでいく。

ミリセントは逆さ月から抜けられて幸せだったのだろうか。わからない。……いや、そもそもあの少女はサクナとは違い、逆さ月での活動に何の不満も抱いていなかったはずなのだ。己の失敗を懺悔し、後悔しているのかもしれない——

ふと、背後で何かが動く気配がした。

振り返る。薄ぼんやりとした闇の向こうに貴婦人の絵画が飾られている。

特に不審な点はない。気のせいだろう——肌寒さを覚えながらも、サクナは前に向き直る。

そうして気づいた。

廊下の奥の部屋から、光が漏れている。

誰もいないはずなのに。

サクナは恐る恐る近づいてみる。泥棒かもしれない。もしそうだったらどうしよう、身ぐるみはがされちゃうかも。……そんなふうに七紅天大将軍らしからぬ臆病風を吹かせつつ、それでも好奇心に勝てなかったサクナは部屋の前までやってきた。

扉が半開きになっている。そーっと中をのぞいてみる。

そこは、明らかに誰かが住んでいる部屋だった。

もちろん埃など見当たらない。本棚やベッド、備え付けの台所、奥には浴室まであるのだろうか。壁には観葉植物やフラワーアレンジメントが並べられ、部屋に清潔感を与えている。

扉の外と内で、まるで別世界のようだった。

ここまで来たなら戻れない。

ゆっくりと、慎重に、部屋の中に身を滑り込ませ——そして気づいた。

部屋の中央にテーブルが鎮座している。

そのテーブルの上に、見覚えのあるナイフが置いてあった。

——え？　これって、ミリセントが持っていた、あの、

「何やってんの。サクナ・メモワール」

「ひゃあああああああっ⁉」

驚きすぎて身体が吹っ飛んだ。

テーブルの角に頭をぶつけて視界がチカチカした。しかも舌を噛んだ。痛い、色々なところ

が痛い――床の上でのたうち回るサクナのすぐ近くに、誰かが立つ気配。

恐る恐る見上げる。

そこにいたのは見覚えのある青髪の少女だった。

どう見てもミリセント・ブルーナイトだった。――え？　どういうこと？

「な、なんで……？」

「逆さ月の連中が寄越した刺客ってわけ？　それにしては間抜けすぎるけれど」

「ち、違う。私は、そんなのじゃ、ないです……」

「でしょうね。気の弱いあんたに暗殺者をやらせるほど逆さ月も馬鹿じゃない」

やらされてるんだけど。逆さ月バカなんだけど――という台詞はぐっと呑み込んで、

「どうして。あなたは牢獄に入れられているはずじゃ」

「少し前まではね。でも今は違う。――立ったら？」

手を差し伸べられた。サクナはそのか細い手を見つめ、彼女の顔を見つめ、もう一度手を見つめてから握り返した。人肌の温もりがじんわりと伝わった。幽霊じゃない。

ミリセントは少しだけ考える素振りを見せてから、

「お茶でも飲んでく？　サクナ・メモワール」

「……私のこと、知ってるんですか？」

「知ってるわ。才能のある人間は自然と注目されてしまうものよ」

ミリセントは不敵に笑った。

「座りなさい。私と話がしたいんでしょ？」

こうして消えたはずの同僚とお茶会をすることになってしまった。

ミリセントは銀のティーポットで紅茶を注いでくれた。いい香りだった。彼女の所作を見ていると、この人は本当に貴族だったんだな、と思えてしまう。

しばらくティーカップに口をつけながら黙っていると、不意にミリセントが切り出した。

「逆さ月はどう？　私のことについて何か言ってる？」

サクナはカップを落としそうになってしまった。

「い、いえ。特には……あんまり他の人と会わないので……」

「そう。もう何人もの刺客が私のところに来たわ。情報漏洩しないように処分しようって魂胆なのかもね。全員殺してあげたけど」

敵に捕まった仲間を助けよう、という発想に至らないのが逆さ月の怖いところだった。

いや、そんなことよりも、サクナには問い質したいことがあった。

「……どうして、こんなところにいるんですか？」

「色々あったのよ」

「でも……」

「脱獄したわけじゃない。外出を許可されているのよ。しばらくはこの家に留まるつもり」

「だったら、もっと掃除とかしたほうが……」

「あ？　これからするのよ」

文句ある？　と凄まれてサクナは口を噤む。

ミリセントはにわかに溜息を吐いて、

「それにしても、自分の未練がましさには嫌気が差すわ。帝都の範囲ならどこへ行ってもいいって言われたのに――こんなところに戻ってきてしまうなんて」

「あの。どこへ行ってもいい理由が知りたいんですけど……」

「だから色々あったのよ」

「その色々が、知りたいです」

「殺すぞ」

サクナは思わず背筋を伸ばした。怖かった。

怖かったけれど、正直ミリセントの末路が気になって仕方がない。やっぱり脱獄したんじゃないの？　それとも看守に賄賂を贈って出てきたとか？――色々考えていたらまたギロリと睨まれてしまった。これ以上考えるのはやめにしよう。サクナとはあまり関係のない話だ。

まあそれはともかく、とミリセントはサクナを見据え、

「あんた、七紅天になったんだって？」

「はい。……偶然、ですけれど」

「逆さ月に命令されてなったわけじゃないの？」

「違います。組織からは別の命令があって――」

サクナはぽつりぽつりと事情を語った。ムルナイトの魔核を見つけるために政府高官を殺しまわっていたこと。そして次の任務は七紅天の殺害であり――テラコマリ・ガンデスブラッドと戦わなければならないこと。

テラコマリの名を出した途端、ミリセントの表情が少し変わった気がした。

「魔核を見つけなきゃいけないんです。……魔核って、どこにあると思いますか」

「皇帝に聞けばいいじゃない」

「聞いても、教えてくれないと思います……」

「そうね」ミリセントは足を組み直しながら言った。「逆さ月の連中が全力を出しても見つからないんだもの、あんたなんかにわかるはずもないわ。……まあ、こういうモノって案外身近なところにあったりするものだと思うけどね」

「でも、見つけなくちゃ……」

「……あんた、逆さ月の仕事なんて真っ平ごめんって思ってるでしょ」

「どうして、それを」

「顔に書いてあるわ。もう嫌だってね」

ミリセントは少し笑った。この少女はこんなふうに笑うのかと思った。

「それで何か参考になるんじゃないかと思って逆さ月を抜けた私を捜していたと――そんなところかしら」

「はい。……ミリセントさんは、その、」

サクナは言葉を詰まらせてしまった。自分とこの少女は境遇が似ていると勝手に勘違いしていたが、冷静に考えてみればまったく違うのだ。サクナは逆さ月から抜けたくても抜けられない。これに対してミリセントは逆さ月における出世街道を歩んでいたのに、不幸な事件によって（それが本当に不幸なのかは判然としないが）不本意ながら組織を脱退した。

ミリセントが不機嫌そうに舌打ちをした。

「言いたいことがあるならはっきりと言え。そういうウジウジした態度は嫌いよ」

「ひっ……ご、ごめんなさい……あの。じゃあ言います。……ミリセントさん、逆さ月ってどうやったら抜けられるんですか……？」

「抜けたいなら抜ければいい」

「いえ、抜ける方法を聞いてるんですけど……」

「あ？」

睨まれた。絶句した。怖かった。

「まあ脱退の方法なんていくらでもあるわ。死んだと見せかけて姿を消すとか。あるいは私みたいに大失態を演じて追放されるとか――ああでも、あんたの場合は家族を人質に取られているんだっけ？」

サクナは首肯した。

そっか、とミリセントは顔をしかめた。

「……かつて私の先生は、『愛でたいものを愛で、殺したいものを殺せ』と言った。これはまさに至言だと思うけど、この言葉の通りに生きるためには力がいる。力がないと自分の思うようにはいかないわ」

「その通りだと思います。……私は弱いので」

「あんたは心が弱いのよ」

サクナはびっくりして顔をあげた。

ミリセントは「私も他人のことは言えないけどね」と自嘲気味に息を漏らし、

「あんたには勇気がない」

「……知ってます」

「困難に立ち向かう勇気じゃないわ。あらゆる手段を尽くす勇気」

ピンとこない。

「他に解決方法なんていくらでもあるはずよ。たとえば――そうね。あんたはテラコマリと仲がいいんでしょう？　あいつに相談でもなんでもすればいいじゃない」

「だ、だめです……！　巻き込むわけにはいきませんから」

「馬鹿か。あいつは既に狙われているんだよ。巻き込むも何もないわ」

「でも……」

「それに、あいつは逆さ月なんか小指一本で破壊するだけの力を持っている。……本当に憎たらしいことにね」

「信じられません」

「私も信じられないわ」

ミリセントは憎々しげに言った。ティーカップを持つ手が震えている。

「もっと信じられないのはテラコマリが自分の力に無自覚だってことだ。あいつは自分のことを非力だと思っている。そのくせ私に立ち向かってきた――たぶん、ああいう強い心を持っているやつが報われるのかもね」

「……あの。もしかして、テラコマリさんのこと、そんなに嫌いじゃなかったり……？」

「殺したいほど大嫌い」

睨まれた。絶句した。超怖かった。

「あいつを崇め奉っているやつらも大嫌い。――サクナ・メモワール、そのクソみたいなTシャツは何なの？　私を馬鹿にしているの？」

サクナは自分の格好を見下ろした。半笑いのコマリン閣下がサクナの胸にいる。

さしものサクナといえど、コマリンを侮辱されれば腹が立つ。

「——ば、馬鹿にしてなんかいません！　この服、とってもいいと思います。十着くらい余ってるのでミリセントさんにもあげますから」

「いらんわ」

心底いらなそうだった。

「……まったく、あいつを崇拝している帝国の連中は阿呆としか思えないわね。やつらはテラコマリの外面だけを見て判断しているのよ。もちろんあんただってそうよ」

「テラコマリさんは、とっても優しいです。外面だけじゃないです……」

「ふん。あいつは優しいだけじゃないんだよ」

びっくりしてミリセントの顔を見た。

彼女は慌てたように咳払い（せきばらい）をして話題を変える。

「私の目的はテラコマリを殺すこと。そしてブルーナイト家を復活させること。うちの家族はロクでもない人たちだったけど——今はもうどこにいるのかも、生きているのか死んでいるのかもわからないけれど——それでも私の家族だったたから。——だから、ガンデスブラッド家のあいつを倒して、ブルーナイト家に栄光をもたらしてやる」

「逆さ月は、もういいんですか？」

「…………」

ミリセントはティーカップに口をつけた。

まるで口を滑らせたことを取り繕うかのような仕草だった。

「私の話なんてどうでもいい。――あんた、助かりたいんだったら誰かに頼ればいいのよ。テラコマリに相談すれば、あいつは生意気な正義感を働かせて助けてくれるだろうから。それくらいしか道はないでしょうに」

「私に……道は残されているのでしょうか」

「散々道を示してやってるのに何で悲観的なの？　馬鹿なの？――だいたいね、道がなかったとしても自分で切り開けばいいのよ。そういう心意気のやつが最終的に勝つはずだから」

「そういうものでしょうか……」

「そういうものなのよ」


ミリセントの言は根性論の域を出なかったように思う。

彼女とサクナは何もかも違うのだ。『道を自分で切り開く』――それはまさしく才能のある者だけが口にできる言葉。サクナは、ミリセントのようにはなれない。

（私は、私のやり方で、家族を救わなくちゃ）

それからミリセントとしばらく言葉を交わした。

彼女がこの屋敷に滞在している理由はついぞ語られなかったが、しばらくは身を潜めて牙を研ぐつもりらしい。いずれテラコマリを殺すための準備期間というわけだ。「具体的に何をするんですか」と聞いてみれば、「戦闘の修練」という味気ない答えが返ってきた。

「それ以外にもやることはあるけどね。たとえば今は情報を集めているわ。色々な本を読んだりして」

「は、はあ……何のために？」

「自分を高めるためよ。古今東西のあらゆる知識を集めて己の糧とする。知識は敵を倒すための刃ともなる――」

　ふと見れば、本棚には少女向けの文芸雑誌が並んでいる。サクナも読んでいるもので、昨日発売の今月号まであった。おそらくミリセントは頻繁に街を出歩いているのだろう。四人がそんなことしていいのか。というか少女向けの文芸雑誌が刃になるのか。

　まあいいか、とサクナは思った。

　ミリセントだってお年頃なのだ。よく見ればベッドの上に動物のぬいぐるみとか置いてあるし、意外と少女趣味なのかもしれない。見なかったことにしておこう。

　――このとき、もっと注意深く部屋を観察してみれば、ミリセントにこれだけの自由が許されている理由がわかったかもしれない。

　ベッドの上に、一つの封筒が落ちている。

　皇帝の親書であることを示す、国章の封蠟がされた無闇に豪奢な封筒。

　サクナはそれに気づかなかった。気づく必要もなかった。サクナの頭を占めているのはこれから自分が味わうことになるであろう苦痛への恐怖、それだけだったから。

「今日はありがとうございました」

　礼を言って部屋を出る。

　最後にミリセントが意味深なことを口にした。

「いざとなったらテラコマリに血を吸わせなさい。そうすればあいつは、あんたのことを死んでも助けるでしょうから」

　本当に意味がわからなかった。

　ミリセントは前に見かけたときよりも物腰が柔らかくなっていたような気がする。憑き物が落ちたというか、真っ当な生き方を見つけたというか。

　とにかく、サクナとは何もかもが違っていた。彼女を参考にすることはできない。

　結局、自分が助かりたいのならば、自分の力でなんとかしなければならないのだ――そんなふうに諦観を抱きながら、サクナはブルーナイト邸を後にした。

【3.5】決戦前

六つの魔核の影響範囲が重なる《核領域》。

面積はムルナイト帝国の四分の一程度であるが、周知のことながらこの特殊地帯においては六つの種族の誰もが無限の魔力と生命を享受することができるため、核領域に点在する諸都市は各国の交流地域として常時殷賑を極めている。

そして——本日七月一日、核領域メトリオ州の城塞都市・フォールは常ならぬ熱気に包まれていた。早朝である。初夏の涼やかな風が吹き抜けるメインストリート、普段ならばさしもの核領域都市といえど人通りは疎らであるが、今日に限っては様々な人種が浮き足立った様子で行き交っていた。

七紅天闘争。

本日、この城塞都市フォール郊外の古戦場でムルナイト帝国将軍たちによるエンターテインメントが行われるのだ。都市が賑わうのも無理からぬ話、フォールの中央広場に帝国軍広報が用意した古戦場の様子をリアルタイムで映し出す巨大な〝窓〟（遠視魔法【千里鏡】によるスクリーン）の前には大勢の人々が集まっている。闘争の始まりを今か今かと待ちわびる者、朝っぱらから酒を飲みながら優勝者の予想を語り合う者、賭博に興じる者、ムルナイトの勢力を調査しようとする軍関係者――まさにお祭り騒ぎといっても過言ではない有様だった。

そんな群衆の中を駆け抜ける女が二人。

一人は首から馬鹿でかいカメラをさげた蒼玉種の少女。もう一人は彼女に置いていかれまいと必死でついていく猫耳の少女だった。

「ま、待ってくださいよメルカさぁ～ん！　そんなに急いだってしょうがないですよぉ～！」

猫耳少女が泣き言をいう。これに対して白銀の新聞記者――メルカ・ティアーノは苛立ちを隠そうともせずに叫んだ。

「あんたがいつまでたっても起きないから急ぐ羽目になったのよっ！　んッとに六国新聞記者としての自覚が足りないわね！　寝坊するなんて記者として、いえ社会人として失格よっ！」

「ご、ごめんなさい……次はちゃんと早寝しますから……」

「早寝じゃなくて早起きしろ！　それはそうと本当にこっちで合ってるんでしょうね⁉」

「それは間違いありませんっ！　濃密な魔力が……吸血鬼特有の魔力のにおいがします！　あっちのほうからです！」

ひぃーひぃー言いながら走っている猫耳少女は名前をティオという。今年の春から六国新聞に入社した新人である。他者のにおいを感じ取る魔法が得意なため、今回のように取材対象の居場所を突き止めるときには重宝されるのだが、それ以外の諸々はダメダメすぎてメルカ曰く

「鼻だけの意気地なし」。上司からのモラハラにより入社早々転職を考えている十八歳。

ティオはふとトイレに行きたくなった。

叩(たた)き起こされてそのまま連れてこられたので用を足せていない。

「——メルカさん、あのぉ、」

「くくく……ふははははは！　待ってなさいテラコマリ・ガンデスブラッド！　私が一番乗りで取材をしてあることないこと書いてやるわ！」

あることないこと書くのなら取材する意味ないじゃん、とティオは思った。

ちなみに今回の取材対象は〝七紅天の皆さま〟である。

帝都に張っている六国新聞の記者によれば、本日未明に帝国軍の部隊が大規模な【転移】を発動させたらしい。つまりこの核領域に移動したのだ。しかし移動先の細かい情報は不明だったため、ティオの嗅覚(きゅうかく)魔法により居場所を特定、そのまま取材に直行しているというわけだ。

しかしそんなことはどうでもよかった。

ティオはとにかくトイレに行きたかった。

「まったくムルナイト帝国には驚かされっぱなしだわ！　まさかこのタイミングで七紅天闘争を開催するだなんて！　見なさいティオ、この都市の熱気を！　やはり大衆どもは血で血を洗う闘争が好きで好きでしょうがないのよ！」

「そ、そうですか。……あの、それよりもおトイレに……」

「そして彼らが望むのは圧倒的な力を持ったスーパースター！　すなわちテラコマリ・ガンデスブラッドのような逸材！　我々が彼女のことを大々的に喧伝すれば世間は湧く！　取り返しがつかないほどに熱狂する！――ああなんて甘美なの！　私が書いた記事一つで歴史が変わっていくの！　世界を作るのは我がペンである！　あはははははははははははは！」

テンション高すぎだろこの人、とティオは思った。

たぶん徹夜明けでハイになっているのだろう。昨晩はティオが爆睡している横で一睡もせずに帝国軍が転移してくるのを待ち構えていたらしいし。ご苦労なこった、とティオは思う。

それはそうと限界が近づいてきた。走っていることも相俟ってタイムリミットが近い。どうしよう、どうしよう、どうしよう――そこでティオは名案を思いついた。

トイレ行きたいなら行けばいいじゃん。

「め、メルカさん！」

「あァ？　何よ！」

「そっちじゃありません！　こっちです！」

ティオは公衆トイレのある方向を指さした。

この猫耳少女、やはり記者として失格である。

「でかしたティオ！　行くわよ！」

「はい！」

真剣な顔をして頷くティオ。頭の中は尿意しかない。

二人は人ごみを掻き分けながら疾走した。「ねえティオ、どっちに行けばいいの⁉」という苛立ちまじりのメルカの声には答えず、ティオはそのまま公衆トイレに突撃する。

後からついてきたメルカが舌打ちをして叫んだ。

「ちょっと！　こんなところに七紅天がいるわけないでしょ⁉」

意外にも空いていた。好都合である。さっさと用を足して、足したあとは「風邪気味でちょっと鼻がつまってたんですよね」とか適当なことを言って誤魔化しておけばいい。めちゃくちゃ怒られるだろうけれど尿意には勝てない。

そんなわけで上司を無視して個室に入ろうとしたティオだったが、
ふと人のにおいを感じた。吸血鬼と蒼玉種が混じったようなにおい。まあべつにどうでもいいか——そう思って無視しようとした瞬間、奥の個室からひとりの少女が出てきた。

見覚えがあった。メルカから「七紅天の顔と名前ぐらいは覚えておきなさい！」と言って渡されたリストの写真と顔が一致している。でも名前が思い出せない。確か——さ、さ、

「サクナ・メモワール閣下ではないですか！」

背後のメルカが嬉々として叫んだ。そうだ思い出した。サクナ・メモワール。最近七紅天になったとかいうティオより二つも年下の少女だ。

「奇遇ですね！　私は六国新聞のメルカ・ティアーノと申します！　こんなところで何をな

さっていたのですか？　ああいえべつに詮索するつもりはありませんけれども！　ところでちょっとお時間よろしいですか？　よければ取材をさせて頂きたいのですが！」

ぐいぐいとサクナ・メモワールに（物理的に）接近していくメルカ。対するサクナ・メモワールはちょっと引いている様子だった。

「……新聞記者さんですか？」

「はいそうです新聞記者です！　さっそく質問させて頂きたいのですがまずは本日の意気込みをどうぞ！」

「あ、えと、頑張ります……」

「なるほどなるほど頑張りますか！　頑張っちゃいますか！　最下位になったら七紅天の座を奪われてしまうそうですから頑張らないといけませんよね！　続いての質問ですが――」

メルカがちらちらと目配せしてきた。「取材対象が逃げないように退路を塞げ」の合図である。そんなことをしている余裕はなかった。ティオは上司の指示を無視して個室に入ろうとした。そのときだった。メルカが「おやおや！」と大仰に驚く素振りを見せた。

「その手に持っている小瓶は何ですか？」

「っ………、」

「むむむ？　その反応は――もしかしてドーピングですか？　いえいえ疑っているわけではありませんよ！　ただちょぉーっと気になっただけで――――」

声が止まった。急に静かになった。

ティオは個室の戸に手をかけたまま何気なく振り返った。

そうして目を疑った。

「……え？」

サクナ・メモワールの右腕がメルカの腹部に刺さっていた。

血がぼたぼたと垂れている。腹部に刺さった腕はそのまま獲物の身体を貫いている。メルカの背中から真っ赤に濡れた細い指先が生えている。

ぐしゃり、とサクナ・メモワールが腕を抜いた。

「汚い記憶」

それが何を意味する言葉だったのかはわからない。

ティオに知覚できたのは、メルカが呆気なく殺されて便所の汚い床に崩れ落ちたことと、真っ赤な指をぺろりと舐めたサクナ・メモワールの目が紅色に輝いていたことと、そして――自分もこれから上司のように殺されてしまうのだという確信だけだった。

「ひ、」

ティオはその場に尻餅をついた。

あまりの出来事に腰が抜けてしまった。

サクナ・メモワールは幽鬼のようにふらふらと、しかし確実にこちらに歩み寄ってくる。

「見たな？」

知らない。何も見ていない――そう口に出そうとしたが口が動かなかった。

生ぬるい感触がした。恐怖や絶望の感情が下半身から漏れ出て水たまりを作っていく。十八にもなってお漏らし。最悪だった。

サクナ・メモワールの赤い腕が近づいてくる。

動けない。何も言えない。怖い。やっぱり記者になったのが間違いだったんだ――

そうしてティオは、死を迎える前に白目をむいて気絶した。

結局、六国新聞の記者たちは七紅天の取材をすることができずに息を引き取った。

※

「また殺しちゃった……」

サクナは赤く染まった腕を洗いながら溜息を吐く。仕方のないことだ。仕方のないことなんだ。だってコルネリウスの秘薬は門外不出。他の誰かにバレたら自分が殺される。自分どころか家族までもが殺されてしまう。

サクナはトイレでこっそり秘薬を飲むつもりだった。

だが飲めなかった。

これを飲めば死んでしまうかもしれない。いくら家族の命がかかっているとはいえ、自ら進んで死ねるほどの勇気はサクナにはなかった。

こんなことではダメだ。

七紅天闘争で勝たなければ、家族を殺されてしまうのだから。

七紅天闘争で勝たなければ、家族を取り戻せないのだから。

お父さんは帝都に住んでいる。サクナがテロリストだということは知らない。自分が人質にされているということも知らない。サクナが失態を演じれば彼は殺されてしまう。

お母さんは逆さ月のやつらによって幽閉されている。しばらく会っていないけれど無事だと願いたい。

お姉ちゃんは——神具で殺されてしまった。ちょっと前にサクナが弱音を吐いてしまったせいで。あんな思いをするのは二度とごめんだった。

「……ぜったいに、負けられない」

サクナは拳（こぶし）を握って己（おのれ）を鼓舞する。

そのときだった。通信用魔鉱石に魔力反応。相手は決まっていた。水を差すようなタイミングだったが応答しないわけにはいかない。

「……はい、サクナです」

『想定外の事態だ。ペトローズ・カラマリアが出席していない』

だからどうしたというんだ――サクナはそう思ったが口には出さない。

男は烈火の勢いでまくし立てた。

『あの女……せっかく七紅天闘争の舞台を用意してやったというのに！　これでは計画が台無しではないか！　こうなったらフレーテ・マスカレールとテラコマリ・ガンデスブラッドは絶対に殺せ！』

「はい。承知いたしました」

『何度も言うが失敗は許されんぞ。失敗したらお前の家族の命はないと思え！――それと七紅天闘争の映像は遠視魔法で六国に公開されているそうだ。派手に動いて我々が逆さ月だということを悟られるんじゃないぞ。いいな！』

唐突に通話が切れた。

サクナは毒の入った小瓶を見下ろす。

そうだ。躊躇している場合じゃない。怖いけれど、飲まなくちゃ。また家族が殺されてしまうのは、絶対にいやだから――でも。

サクナは震える指で小瓶のふたを開けようとした。できなかった。この期に及んでも未だに勇気を振り絞れない自分の情けなさに死にたくなった。

「どうしよう……」

血で汚れた女子トイレの真ん中で、サクナは途方に暮れたように座り込んでしまう。

七紅天闘争が始まろうとしていた。

4 スカーレット・ステージ

Hikikomari the Vampire Countess no Monmon

目が覚めたら核領域にいた。

夢かと思った。しかし夢ではなかった。私が寝ている間に変態メイドのやつが私の身体を核領域まで転移させたのである。卑怯すぎるだろ！――という心からの叫びに変態メイドが耳を貸すはずもなく、ぐちぐち文句を言っているうちにいつの間にか身だしなみを整えさせられて軍服に着替えさせられて戦場に立たされていた。

はっきり言わせてもらおう、

「――せめて心の準備をさせてくれよ!?」

核領域、メトリオ州古戦場である。今回の戦争はいつもチンパンジーとやり合っている草原ではなく、大昔にどこぞの王国の首都だったとかいう廃墟で行うらしい。ほとんど遺跡にも近い街の中央部では、かつて王様が住んでいたクラシックな古城が存在感を主張している。私たち第七部隊の面々は、その古城から南にしばらく進んだ噴水広場跡地に布陣していた。

しかし私に戦意がないのは言うまでもなかった。

今回の戦争は七紅天同士が争うイレギュラーなエンターテインメント（笑）である。何が起こるかわからない。しかも敵方のフレーテ・マスカレールは私のことを殺す気満々、きっと闘争開始のゴングが鳴り響いた瞬間迷わず私めがけて襲いかかってくるだろう。

死ぬ予感がする。七紅天会議のときの百倍くらい死ぬ予感がする。

ちなみに古戦場に入るときに金属製のリストバンドを装着することを義務付けられた。誰を殺したとか誰に殺されたとかが記録されていく魔道具らしい。まるで手錠をかけられた犯罪者のような気分である。

「ヴィル。帰りたいんだが」

「帰ったら不戦敗→七紅天辞任→爆発ですよ」

「…………」

絶叫したい気分だった。しかし部下の前なので我慢する。……それにしても理不尽すぎるだろ。こんなことなら昨晩のうちに夜逃げしておけばよかったよ。逃げ場なんてないけどな！

「はあ……」と溜息が漏れてしまった。それを目敏く見つけたのはカオステルである。

「おや閣下。ご気分が優れないようですが、いかがなさいました？」

「べ、べつにどうってことはない。退屈しそうだなって思っただけだ。どうせ私に敵うやつなんていないんだからな！」

「さすが閣下！　しかし、それについては同感です。現在七紅天において恥知らずにも〝最強〟の名をほしいままにしているペトローズ・カラマリアが不在なのですから」

「そうなの？　そのペトなんとかって人、七紅天会議にも出てなかったよな？」

「そうですね」とヴィルが答えた。「彼女は皇帝の命によりテロリスト掃討活動を行っているようです。七紅天闘争に参加している暇などないのでしょう」

「ふーん。まあそいつが参加したところで私の敵ではないけどな」

「おおっ……！」

カオステルは感服したように笑みを漏らした。

周りの部下どもも「すごい」「さすがだ」みたいな賞賛の言葉を呟いている。いつもの光景にさらなる溜息を吐きたくなった私だが――そこでふと気づく。

なんか、部下の数が少なくない？　ルールでは百人まで軍勢を引き連れることができるってあるのに、三十人くらいしかいないぞ。それに、いるやつらも全身傷だらけなような。

「ねえヴィル、うちのやつらどうしたの？　寝坊かな」

「寝坊ではありません」変態メイドは無表情で言葉を続けた。「此度のルールでは百名までしか闘争に参加することができません。よって部下を選別する必要がありました。そこで私は第七部隊の連中を集めてこう言ったのです――『ガンデスブラッド閣下は強い者から順に百名を選出するおつもりです。強い者は名乗りでてください』と」

「そんなことを言った覚えはないが正論だな。強いやつこそ参加すべきだ。……で、どうなったの？」

「全員が名乗りでました」

「う、うむ。容易に想像がつくな……」

「そして殺し合いが勃発しました」

「なんで⁉」

「彼らは誰がいちばん強いのかを実際に戦って決めようとしたのです。そして五百人中、四百七十人が死にました」

「アホだろ‼」

「ここにいるのは生き残った三十人です。ただしこの三十人も大半が負傷しています」

「アホすぎるだろ‼」

敵と殺し合いをする前に身内で殺し合ってどうするんだよ⁉　つーか本当に三十人しかいないの⁉　相手は普通に百人ずついるんだろ⁉　どう考えても不利じゃんこれ！

「ご安心くださいコマリ様。ここにいるのは身内同士の争いで地獄を見てきた者たちです。面構えが違います」

「面構えとかそういう問題じゃねーよ‼」

最悪だった。私は部下たちの様子をざっと眺める。腹部の傷を押さえてうずくまっているやつもいる。今にも死にそうな面構えだった。休めよ。そこまでして働かなくていいよ。

第七部隊の幹部は――　カオステル。ベリウス。メラコンシー。うん、あいつらは無事そうだな。……あれ？　そういえばヨハンがいないけど死んだの？　ああそう、死んだのね。

「まずい。まずいぞ……これは本当に死ぬ気がしてきた……」

そのときだった。

古城のてっぺんに設置された鐘の音が、ごぉん、と響き渡った。一回鳴ったということは闘争開始五分前の合図である。私の寿命はあと五分らしい。

「閣下、ひとまずルールを確認しておきましょう」

絶望のあまり空を見上げて放心していると、カオステルが裁判で執行猶予を獲得した犯罪者のようなツラをして言った。

「ご存知かと思いますが此度の闘争は〝紅玉〟の奪い合いです。ゆえに単純な殺人だけでは勝てません。我々は古城に向かって攻め込む必要性があります」

「古城ってあれだよな。あのでかいやつ」

「はいそうです。事前に配布された文書によれば〝紅玉〟とはようするにサッカーボールほどの赤い玉なんだとか。見れば一目でわかるそうです」

「へー」

「おそらく他の部隊も古城へ向かって突撃することでしょう。敵の人数は単純計算で五百人と少し。すべてを蹴散らさなければなりません」

それをこの少人数でやれと？　バカなのか？

「ちょっと待て。私がサクナと……あとヘルデウスと協力することはみんな知ってるよな?」

「申し訳ありません、失念しておりました。閣下は七紅天の後輩に慈悲をお与えになったのですね――なんと器が大きいことか! ですが七紅天闘争は結局のところサバイバル。最終的にはサクナ・メモワールとも争うことになるでしょう」

「う……わ、わかってるさ」

「まあそれはともかく第一目標は殺人というよりも〝紅玉〟の確保ですがね。――閣下、作戦はいつも通りでよろしいでしょうか?」

「そうだな。いつも通りだな」よくわからんけど。

「承知いたしました!」カオステルは部下たちを振り返って叫んだ。「これよりガンデスブラッド閣下から激励の言葉を頂けるそうです! 皆心して聞くようにッ!」

部下たちが期待のこもった目で見つめてきた。ようするに普段の戦争のときみたく檄を飛ばせばいいわけだな。何も考えてねえけど適当に大言壮語すればいいか――そんなふうに考えながら私が椅子から立ち上がろうとしたとき、

「お待ちくださいコマリ様」背後に控えていた変態メイドである。「フレーテ・マスカレールより通信が入っています。まずはこちらの対応を」

そう言ってヴィルは魔鉱石を渡してきた。不審に思いながらも微量の魔力を流す(魔法を使えない私でもこれくらいはできるのだ)。例の高飛車な声が場に響き渡った。

『あらテラコマリ・ガンデスブラッドさん！　ご機嫌はいかがかしら？』

あ、まずい。スピーカーモードになってるので周囲にも丸聞こえだ。直し方がわからない。ねえヴィル、どうすればいいの？

『逃げなかったことだけは褒めて差し上げますわ！　ですがあなたの嘘まみれな経歴もこれでおしまい。テラコマリ・ガンデスブラッドの名前は世紀の詐欺師として全世界に知れ渡ることになるでしょう！』

メキィッ！　と嫌な音がした。部下どもが己の武器を力いっぱい握りしめた音である。やつらの顔を見る。地獄から帰ってきたのかと思うほどにすさまじい表情だった。

『あら？　あらあら？　どうして無反応なんですの？　もしかして怖くなっちゃった？　ぶるぶる震えて何も言えなくなっちゃった？　あっはっはっは！　あなたが私に頭を下げて誠心誠意の命乞いをするのなら手加減をしてあげてもいいですけれど⁉』

バゴォッ！　と不気味な破壊音がした。部下のひとりが噴水広場の噴水を素手でブチ壊した音である。やつらの顔を見る。顔面が破裂しそうなくらいに赤くなっている。

『命乞いはできない？　それはそうでしょうねえ！　実力もないくせにプライドだけは無駄に高いガンデスブラッドさんですものね！　ならば全力でかかってきなさい！　部下たちをアゴで使って私に差し向ければいいですわ！　まあ第七部隊の野蛮人なんて我々第三部隊の精鋭にかかれば瞬殺でしょうけれど！　あっはっはっは！　あっはっはっはっ』

ブチ。

通話を切ってやった。

甲高い哄笑の余韻が広場に棚引いている。私はおそるおそる部下たちの様子を見渡した。

やつらは異様なまでに静まり返っていた。完全に嵐の前の静けさである。

そのとき、闘争開始を知らせる鐘の音が古戦場に響き渡った。続いて帝都の広報が仕掛けたのであろう花火がドカンドカンと空で弾けては消える。古戦場のあちこちから雄叫びが聞こえ始めた。他部隊のものだろう。皆さん気合十分のようである。

「――閣下。出撃しても構いませんか?」

カオステルの目は血走っていた。というか血走っていないやつなどいなかった。

私は「あ、これまずいやつだな」と思いながらも勢いに気圧されて頷いてしまった。

「うん。頑張ってくれ」

一瞬の間。

場はすぐに沸騰した。

「「「フレーテ・マスカレールを殺せえええッッ!!」」」

もはや暴徒としか言いようがなかった。部下たちは我先にと古戦場の反対側――つまりフレーテ率いる第三部隊のいる方角へと向かっていく。あの様子だと紅玉を確保するという目的は忘れているに違いない。

噴水広場に取り残された私は、脱力して椅子に座り込んでしまった。

「大将の私を放置して全軍突撃って、おかしくないか……？」

☆

「――切りやがりましたわ、あの小娘ッ！」

フレーテ・マスカレールは怒りもあらわに通信用魔鉱石を地面に叩きつけた。

第七部隊コマリ隊の本陣から古城をはさんでちょうど反対側、大昔の戦争によってほとんど破壊し尽された街並みの一角に第三部隊は待機している。

籤引きのせいでテラコマリ・ガンデスブラッドの軍と離れてしまったのは残念だったが、それも一興、やつを甚振るのは最後の楽しみにとっておこう――そう思ったフレーテは、とりあえずあの憎き小娘に開戦前の挨拶をしておくことにしたのだが。

やつは無言だった。

しかも突然通話を切りやがった。

こんな無礼が許されてたまるものかとフレーテは思う。

そのとき、七紅天闘争開始を告げる鐘の音が響いた。帝国広報が打ち上げた花火もドカンドカンとやかましい音をまき散らし始める。

「フレーテ様、どうなさいますか」

傍らに立っていた吸血鬼が話しかけてきた。神経質そうな長身の男性である。第三部隊の副隊長にしてフレーテの腹心、名をバシュラールという。

「決まっていますわ！　腹立たしい小娘を血祭に――と言いたいところですけれど、ここは頭を冷やして正攻法を採りましょう。あの古城に進軍するのです！」

フレーテの指さす先には悠然とそびえる城がある。

従来の七紅天闘争は単純に七紅天同士による殺し合いだった。しかしそれではつまらないし美しくないとフレーテは考えたのである。単なる強さのみならず、知性や戦略センスも必要となる総力戦――それこそが栄光ある七紅天同士の決闘に相応しい。だからフレーテは〝特定のブツを奪い合うこと〟を今回の闘争における重要ポイントに設定したのだ。

バシュラールは「承知いたしました」と頷いてから、

「……テラコマリ・ガンデスブラッドはどうするのですか？」

「ガンデスブラッドさんは恐らく紅玉など眼中にないでしょう。彼女の考えていることはただ一つ――自分の身の安全。それだけです」

「つまり、やつは自陣から一歩も動かないと」

「その可能性が高いですわね。そして自分の部隊を動かすことも考えにくい。護衛が減ってしまったら命の危険が高まりますから」

「しかしそれでは仮に生き残ったとしてもポイントを獲得できずに最下位になってしまうのでは……」

「そうです。彼女は袋小路に入っているのです。身を守るためには軍を動かせない。軍を動かさなければ勝てない。勝てなければ七紅天を辞めさせられる。……しかもこの闘争の様子は遠視魔法で中継されていますわ。自ら戦おうとしない七紅天に群衆からどんな評価が下されることか——まったく楽しみで仕方ありませんわね」

「なるほど。それで我が軍の行動方針は」

「まず一番に古城を占拠。そこで攻め込んでくる他の七紅天を撃退。紅玉を確保した後、最後にこのフレーテ・マスカレール自らがガンデスブラッドさんのところに赴いて命乞いをさせます。そうして衆目の面前で美しく殺して差し上げましょう。——完璧ではないですか？」

「まさに完璧かと。さすがはフレーテ様でございます」

フレーテはバシュラールの賛辞に気をよくした。

副隊長の異論もないことだし、さっそく軍を動かそうではないか——そう思って立ち上がったときのことだった。

「マスカレール様！　急報です！」

第七部隊の偵察に向かわせていた斥候が青ざめた顔で陣中に突入してきた。

第三部隊の面々は何事かといった表情で振り返る。

「どうしたんですの？　ガンデスブラッドさんが敵前逃亡でもしましたか？」

「いえ、それが……第七部隊の連中は、三十人ほどしかいなくて」

「は？」

「よくわかりませんが、その三十人がこちらに向かって猛スピードで進軍しています！　古城になど目もくれません！　鬼のような形相でマスカレール様を狙っております！」

「……は？」

☆

遠くから爆音が聞こえ始めた。

他の部隊が戦っているのか、あるいはうちの隊の連中が暴れ回っているのか。

いずれにせよもうだめだ。勝てるわけがない。

「終わった……終わってしまった……」

「大丈夫です。コマリ様は私とブーケファロスが守ります」

ヴィルが示す先には白色の蛟竜がたたずんでいた。ブーケファロス。私の愛馬、いや愛竜といったところか。普段は戦争に連れていくことはないが、今回は特別な一戦なので参加させることにしたのである。味方は一人でも多いほうがいいし。

私がブーケファァロスの顎を撫でてやると、彼は「ぐるー」と気持ちよさそうに啼いた。あー癒される。このままブーケファァロスの背に乗って家に帰りたい……と思っていたら、ヴィルが純白の鱗に手を添えてこう言った。

「ブーケファァロス。もしもコマリ様を死なせるようなことがあったら晩飯のシチューの具にするので覚悟しておいてください」

「やめろよ⁉」

とんでもねえ思考回路をしてやがる。お前には人の心がないのか。

「冗談です。とにかくコマリ様は死なせませんよ」

そう言いながらヴィルは懐から紙を取り出した。何かと思ってのぞいてみれば地図である。この古戦場の地形が記されているのだろう。

「死なないためには、まず第六部隊と合流する必要があります」

「そ、そうだ！　はやくサクナのところに行こうよ！」

「とは言っても第七部隊と第六部隊の初期位置は離れています。メモワール殿のところへ行くにはすぐ隣の市街地に布陣しているデルピュネー軍を突破しなければなりません」

「じゃあヘルデウスのところに――」

「む。お待ちください」ヴィルが動きを止めた。右耳に手を当ててしばらくしてから私のほうに向き直り、「偵察中のメラコンシー大尉から連絡がありました。ヘルデウス軍は古城に向かう途中でオディロン軍の奇襲を受けたようです。いま向かえば巻き込まれて死にます」

「じゃあどうすりゃいいんだよ」

「第六部隊に合流するしかありませんね。幸いにもこの七紅天闘争においては敵将の殺害ではなく紅玉の奪取が勝利条件。ですのでデルピュネー軍が古城に向かって移動するのを見計らってこっそり背後を通過すれば――」

　そこでヴィルが何かに気づいたように顔をあげた。どうしたのと声をかける間もなく彼女は突然地面を蹴って大ジャンプ、古代の円柱の上に飛び乗ると、どこからともなく取り出した双眼鏡で遠くの様子を観察し始めた。

「ヴィル！　どうしたの⁉」

「……まずいです」

「何がまずいんだ？」

「デルピュネーの軍団がものすごい勢いでこちらに攻めてきています」

「はあああああ⁉」

　なんでだよ⁉　私を狙うよりも紅玉を狙ったほうがはるかに建設的だろうが⁉――と思ったのだがヴィルは至極真面目な顔をしてこう言うのだった。

「確実にコマリ様を殺す気ですねあれは。仮面の奥から復讐心を感じます」

「復讐心？　意味がわからんぞ」

「覚えていらっしゃらないのですか？　コマリ様はデルピュネー殿を殺したことになっているのですよ？」

「なんでそうなるの？」

それって冤罪だよね？　私何も悪くないよね？　完全にヴィルのせいだよね？

「とにかくこちらも動かなければなりません」

ふぁさ、とヴィルが地面に降り立った。まったくスカートが翻らないのはどういうことだろう。いやそんなことは心底どうでもいい。

「行きますよコマリ様。ここにいたら死にます」

「行くってどこに行くんだよ⁉　逃げ場なんてないだろ！　そうだ、デルピュネーのやつを説得しよう！　殺したのは私じゃないって言えばわかってくれるよ！」

「そんな生温い考えが通用する場所ではないのです。それはコマリ様もよくわかっているでしょう？」

言いながらヴィルは体重を感じさせない所作でブーケファロスに飛び乗った。左手で手綱を握り、右手をこちらに差し出して「はやく上がってこい」みたいな顔をする。

ここでぐだぐだ言っていても始まらない。仕方がないので私はヴィルの手を握ってブーケファロスの背中に引っ張り上げてもらった。

ヴィルが前。私が後ろ。

「コマリ様、抱いてください」

「…………」

「間違えました、私に抱き着いてください」

「…………」

「振り落とされたら大変です」

なんだか卑猥な気配を感じて躊躇していたときだった。

不意に背後から怒声が聞こえてきた。

「いたぞ！　テラコマリ・ガンデスブラッドだ！」

「死ね！」「よくもデルピュネー様を殺してくれたな！」「七紅天の恥さらしめがッ！」「貴様は生かしておけぬ！」「あっという間に地獄へ落ちろッ！」

飛んできた火炎魔法が私の近くの柳の木に命中した。ぼうぼうと木が燃え上がるのを見た瞬間、私は悟った。もはや卑猥でもなんでもいい。生きねばならぬのだ。

ヴィルのお腹にそっと腕を回す。なぜか彼女の身体がびくりと震えた。

「こ、コマリ様……そんなところ触っちゃ、だめです……」

「やかましいわ!!　さっさと行くぞ変態メイド!!」

ブーケファロスが走り始めた。

そして私は風になった。

☆

――絶対に勝たなきゃ。

サクナ・メモワールは意志に燃えている。しかしそれは何が何でも栄光を掴み取ってやろうという積極的な意志ではない。逆さ月からの脅迫によって燃え上がる、後ろ向きで消極的な昏い意志だった。

「サクナ様！　戦況を報告いたします！　第二部隊ヘブン隊と第五部隊メタル隊が古城西門にて交戦中。第三部隊マスカレール隊と第七部隊ガンデスブラッド隊も古城北門にて交戦中だそうです！」

「テラコマリさんが……？」

「いえ！　ガンデスブラッド将軍は古戦場南東方面にて第四部隊デルピュネー軍と単騎でやりあう腹積もりのようです！　マスカレール隊と戦っているのは彼女の部下三十名のみ！」

サクナは感嘆の吐息を漏らしてしまった。

部下とは別行動をしてそれぞれ別々の部隊を狙う――そんな並外れた芸当、自分にできるとは思えなかった。やはりテラコマリ・ガンデスブラッドは尋常の七紅天ではない。

どうしよう、とサクナは悩む。

現在、サクナの第六部隊だけが取り残されているらしい。

どうにかしてコマリの助けになりたかった。それは同盟を組んでいる者として当然の行動であろう――しかし逆さ月が許すはずもないことはわかっていた。……それに、仮にコマリの加勢に行ったところで、自分なんかでは足手まといになるだけなんじゃないだろうか。

迷ったサクナは男に連絡を取ることにした。

魔鉱石はすぐに応答した。サクナは震える声で指示を仰ぐ。

「すみません。私は、どうすればいいでしょうか」

『やかましい！』

急に怒鳴られてサクナは身を竦ませてしまった。嵐のような声が鉱石から響いてくる。

『それどころではない！　自分で考えろ！　ええいあの男、小癪な……！　おい何をやっている、そんなところで死んでいる場合ではないだろう！　貴様、はやく立て！　立ってあいつの首を取ってこい！』

忙しそうだった。サクナはそのまま通信を切る。

やり取りを聞いていた部下が困惑したように口を開いた。

「あの……通話の相手はどちらでしょう？　ヘルデウス・ヘブン？　それともオディロン・メタル？　我々はテラコマリ・ガンデスブラッドと同盟を結んでいるのでは……？」

「――そうだね。でも、そんなことはどうでもいいでしょ？」

サクナの右目が紅く光った。そうして部下たちの表情が消えた。まるで壊れた絡繰りのように棒立ちになり、「失礼しました」と声をそろえて謝罪する。

傍から見れば異様な光景であろう。実際、城塞都市フォールのスクリーンで闘争を観戦していた者たちの間では小さなどよめきが上がっていた。

しかしサクナは気にしない。サクナの頭には「家族を守る」という一点しかないのだから。

――いや、正確に言えば一点だけではない。

できることなら、可能な限り、コマリの力になりたかった。

「テラコマリさんを狙っているのは……」

デルピュネーである。しかしコマリが単騎で挑んだということはそれなりに勝算があるからなのだろう。となれば、コマリの戦いを邪魔する可能性のある者が標的だ。

つまり――狙うはフレーテ・マスカレールである。

殺せるかわからない。でも殺さなきゃ。

サクナは深く深呼吸をしてから盲目的な兵士たちに命令をした。

「――標的はフレーテ・マスカレール。捕まえて私の前に差し出せ」

☆

『――標的はフレーテ・マスカレール。捕まえて私の前に差し出せ』

ムルナイト宮殿、皇帝の間。

部屋の中央に設置されたテーブルの上には水晶玉が転がっている。そしてその水晶玉の表面には特殊な遠視魔法によって核領域の戦況がリアルタイムで映し出されていた。

ムルナイト帝国皇帝、カレン・エルヴェシアスは、昼食前のおやつのマドレーヌをかじりながらニヤリと笑う。

「やはりな。我がムルナイト帝国軍には獅子身中の虫がいるようだ。――見たかアルマン、サクナ・メモワールのこれは間違いなく烈核解放だぞ」

「見ればわかります！　一刻もはやく彼女を捕縛しましょう！」

大声で皇帝に進言したのは帝国宰相アルマン・ガンデスブラッドである。皇帝が遠視魔法で七紅天闘争を観戦するというから無理を言って同席させてもらったのだ。

皇帝は「ふん」と鼻で笑ってアルマンを流し見た。

「捕えるといってもどうするのかね。今は七紅天闘争の最中だぞ？」

「闘争を中止させればいい。このままサクナ・メモワールに好き放題させたら大変なことになりかねません。コマリに危害が及びます」

「いいやまだだ。まだ静観を貫く必要がある。ここで我々が介入してしまってはトカゲの尻尾しか手に入らん」

「……？　陛下、何を仰っているのですか」

「サクナ・メモワールは誰かに操られているということだよ」

　わけがわからなかった。

　アルマンはストレスのあまり頭痛を覚える。思えばここ数日は死ぬほど忙しかった。テロリストに殺されて復活した後はすぐにテロリストの捜索に追われ、かと思えば溺愛している娘・コマリが同じ七紅天フレーテ・マスカレールに喧嘩を吹っかけられ、七紅天会議が開催され、挙句の果てには七紅天闘争で殺し合いをすることになっていたのである。

　娘の安否とテロリストの正体。この二つの悩みのせいでアルマンは夜も眠れない日々を過ごしていた。だが――そのうちの片方、テロリストの正体は、たったいま判明したも同然。

「あの烈核解放はどう見ても精神操作系の異能です。第六部隊は洗脳されていたのです。あんなことができる者が他にいるとは思えません――政府高官連続殺人事件の犯人もサクナ・メモワールと見て間違いないでしょうに！」

「うむ」

　あっさり肯定されてアルマンはたじろぐ。

「だったら！　なぜ陛下は行動を起こさないのです⁉」

「まだ動くときではない。そもそも朕の出る幕はないよ。なぜならあの場にはコマリがいるのだからね」

「また……コマリに何かさせるおつもりですか」

「朕がさせるのではない。運命がそうなるように律動しているのさ」

無駄に気取った台詞を吐きやがってこのババア——と思ったがアルマンは押し黙る。喧嘩を売ったらボコボコにされるのはアルマンのほうと昔から決まっていた。

「……そもそも、なぜサクナ・メモワールを七紅天に任命なさったのですか？　彼女の経歴を調べてみましたが、七紅天に相応しいほどの功績をあげたとは思えません。偶然前任者を爆殺してしまっただけですよ」

「理由は六つある」

「ありすぎです」

「一つ目の理由は久方ぶりにスカッとする下剋上だったから。二つ目はヘルデウスに推薦されたから。三つ目はサクナの容姿が優れているから。そして四つ目は——コマリの友達になってくれそうだったから」

「は？」

「二人は趣味も性格も似ている。そのうえ境遇すらも同じにしてしまえばこれはもう友達になるしかないだろう。——実際にはサクナのコマリに対する尊敬が強すぎて友達というよりは先輩後輩みたいな関係になってしまっているがね」

「そ、それは……」

「あの子には同年代の友人が必要なのさ。ヴィルヘイズは友人という側面よりも主従の関係性のほうが強いし、ちょうどいい人材がサクナくらいしかいなかったのだ」

何も言えなかった。コマリのためと言われては強く反論もできない。

しかしアルマンは無理にでも反論する。

「テロリストをコマリの友達にするなど言語道断です」

「テロリストだからこそ、だよ。サクナを七紅天にした五つ目の理由は彼女が逆さ月の一員だったからだ。そして六つ目は彼女が烈核解放をもっていたから」

「は⁉」

思わず目を剝いてしまった。皇帝は淡々と続ける。

「密かに調査させていたのだよ。あの子はもともとテロリスト集団の一員で、しかも烈核解放を持っているらしい。第六部隊がこぞってサクナの信者になってしまった、という話は宮廷内外で有名だぞ？――――お前の予想通り、此度の政府高官連続殺人事件の犯人もサクナだ。事件を起こす前からも色々と情報を探っていたらしいな」

「知っていたなら、なぜ……！」

「あの子を味方に引き入れれば逆さ月の情報が手に入る。これは法外の利益だと思わないかね？」

「逆さ月の一員を懐柔できるとは思えない」

「否、サクナは好んで逆さ月に所属しているわけではない。可能性はある」

「だからといって七紅天にする必要は……」

「コマリのためでもあると言っただろう。お前は何も話を聞いていないいんだね」

皇帝は腕を組んで天井を見上げた。

「ようするに、サクナを我々の味方にするには一つの障害を取り除くだけでいい。あの内向的な少女が自発的に殺人などするはずもない——先ほども言ったが、あの子は誰かに操られているのだ。そいつを見つけ出す必要がある」

開いた口が塞がらなかった。皇帝が独断専行をするのはムルナイトの慣習だが、せめて帝国宰相である自分には予め情報を共有しておいてほしいものだとアルマンは思う。

「ついていけません。その〝操っている者〟がどこかにいるということですか?」

「そうなるな。しかもあの戦場に」

「では……その者が姿を現すまで、彼女を泳がせると」

「ああ。——どいつが怪しいと思う?」

「ヘルデウス・ヘヴンではないですか? あの男はサクナ・メモワールがいた孤児院の運営者ですし、何より彼女を七紅天に推薦している」

「一理あるな——お、」

皇帝が目を輝かせて水晶玉に顔を近づけた。

「見ろアルマン！　コマリがデルピュネーに襲われているぞ！」

「なんだって⁉」

アルマンは慌てふためき水晶をのぞきこんだ。

紅竜に跨ったヴィルヘイズとコマリがデルピュネーの軍勢に追い掛け回されている。卒倒しそうになった。しかし隣の皇帝はそんなアルマンの気苦労など知ったことではないと言わんばかりにニヤニヤと笑っていた。何が面白いのか微塵も理解できないアルマンだった。

☆

第四部隊デルピュネー隊の軍勢はその全員が不気味な仮面を装着していた。どう見ても不審者集団である。そしてその不審者集団は腹を空かせた肉食獣のような勢いで私たちのほうへと襲いかかってくる。ひゅんひゅんと飛んできた矢の嵐が私の服をかすめては地面にドスドスと突き刺さった。私はヴィルにしがみついて震えることしかできない。

「ヴィル……もうだめだよ……死んじゃうよ……」

「死にません。――ですが、さすがにあの軍勢を突破するのは不可能です。このまま反対側に逃げてやつらをヘルデウス軍とオディロン軍の戦闘に巻き込みましょう。どさくさに紛れてそのままフレーテ軍のほうまで回り込むのです。第七部隊の連中もいますしメモワール殿も向かっているはずです」

ヴィルが急に手綱を引いて方向を変えた。次の瞬間、さっきまでブーケファロスがいた場所に火炎魔法が着弾して大爆発を巻き起こした。もはや悪い夢としか思えなかった。

「もうやだよ。帰りたいよ。そうだ、紅玉を取りに古城へ行こうよ。そしてぶっ壊しちゃえばいいんだ。そうすれば勝利条件がなくなって闘争も終わるよね」

「かもしれません。しかし紅玉にたどりつくには他の将軍を蹴散らす必要がありますよ」

「じゃあ逃げようよ！　古戦場の外に！」

「爆死したいんですか？」

「爆死はいやだあああああああああああああ‼」

私は慟哭した。なりふり構っていられる状況ではなかった。この映像がそのまま町に流れていることなど頭からは抜け落ちている。

「いやだいやだいやだいやだ！　もうやだよこんな仕事！　なんで私がこんな目に遭わなくちゃいけないんだ、理不尽すぎるだろ！　もう隠居したいよ！　一緒に隠居しようよヴィル！」

「それは魅力的な提案ではありますが――って暴れないでください、わっ、ちょっ……どこ触ってるんですか！」

「これが暴れずにいられるかってんだーっ！」

そのときだった。背後から私でもわかるほどの巨大な魔力反応。思わず振り返った私の目に映ったのは猛スピードで駆けてくる一人の吸血鬼の姿だった。

異国風の仮面。準一位を表す〝望月の紋〟があしらわれた軍服。

七紅天・デルピュネー。

ブーケファロスのスピードに生身で追いついてくるなんて馬鹿げた脚力である。

「な、なんか来てるよヴィル！」

「わかっています――しかしこれ以上速度をあげることはできません」

眼前には市街地が迫っていた。しかも地図によれば普通の市街地ではなくいわゆる〝迷路型都市〟の特徴を色濃く反映した街並みだ。ようするに防衛のためにわざと入り組んだ構造にして建造された地域。このまま騎獣を全速力で走らせるのは無理があった。

「いったん降りましょう。迷路で隠れながら逃げるのです」

「そんなことできるわけ――」

「――逃がすものか」

背後から声が聞こえた。高い女の子の声だったのでびっくりしてしまったがそんなことはどうでもいい、再び魔力が膨れ上がる気配がしたかと思ったら、ブーケファロスの前方にいきなり巨大な壁が出現した。造形魔法【マッドウォール】である。

行く手を阻まれたブーケファロスはその場に急停止する。慣性の法則に従って私の身体はボールのように吹っ飛び華麗に落馬、あわや壁に激突するんじゃないかというギリギリのところでヴィルに抱きとめてもらった。

そのまま彼女と一緒にふわりと着地する。

辺りを見渡す。前方百八十度が高い壁で塞がれている。完全に袋のネズミだった。

「まずいですね」

ヴィルの白い首筋に一筋の汗が流れていた。こいつが焦りの表情を見せるなんて珍しい。つまりマジでまずい状況だということである。

おそるおそるデルピュネーのほうに視線を向ける。やつは背後に百人の軍勢を引き連れながら、しかし彼らをこれ以上進軍させるつもりはないらしく、じっと私のほうを見つめて（仮面だからよくわからんが）たたずんでいる。

「――ガンデスブラッド。私を殺したのはお前か」

声が完全に女の子だった。しかし驚いている場合ではない。

「わ、私じゃない！　お前を殺したのは――」そこでふと悩んでから、「お前は殺されたんじゃない！　たぶん食中毒か何かで死んだんだ！　芽の生えたジャガイモでも食べたんだろ！」

「食べていない」

「嘘をつくな！」

「お前こそ嘘をつくな」

「嘘じゃない！」嘘である。

「お前からは嘘をついている香りがする。それも一度や二度の嘘ではない、人生すべてが嘘で塗り固められている。フレーテが毛嫌いするのもよくわかる、お前の経歴は世紀の大泥棒もびっくりするほどの嘘塗(まみ)れだ。どこを見ても嘘。嘘。嘘嘘嘘嘘嘘嘘嘘嘘嘘」

こいつ寡黙(かもく)って設定じゃなかったの？　めちゃくちゃ喋(しゃべ)るじゃん——と思っていたら、仮面の少女は懐からナイフを取り出して私のほうにかざした。そこからフレーテみたく暗黒ビームを出すのかと思って身構えてしまったが、驚くべきことに、彼女はナイフの切っ先を躊躇なく己の左腕に突き立てるのであった。

「始めようじゃないか、命のやり取りを」

したくねえよ、そんなやり取り。

しかしデルピュネーは私の心の声を無視して魔法を発動させた。

「特級凝血魔法・【アルティメット屍山血河(しざんけつが)】」

腕から噴水のように飛び散った血液が上空へと昇っていく。彼女の頭上に形作られたのは波打つ血液の川。辺りに濃厚な血のにおいが充満して気持ち悪くなってしまった。前々から思っていたがあんなもんを好き好んで飲んでいる吸血鬼は味覚がどうかしている。

「コマリ様、逃げますよ」

「え、おい——」

ヴィルに腕を引かれて走り出す。次の瞬間、デルピュネーの頭上の血河から高速で何かが射出された。私のすぐ背後の壁に突き刺さったそれは——凝固した血液のナイフ。

私は言葉を失った。あれで刺されたら一瞬で死ぬ。

しかしデルピュネーは容赦をしなかった。標的が辛うじて回避したと見るや、今度は雨あられのようにナイフを連射してきたのである。

「来ます！」

「見りゃあわかるよ！　どうするんだよ——うわあああああああああああ‼」

ヴィルに引きずられるようにして逃げる。高速で飛来してくる血のナイフはさっきまで私がいた場所を念入りに抉(えぐ)っては爆散、もとの血液に戻って再びデルピュネーの頭上へと帰っていく。なんというエコ精神。一滴の血液も無駄にはしないという気概を感じる。

「いッ、」

突然焼けるような痛みが走った。私は呆然(ぼうぜん)として右手を見下ろす。手首にナイフが掠(かす)って薄皮が裂けていた。じんわりと赤い血が浮かんでくる。

目から涙が溢(あふ)れてきた。

「痛いよ、ヴィル……！」

「あの変態仮面……よくもコマリ様の柔肌を……！」

ヴィルが走りながらクナイを投擲した。しかし向こう側から飛んできた血のナイフに阻まれ地面に墜落、それがデルピュネーに届くことはなかった。お返しと言わんばかりに大量のナイフが飛んでくる。今度は全方位から。逃げ場などなかった。

「伏せてくださいコマリ様！」

ヴィルが私の前に出て両手にクナイを構えた。おいやめろ、死んじゃうぞ！――私が言葉を発する前に血のナイフは嵐のような勢いでヴィルに襲いかかってきた。ヴィルは二つのクナイを巧みに駆使して飛んでくるナイフを器用に弾いていく。しかし如何せん物量が多すぎるためすべてを対処することはできず、メイド服が裂け、その下の白い肌も裂け、あまりの光景に私が悲鳴をあげそうになったところでついに彼女の脇腹にナイフが突き刺さってしまった。

ヴィルが苦悶の表情を浮かべてその場に膝をつく。

血が。お腹から血が。

どうしよう、私のせいでヴィルがこんな目に……！

「……コマリ様、逃げてください」

「お前を置いていけるわけがないだろ！　大丈夫だ、私が肩を貸すから――」

「案ずるな。殺しはしない。捕縛するだけだ」

デルピュネーがゆっくりと近づいてくる。彼女の頭上では血の渦がごうごうと音を立てながら回転している。どうせ魔法を使うのならもっとカッコいいのを使えばいいのにと思う。

仮面の少女は私とヴィルの前に立った。

「確かに私はお前らのことは憎い。しかしお前らを殺すのはフレーテの役目だ。あいつが受けた屈辱のほうが、私の憎しみよりもはるかに大きい」

「だったら――」私は思わず歯軋りをしていた。やつの仮面を精いっぱい睨みつけて叫ぶ。

「だったら、私の怒りのほうが百倍でかいよ！　よくもヴィルに怪我を負わせてくれたな！　だいたいお前は卑怯なんだよ！　遠くから飛び道具を飛ばすだけじゃないか！」

「コマリ様、お怒りなのはわかりますがここで挑発するのは愚策かと……」

ヴィルが苦しそうに言った。確かにその意見はもっともだが私の怒りはおさまらない。遠慮なく攻撃してくるやつに遠慮してどうするんだよ。どうせ私はもう助からないんだ。ならば最後まで抵抗してやろうじゃないか……！

と、そんな感じで勇気を奮い立たせていると、デルピュネーは呆れたように息を吐いて言った。

「挑発など私には効かない。だが〝卑怯者〟と罵られるのは心外だ。腸が煮えくり返って憤死しそうになる。だから死なない程度に痛めつけてやろうこのクソ生意気なクソザコ小娘が」

めちゃくちゃ挑発効いてるじゃん――などとツッコミを入れる余裕はなかった。

仮面の少女からすさまじい魔力が溢れてきた。

「コマリ様、はやくお逃げを……！」

ヴィルが顔を青くして言った。だが私は動けなかった。デルピュネーは血河に膨大な魔力を注いでいく。大地がみしみしと悲鳴をあげている。それはまさに現世のすべてを呑み込まんとする、強大で邪悪な地獄の血の池。

デルピュネーが指を動かした。

「死ね」

次の瞬間、血液の星が――まさに星としか形容できない巨大な血の塊が――降ってきた。

ああ、このまま死ぬんだな。

そう諦めかけていたときのことだった。

後方から風のような速度で何者かが近づいてくる気配。ヴィルが九死に一生を得たような顔をして叫んだ。

「ブーケファロス！」

「え？――ぐえッ」

いきなり首根っこを摑まれてカエルのような声を漏らしてしまった。

私の身体はヴィルの怪力によってふわりと宙に浮き、気づいたときには馬上に――ブーケファロスの背に腰かけていた。目を白黒させる私に構う素振りも見せず、紅色の蛟竜は力強く地を蹴って疾走を始める。

「主人の危機を察知して即座に駆けつけるとは……優秀な紅竜ですね」

「た、助かった……！」

私は感激してしまった。こんなに主人思いの騎獣が他にいるだろうか。感謝の意をこめて紅色のお尻を撫でてやると、彼は（異様に）興奮した様子で嘶いてスピードを上げた。上げまくった。おいちょっと待て。風どころか音速を超えるような勢いだぞ……！

「ま、前を見ろ前を！　壁が迫ってるぞ！」

「しっかり捕まっていてくださいコマリ様！」

「――逃がすかガンデスブラッドッ！」

巨大な血液の星が迫ってくる。前方に壁、後方にデルピュネー。もはやここまでか――そう思った瞬間、いきなりブーケファァロスが大ジャンプした。すさまじい浮遊感。私はヴィルに必死にしがみついて落ちないようにする。まさか――このまま壁を飛び越える気なのか⁉

と思ったが違った。

ブーケファァロスの顔面が壁に激突した。

圧倒的に高度が足りていなかった。

あまりの衝撃に胃の内容物が逆流しそうになった直後、信じられないことが起きた。ブーケファァロスの身体がそのまま土の壁をぶち破って反対側に突き抜けたのだ。え、そんなことってアリなの？――と呆然としているうちにブーケファァロスは華麗に着地、背後のデルピュネーを嘲笑うがごとく尻尾を揺らしながら猛スピードで逃走を続行する。

遅れて血液の星が土壁に激突した。どごぉん！　とすさまじい音を立てて壁は崩れ落ち、いくつもの巨大な破片が驟雨のごとく地面に降り注いで濛々と土煙を巻き上げる。デルピュネー隊の連中はあれに巻き込まれてほとんど死んだんじゃないだろうか。

「…………だ、大丈夫なのか？　ブーケファロス」

「大丈夫です。紅竜の鱗は鉄製の剣をも弾きますから——きゃう⁉」

ヴィルが珍しくも女の子らしい悲鳴をあげたのを揶揄う余裕はなかった。ブーケファロスは再び大跳躍、軽やかな身ごなしで家屋の煙突に飛び乗ると、屋根から屋根へとジャンプで移動しながら古城の方面へ向かって驀進を始めるのであった。

これなら道が入り組んでいても関係ない。

「す、すごいぞブーケファロス……！」

「まったくです……！　シチューの具にするのが惜しいくらい！」

「だから具なんぞにはしないと言ってるだろうが！」

そのとき、ひゅん、と私の真横を真っ赤な刃物が通り過ぎていった。

途方もない絶望を感じながらも振り返る。

変態仮面だった。変態仮面がブーケファロスと同じように屋根を伝いながら追跡してきていた。私は顔面蒼白になって叫んだ。

「あいつ人間じゃねえ‼」

「人外には人外をぶつけるのが最良です。コマリ様、見えてきましたよ」

市街地が途切れる。その先に広がっているのはだだっ広い空間だ――おそらく大昔はあそこも市街地だったのだろうが戦争によって今では草原と化していた。さらにその草原の向こうにはどでかい古城の西門がそびえていた。そしてその西門の前で激しい戦いを繰り広げている部隊が二つ――

「ヘルデウス・ヘブンとオディロン・メタルの隊です。あそこを突っ切って一気に城まで突撃しましょう」

「無理に決まってるだろ⁉　あんなオッサン同士の異次元バトルに首を突っ込んだら百パーセント死ヌグッ、」

どすんっ！　とブーケファロスが屋根から飛び降り着地した。

口内に激痛を感じて涙がこぼれてしまった。

「い～ら～い～っ！　しらかんらぁ～っ！　絶対口内炎になる～っ！」

「あとで私が舐めてあげるので我慢してください！　さあブーケファロス、ラストスパートです！」

ブーケファロスは高く嘶いて本当にスパートをかけた。動体視力が追いつかない。背後からはデルピュネーが「待て」「死ね」「嘘つき野郎」などと喚き散らしながら追跡してくる。高速で飛んできた血のナイフが髪の毛に掠った。もうやだ。かえりたい。

「おおっ!!　ガンデスブラッド殿ではないですか!!」

ヘルデウスがこちらに気づいた。敵兵の顔面を素手でトマトにしながら嬉(うれ)しそうに笑う。第二部隊ヘブン隊の面々（みんな宗教チックな祭服を着ている）も私の登場に大騒ぎ。そりゃあそうだろう、余計な敵を引っ張ってきたんだからな！

「ガンデスブラッドだと!?　おい貴様ら、やつをひっ捕らえろッ!!」

オディロン・メタルが敵兵の顔面を素手でザクロにしながら叫んだ。「殺せ！」「メタル隊に50ポイントを！」「勝利の祝福を！」――第五部隊メタル隊のやつらが血走った目で私たちのほうに向かってくる。完全に挟み撃ちだった。

「もうだめだよヴィル……一緒に降伏しようよ……」

「弱気になっては駄目ですコマリ様！　私にお任せください！」

ヴィルが懐から玉を取り出した。紫色の小さな玉である。彼女はそれをぎゅっと握りしめると、メタル隊の吸血鬼どもに向かって容赦なく投擲した。次の瞬間、ぼわんっ！　と玉が爆発して毒々しい色の煙が辺りに蔓延(まんえん)する。視界が紫色に覆(おお)われて何も見えなくなってしまう。

「煙玉か！」「姑息(こそく)なッ！」「こんな卑劣な小技で――げふッ、」誰かが噎(む)せた。それを皮切りにげほげほと咳(せき)をする音がそこかしこから聞こえ始め、しまいには「グエーッ！」という断末魔の叫びとともにバタバタと人が倒れていく。

私は悟った。これはヴィルお得意の猛毒魔法である。

「な、何やってんだよ！　私たちも死んじゃうだろ！」

「男だけを殺す毒ガスです」

「そんな毒あるの⁉」

ついでに騎獣にも効かないらしい。ブーケファロスは少しもスピードを緩めることなく猛ダッシュ、ぐちゃぐちゃと何かを踏みつぶしながら毒の煙幕を切り抜けた。

そうして眼前に現れたのは古城の西門である。どうやら敵軍を突破してしまったらしい
――私は放心しながら何気なく振り返ってみる。煙幕は既に晴れていた。五十人くらい地面の上で死んでいた。オディロン軍どころか祭服を着た連中まで吐血して死んでいる。……ってやりすぎだろうが‼

「味方殺しちゃってるじゃん‼」

「やむを得ないことです。それよりもはやく紅玉を見つけて破壊するのです。そうすれば七紅天闘争は終わるはずです……！」

「んなこと言ったって――、」

「待てやガンデスブラッドォ――ッ！」「絶対に許さねえぞオラァ！」「殺してやる！　今すぐ殺してやる！」『神よ、ガンデスブラッドに天罰をををををッ！」

背後から無数の殺気が奔流となって襲いかかってきた。生き残りどもである。もはやヘルデウス軍のやつらも敵と化していた（ヘルデウス本人がどうなったのかは知らんが）。さらにそ

の向こうからは変態仮面が血液の塊をまといながら迫ってくる。まさに絶体絶命。

「コマリ様！　ここから先は騎獣を使えません。徒歩で行きますよ」

「え？　わっ、」

いきなりヴィルにお姫様抱っこされてブーケファロスから降ろされた。次の瞬間、敵兵どもが放った魔法が古城の入り口付近に着弾して大爆発を巻き起こした。しかしヴィルはお構いなしに爆風に向かって突撃を敢行、そのまま城の中へ侵入して休むことなく走り続ける。

そこで私はふと気がついた。ヴィルの呼吸が荒い。表情が苦悶に満ちている。――当たり前である、彼女はデルピュネーに脇腹を抉られてしまったのだから。

「ヴィル！　もう休んでろ、私ひとりで行くよ！」

「いいえ。私には最後までコマリ様のおそばにいる義務があります」

爆砕された入り口からワラワラと吸血鬼どもが追いかけてくる。ヴィルは私を抱えたまま城の階段をのぼりはじめた。脇腹から垂れた血が床にぽたぽたとシミを作っていく。

「これでも食らえ！――特級凝血魔法・【インフィニット鮮血淋漓】ッ!!」

デルピュネーの腕から噴き出した血液がしなる鞭となって襲いかかってきた。危険を察知したヴィルは跳躍して回避しようとしたがわずかに間に合わず、鞭に右脚を縛りつけられて階段の中ほどで倒れ込んでしまう。放り出された私は慌てて体勢を立て直してヴィルのもとへ駆け寄った。真っ赤な鞭は彼女の細い足首を切断せんばかりの勢いで締めつけている。

「殺せ！」『今が好機だッ！」

敵兵の怒鳴り声。焦った私はそのへんに落ちていた石ころを拾ってデルピュネーの鞭に叩きつけてみる。しかし効果はない。血の鞭はびくともしない。

「くそ、どうしたらいいんだ……！」

「大丈夫です。手は打ってあります。コマリ様はお逃げください」

「ばかぁーっ！　そんな自己犠牲はいらないよっ！　お前も一緒に――」

「そうはさせない」

濃密な殺気。

振り返る。デルピュネーが血でできた大剣を力強く放り投げた。まるで矢のような速度で飛んでくる真っ赤な刃。運動神経ダメダメな私に躱す余裕なんてなかった。

ああ、死ぬんだな（二度目）――そう思った瞬間、

「上級魔法石・【超新星爆発】」

ヴィルが懐から輝く石を取り出して投げつけた。

石は大剣と空中で激突し、すさまじい爆発を巻き起こす。

デルピュネーの魔法が打ち消された。

凝固した血液がまたたく間にもとの液体へと戻っていく。

「ば、馬鹿な――」

魔力の制御を失った血は慣性の法則にのっとって吹っ飛んでくる。

腰を抜かしていた私にはどうしようもなかった。

呆然と中空を見上げるばかりで身動きすることもかなわず、そのままおびただしい量の血を頭からかぶってしまう。

そうして世界が紅色に染まった。

☆（すこしさかのぼる）

同刻、第七部隊の奇襲を受けたフレーテ・マスカレールは腹の底から湧き上がる怒りをぶちまけるような勢いで剣を振るっていた。

まったくもって度しがたい。テラコマリ・ガンデスブラッドの部下たる野蛮人どもは、紅玉を確保するという七紅天闘争のルールを無視していきなりフレーテの本陣に向かって進軍してきたのである。しかも聞いた話では第七部隊は三十人ほどしか参加していないという。正気とは思えなかった。舐めているとしか思えなかった。

だからすぐにでも殺処分してやりたいところなのだが――

「くっ、このッ……！　鬱陶しいですわねッ！」

しぶとい。異様にしぶとい。

フレーテの放った斬撃が第七部隊の野蛮人――カオステル・コントの腕を斬り裂いた。しかしやつは一瞬たりとも怯まなかった。すぐさま体勢を立て直すや無詠唱で小癪な空間魔法を放ってくるのである。

「【転移】」

「ッ⁉」

背後に殺気。フレーテはほとんど感覚を頼りに横薙ぎを放った。

しかし彼女の攻撃が敵に命中することはなく、虚空を斬り裂いた反動でフレーテがバランスを崩しているうちに再び背後から殺気、

「ぐッ、」

鉄をも砕くような裏拳がフレーテの腹部に突き刺さった。激しい鈍痛。咄嗟に魔法で防御できたからよかったものの、無抵抗のまま食らっていたら死んでいたかもしれない。

フレーテは距離を取ると、再び剣を構えて枯れ木男を睨みつけた。

「小賢しい魔法を使いますわね。使用者の性格までわかるようです」

「ええそうでしょう？　私が使うのは私に相応しく格式高い空間魔法。そして復讐のためにさらに磨きをかけてきたのです。もう負けるはずがありません――あなたも暗黒魔法を使ったらどうですか？　使用者の品性がよくわかる醜悪な暗黒魔法をね」

挑発に乗るつもりはない。フレーテは慎重に辺りを見渡す。第七部隊の連中は殺しても殺し

ても蘇るゾンビのような勢いで戦争を繰り広げている。憎々しいことにバシュラールをはじめとした第三部隊の面々も手を焼いているようで、このまま出し惜しみしていたら他の隊のやつらに先を越されてしまうだろう。

「仕方ありませんわね。あなたごときに使うつもりはなかったのですけれど、出し惜しみしている場合ではありませんわ」

「それが賢明ですねえ。我々の味方も到着した様子ですし」

「なに……？」

不審に思った瞬間、無数の魔力が流動する気配を感じてフレーテは背後に飛びすさった。直後、上空から光り輝く矢の大群が――中級魔法【光撃矢】が篠突く雨のように降り注ぐ。

「援軍ですって？　馬鹿な――」フレーテは手にした細剣で矢の雨を弾き飛ばしていった。しかし周囲の部下の幾人かは予期せぬ奇襲に狼狽えるばかりで何もすることができず、一人、また一人と心臓を貫かれてその場に倒れ伏してしまう。

やがて魔法が止まった。フレーテは瞳に憎悪をくゆらせ魔力の発生源を睨みつける。

前方の小高い丘、古城を背にして吸血鬼の一軍がこちらを睨み据えている。先頭に立っているのは巨大な杖を握りしめた気弱そうな小娘――サクナ・メモワール。

「――ご、ごめんなさい！　でも七紅天闘争だから、攻撃しなくちゃ、いけないんです……だから、もう一回、やります」

第六部隊メモワール隊の連中が詠唱を始めた。フレーテは舌打ちをする。七紅天と七紅天が結託してはいけないというルールはない――しかしあまりにも不愉快だった。テラコマリ・ガンデスブラッドとサクナ・メモワール。弱者同士が手を結んで増長するなど腹立たしいことこの上なかった。

「ふ、ふふふ……いいでしょう。第六部隊もろとも闇の彼方に葬り去って差し上げますわ」

「こちらこそ。先日殺された恨みを晴らすといたしましょうか」

カオステル・コントが愉快そうに口端を歪めた。フレーテはおもむろに剣を構える。的は敵の心臓。一瞬で息の根を止めてやる――そう決意して暗黒の魔力を練り固めようとしたとき、

「「――――――!?」」

ぞくっ、と全身を包み込むような寒気に襲われた。

フレーテばかりではなかった。目の前のカオステルも、周囲で戦っている第三部隊の吸血鬼たちも、さらには理性を失っているとさえ思われた第七部隊のバーサーカーどもも、みな一応に目を見開いて硬直している。

「なん……ですの……?」

それは、おぞましい魔力の気配だった。生きとし生けるすべての者を恐懼させてやまない絶対的な魔力の奔流。フレーテは身体が震えるのを自覚しながら魔力の発生したほうを――古城が屹立しているほうを見やる。

「閣下が……閣下が、ついに本気を……！」

枯れ木男が感激したように叫んだ。

続いて第七部隊のやつらも「閣下」「閣下！」などと馬鹿みたいに連呼し始める。

彼らが「閣下」などと呼ぶ存在は一人しか思いつかない。

だが――そんなことがあるのだろうか。

フレーテは剣を構えることも忘れてその場に立ち尽くす。

☆

デルピュネーは言葉を失った。

あのメイドが死に際に魔法石を放ったのは理解できる。その魔法石が市場にほとんど出回らぬ高級品であり、デルピュネーの魔法を容易く打ち消してしまったことも理解できる。

理解できないのはテラコマリ・ガンデスブラッドだった。

液状化した血液の飛沫を浴びた彼女は、なぜか、膨大な魔力をまとって立ち上がった。

表情は無。不気味に輝く紅色の瞳だけがデルピュネーを咎めるように見つめている。

「お前……何をした」

声が震えてしまっていた。魔力量が違いすぎる。こいつは自分如きでは絶対に敵わない〝強者〟だ――デルピュネーはそう思った。

テラコマリは足元に倒れているメイドを見下ろした。力尽きているのだろう。急所を狙ってナイフを打ち込んでやったのだから当然だ。

「――おまえがやったのか」

感情のこもっていない声。

彼女に殺到していた吸血鬼どもはすっかり身動きがとれなくなっていた。

尋常ではない魔力に中てられ足が動かないのだ。

「おまえが、これを、やったのか」

再び低い声が発された。その問いが自分に向けられたものだと気づくのにしばらく時間を要した。〝これ〟とはメイドの傷のことだろう。デルピュネーは考えなしに返答していた。

「そうだが……それがどうしたんだ」

「わかった」

テラコマリはメイドの身体を抱きかかえた。

そうしてふわりと宙に浮く。何の変哲もない飛行系の魔法である。呆然と立ち尽くす周囲の吸血鬼どもをよそに、血まみれの少女は徐々に高度を上げ、やがては天井近くにあるステンドグラスの辺りまで舞い上がった。

そうして右手をかざす。

魔法陣が現れた。しかし普通の魔法陣ではない。滞留する魔力の質・量がこの世のものとは思えない。空気が鳴動し、壁や床に罅が生じ、あまりの重圧に耐えきれなかった吸血鬼どもが泡を吹いて気絶していく。

あれは上級魔法ではない。特級魔法でも断じてない。

煌級魔法。太古に失われたとされる最高位の秘奥義。

「まッ――、」

制止を呼びかけようとしたが無駄だった。

魔力がばくはつした。

魔法陣から射出された真っ赤な閃光は、古城は言うまでもなく、古戦場の街並みから砂粒にいたるまで、ありとあらゆるものを焼き滅ぼした。

☆

「――はっはっはっは！　見たか！　あれは煌級光撃魔法【地獄を灼く曙光】だ！　まさか生きているうちに実物を見られるとは思わなかったぞ！」

皇帝が手を叩いて笑っている。

しかしアルマン・ガンデスブラッドは生きた心地もしなかった。

　また、あの子に烈核解放を発動させてしまったのだ。

「見たまえ。水晶が壊れてしまった。朕の遠視魔法すら阻害する強大な魔力の残滓が古戦場に充満しているようだ！」

「どうするんですか！　このままではコマリが……」

　焦るアルマンに対し、皇帝は「心配いらんさ」と自信満々に言った。

「無差別虐殺など始まらない。彼女はもう引きこもりではないのだよ」

「既に虐殺されてるんですが」

「それは虐殺すべき相手だから問題ない。――思うに、烈核解放時のコマリは平常時のコマリの願いを汲み取って行動するのだ。あの子はヴィルヘイズを傷つけたデルピュネーにむかついた。だから殺した。それだけのことなのだろうさ」

「それにしては二次被害が大きすぎるでしょう」

「デルピュネーは心に傷を負ったかもしれんな。後でフォローしておこう」

「……この後、コマリはどうするのでしょうか」

　皇帝は秘めやかに笑った。

「さあ。デルピュネーを殺すという目的は遂げたわけだし、どうなるかわからんな。気になるなら見に行ったらどうだ」

「それができたら苦労しません」

「できても苦労するだろう。――おい、誰か、新しい水晶を持ってきてくれ」

女官に声をかける皇帝の傍らで、アルマンは拳を握って祈ることしかできない。

☆

この世の終焉が訪れたのかと思った。

それほどまでに凄まじい大激震が古戦場を襲った。

辺りは紅色の光に包まれ、目を開けることも叶わず、その場に縮こまって災厄が通り過ぎるのを待つことしかできなかった。天が割れ、大地が揺れ、衝撃の余波をもろに食らった誰かが悲鳴をあげて吹っ飛んでいく音を震えながら聞いた。

それからしばらくすると静寂が戻ってきた。

フレーテ・マスカレールはおそるおそる目を開ける。

古城は瓦礫の山と化していた。外壁は抉られたように丸ごと消え失せ、中の様子が丸見えになっている。それだけではない――古城の周辺の市街地や草原までもが更地と化している。

背筋がぞっとした。誰がどんな魔法を使えばこんなことになるのか。

「ふ、フレーテ様っ！」

バシュラールが血相を変えて叫んだ。彼も無事だったのだ。安堵したのも束の間、報告を聞いたフレーテは血の気が引いてしまった。

「ただ今確認しましたところ、第四部隊デルピュネー隊および第二部隊ヘブン隊、第五部隊メタル隊は消滅だそうです！　第六部隊メモワール隊も……ご覧ください」

バシュラールの示す先には無数のバラバラ死体が転がっていた。爆発に巻き込まれて死んだのだろう。肝心のサクナ・メモワールの姿が見当たらないが――

いや。それよりも。

「ガンデスブラッドさんは……テラコマリ・ガンデスブラッドはどうなったんですの⁉」

「は。それが……偵察によると、この爆発を引き起こしたのはテラコマリ・ガンデスブラッドとのことです。やつが現在どこにいるのか不明ですが」

なんだそれは。わけがわからなかった。

ゆえにフレーテは事情を知っているであろう者に問いかけることにした。

「カオステル・コント！　あれはいったいどういうことですの⁉」

しかし枯れ木男は答えなかった。

股間を瓦礫で押し潰されて息絶えていた。

使えないやつだった。

「フレーテ様、いかがいたしましょう」

「くっ……」

もはや七紅天闘争どころの騒ぎではない。

いったいどうすれば――

「……、あれは」

そこでフレーテは目撃した。粉々に破壊し尽くされた古城のど真ん中、呆然と立ち尽くすテラコマリ・ガンデスブラッドの姿を。

いてもたってもいられなかった。

気づけばフレーテは歯軋(はぎし)りをして駆けだしている。

先ほどの大爆発もどうせ彼女自身が放った魔法ではないだろう。もっと姑息(こそく)な手段を用いたに決まっている。単なる爆弾という可能性も考えられた。

とにもかくにも、あの小娘にはしっかりと挨拶をしておかねばならない。

☆

サクナ・メモワールは生きていた。

紅色の閃光が第六部隊に襲いかかった瞬間、名前も知らない副隊長が身を挺(てい)してサクナの身を守ってくれたのだ。運よく壁と壁の隙間(すきま)に落とされたサクナは擦(す)り傷程度ですんだが、副隊長をはじめとした第六部隊の吸血鬼たちは一瞬にして灰になってしまった。

なんと哀れなことだろうとサクナは思う。

第六部隊の面々はもともとサクナに対して反抗的だった。無理もない。運とコネで七紅天になった小娘にどうして良い感情が抱けようか。このままでは下剋上が起きて殺されてしまうのではないか——そう思ったサクナは苦肉の策を実行した。

第六部隊を皆殺しにして、彼らの記憶を書き換えてしまったのだ。

サクナを快(こころよ)く思わない反逆者から。

サクナを妄信する従順な兵士へと。

その結果が、これだ。

彼らは本来の自分の意思とは無関係にサクナを庇(かば)い、そして死んだ。

「……でも、あの人たちは幸せだったよね」

そう思わないとやっていられなかった。

彼らの本望はサクナを守護すること。そうなるように設定しておいたのだ——だから、サクナが気に病む必要はないのだ。そのはずなのだ。

それよりも、今考えるべきことはテラコマリ・ガンデスブラッドのことである。

先ほどの閃光は彼女の仕業(しわざ)だろう。正直言ってこれほどまでとは思わなかった。あんな化け物じみた魔法の使い手を殺す方法などない。

「…………」

いや。ないことはない。

逆さ月からもらった秘薬だ。あれさえ飲めば神にも匹敵（ひってき）する力を使えるようになるだろう。

その代償として自らの命を削ることになるが。

サクナは震える手でポケットから小瓶（こびん）を取り出す。

毒々しい色をした正真正銘の猛毒である。

飲むか。飲んでしまうのか。

そのとき、ふとフレーテ・マスカレールが大急ぎで走っていくのが視界の端に映った。どうやら古城の方面に向かったようである。躊躇している場合ではなかった。

「止めなくちゃ……テラコマリさんが危ない……」

——危ない？　何を考えてるんだろ、私。

サクナは自分がありえない思考をしていることに気づいて頭を振った。

馬鹿げている。フレーテとテラコマリが潰し合ってくれるのならば願ってもないことだろうに。サクナは漁夫の利を狙うがごとく、傷ついた彼女らにトドメを刺せばいいのだ。

それなのに。

なぜか彼女の安否ばかりを慮（おもんぱか）ってしまう。

自分の気持ちがわからなかった。精神系の異能に長ずるサクナは昔から他人の感情に敏（さと）かったが、自分の感情についてはからっきしだ。

テラコマリを助けるのか。殺すのか。

それはわからない。しかしサクナの足は古城のほうへと向かっていた。

そのときだった。

懐の通信用鉱石が反応を示す。

「……はい。サクナです」

『ちょうどいい。先に行ってテラコマリ・ガンデスブラッドを殺せ』

サクナは息を呑んだ。想像通りの命令だった。

『派手にやって構わんぞ。幸いにも遠視魔法は阻害されているようだ。先ほどの爆発で古戦場一帯に妙な魔力が充満しているらしい。——さあ、あの小娘に我ら逆さ月の恐怖を植え付けてやれ！　殺害に成功したらお前の家族はひとまず殺さないでおいてやろう』

ブツリと通信が切れた。

サクナは思わず歯を食いしばる。

——やっぱり、サクナ・メモワールは逆さ月の道具にすぎないのだ。

☆

気がついたら瓦礫の中に突っ立っていた。

「……あれ?」

記憶が抜け落ちている。私は今まで何をやっていたのだろう。

確か……七紅天闘争に参加させられて、いきなりデルピュネーに襲われて、ヴィルと一緒に逃げて、そして……駄目だ、思い出せない。

何気なく自分の身体を見下ろしてみる。まるで血のシャワーを浴びたかのように真っ赤だった。いやこれ本物の血じゃん。なんでこんなことになってるんだよ。まさか私殺されちゃったの? いやそんなはずはない、痛みもなかったし――

そのとき、視界の端に見覚えのあるメイド服が映った。

瓦礫の上に女の子が寝ている。そうして私は一気に現実に引き戻された。

「ヴィル!」

慌てて彼女――ヴィルヘイズのもとへ駆け寄る。

そうだ。思い出した。こいつは自分の身を犠牲にして私を守ってくれたのだ。記憶が確かならば、デルピュネーの放った血のナイフで脇腹を抉られていたはずである。

私は身の毛がよだつのを自覚しながら彼女の容体を確認した。傷は深い。しかし血は止まっている。呼吸は――かすかにある。どうやら無事だったらしい。思わず安堵の溜息を吐いてしまった。いくら魔核で治るとはいえ、親しい人が死ぬのはつらいし、悲しいから。

私はポケットから【転移】の魔法石を取り出した。やばくなったら離脱するときのために持ってきたのだが、こうなってしまったら自分のために使うべきではない。

魔力を込めて発動すると、ヴィルの身体がその場からかき消えた。帝都の病院に転送されたはずである。戦場のど真ん中にいるよりは安全だろう――

そうして、ふと私は自分の置かれた状況に疑問を抱く。

いや、ここは戦場なのか？

私は不審に思いながらも辺りを見渡した。

びっくりするほど何もなかった。確かに遠くには古戦場の風景が広がっているが、私を中心とした半径百メートルは見事なまでの更地と化している。

「なにこれ……夢？」

そのとき、ぱき、とガラスが割れるような音がした。

何かの破片を踏んだようである。私は慌ててその場から身を引いた。足元に散らばっていたのは真っ赤なガラス片。そしてすぐ近くに紅色の半球が転がっていた。おそらくあれが何かの衝撃で真っ二つになり、片方が粉々に砕け散って床にぶちまけられたのだろう。

……ん？　待てよ……これってもしかして、

「紅玉……なのか？」

衝撃の事実に気づきかけた、その瞬間だった。

背後から足音が聞こえた。

心臓を握られたような気分。まずい。この状況で敵に出くわしたら確実に死ぬ。どうか味方であってくれ――私はヘルデウスの如く神に祈りを捧げながら振り返った。

「ガンデスブラッドさん、ごきげんよう」

木耳ヘアの女がこっちを睨んでいた。

最悪だった。終わった。死んだ。

突如として現れた英邁なる七紅天にして自称〝黒き閃光〟フレーテ・マスカレールは、仇を見つけた復讐者のように獰猛な笑みを浮かべて言った。

「まったくもって素晴らしい威力ですわね。いったい何をしたんですの？　魔法じゃないですわよね？　まさか爆弾とか？　七紅天の風上にも置けないほど小汚い戦法ですわね」

何を言っているんだこいつは。

「……フレーテ。他のやつはどうしたんだ？　一人か？」

「一人……？　ええそうですわ。一人ですわ。あなたが誰も彼も虐殺してしまったのです――ヘブン様も。メタル様も。メモワールさんも……デルピュネーも！」

「わ、わけがわからない！　話が嚙み合ってないぞ！」

「それはあなたがボケているからでしょう⁉　魔法以外の攻撃手段を使うなとは言いません、しかし限度というものがありますわ！　あなたのせいで七紅天闘争は――」

そこでフレーテの目線が私の足元に及んだ。床に散らばっている紅色の破片に気づいたらしい。彼女の顔色がみるみる赤くなっていった。

「それは……紛れもない紅玉の残骸ではないですか！　まさかあなた、壊したんですの!?　七紅天闘争を力ずくで終わらせるために！」

「いや、確かに壊れちゃえばいいなって思ったけど私のせいじゃないぞ!?」

「ふざけているッ！」

　魔力が弾けて黒い閃光がほとばしる。フレーテの周りに黒々とした靄のようなものが漂い始めた。誰がどう見ても激怒していた。

「あなたは何故そんなにもふざけているのですかッ！　私がせっかく用意して差し上げた七紅天闘争の舞台を……『自分が助かりたいから』なんていう、そんなくだらない理由のために台無しにするなんて！　あなたには帝国最強の七人としての自覚がないのですかッ!!」

「だから違うって！　私が気づいたときには壊れていたんだ！」

「問答無用ですわッ!!」

　ごうっ！　と大気が震えた。抜かれた剣の切っ先に巨大な〝闇〟が出現する。それはまさに全てを呑み込むブラックホール。すさまじい重力に耐えきれなかった砂粒がフレーテのほうへと引き寄せられていく。私は必死になって踏ん張ろうとするが無理だった。立っていられなかった。まずい。ずるずると闇に向かって引っ張られていく。

「あなたは帝国の癌です。これ以上好き放題やらせるわけにはいきません。だからこの場で処分します。不埒な詐欺師にはもったいないほどの暗黒魔法をお見舞いして差し上げますわ」

「なんでそうなるんだよ！　殺されるのなんてまっぴらだよ！」

「ならば武人らしく抵抗してみせなさい！　特級暗黒魔法・【ダークネスハルマゲ――】」

「っ……！」

私は目を瞑ってその場で亀になった。

希望は完全に潰えてしまった。私に残された運命は死のみである。あまりにも絶望的すぎて辞世の句（第二弾）を考える余裕もなかった。歯を食いしばって床に縮こまり、久しぶりに筋トレした翌日みたいにぷるぷる震えることしかできない。

ああ、短い人生だったなあ――と、そんなふうに諦めかけていた私だったが、

「……？」

いつまで経ってもフレーテの魔法は飛んでこなかった。

まさかドッキリ？　いやそんなわけは――

不審に思って顔を上げる。

そうして私は予想だにしなかった光景を目の当たりにした。

フレーテのお腹から拳が生えている。拳の生え際からどばどばと真っ赤な血液がこぼれ落ちて足元の瓦礫を濡らしている。闇の魔力の気配は霧散していた。

フレーテは何が起こったのかわからないといった様子で自分のお腹から生えている腕――

真っ赤に染まった不気味な腕――を見下ろした。

「な、ん、ですの……?」

ぶしゅ、と腕が引っ込んだ。いや正確には引き抜かれた。

フレーテの身体から力が抜ける。まるで糸が切れた人形のようにその場に崩れ落ちる。それでもまだ息はあった。最後の力を振り絞るような具合で視線を上に向け、己を殺した者の顔を拝もうとする――その瞬間、フレーテの顔面に巨大な岩が降ってきた。

「うぐぇッ、」

初級岩石魔法【落岩】。

骨が砕かれるような音がした。彼女はしばらく岩をどけようと藻掻いていたが、徐々に動きが鈍くなっていき、やがて事切れぴくりとも動かなくなってしまう。

「…………な、」

衝撃のあまり言葉も出なかった。

あの英邁なる七紅天がいとも簡単に殺されてしまったのだ。しかも私などでは到底思いつきもしないであろう残忍な方法で。だが、驚きはそれだけではなかった。

フレーテの死体のすぐそばに立っていたのは、私のよく知る人物。

白い髪。白い肌。幸の薄そうな顔立ち――夢でも幻でもなかった。

「テラコマリさん! 無事だったんですね……」

サクナ・メモワール。

彼女は右腕をフレーテの血で真っ赤に染めながら、しかしそんな物騒な身形には全然似つかわしくない無邪気な微笑みを浮かべて私のほうへと駆け寄ってくる。

そして私は気づいた。

彼女の右目が血に濡れたように真っ赤に染まっている。

まるで烈核解放とやらを発動させたときのヴィルみたいだった。

「よかったです……やっと、会えました」

心底「よかった」と思っているような表情だった。

しかし私はどこか空恐ろしいものを感じて半歩後ずさってしまった。

「う、うん。サクナこそ無事でよかったよ。……それよりさ、その、サクナって……そんなに強かったの……?」

彼女はちらりと血まみれの腕を見下ろしてから、

「強くないですよ。全然。フレーテさんは油断していました。だからこんな私でも倒すことができたんです。偶然だったんです」

「でも、サクナって魔法使いじゃなかったの？　素手で人間のお腹を突き破るって……そんなこともできたの？」

「誰でもできますよ。普通の吸血鬼なら」

「そ、そっか」

「はい。これで七紅天はほとんど全員死んでしまいました」

異常な空気だった。彼女の口調にはそこはかとない違和感がにじんでいた。

サクナはゆっくりと歩を進める。

私の横を通り過ぎて大きく深呼吸をする。

そうして私に背を向けたまま「覚えていますか」と呟いた。

「一緒に星を見た夜、私がテラコマリさんに質問したことを」

「ああ……確か、テロリストと人質がどうのこうのっていう……」

「そうです。あのときテラコマリさんは言いましたよね――『脅してくるテロリストのほうを倒しちゃえばいいんだ』って。……すごいなあって思いました。そしてこの城の有様（ありさま）を見て、もっとすごいなって思いました。あの言葉は虚勢とか見栄っ張りとかじゃなくて、本当に本当のことだったんだなってわかったから……」

「悪いサクナ。何を言っているのか全然わかんない……」

「でも私はそんなふうにはなれない。私程度の力では逆さ月には敵いっこない。どんなに努力をしても、血反吐（ちへど）を吐いても、組織に従順であっても、もうやめてくださいって懇願したとしても、やつらは手を替え品を替え私の大切な人たちを殺すんだ。私にはどうすることもできなかった。力がないから。勇気がないから。殺されるのは嫌だから。だから私に与えられた選択肢は一つしかない――」

サクナは何かに取りつかれたように言葉を連ねていった。

私はその雰囲気に圧倒されてしまった。雰囲気どころではない――彼女の身体からは高濃度の魔力が漏れている。何が起きているのか微塵も理解できなかった。

「おい、サクナ……」

「そう、私にとっては過去も未来も一つしかないんだ――逆さ月の歯車として汗水たらして働いて、欠陥品の烙印を押されて処分されないように、辛うじて生きられるように、精いっぱい努力をすること。それだけ」

「サクナ！　さっきからどうしたんだよっ！」

「テラコマリさん、ごめんなさい。テロリストの正体は私だったんです」

くるりと彼女が振り返った。

吹きすさぶ夏風に白い髪がなびいてる。

真っ赤だったはずの右目はもとの蒼色に戻っていた。

「サクナ……泣いてるのか……？　どこか痛いところでも……」

「身体はどこも痛くないです」

あはは、とサクナは涙をこぼしながら笑った。

「……テラコマリさんは優しいですね。こんな状況で私の心配をしてくれるなんて……聞いてました？　私、逆さ月のテロリストなんですよ」

「冗談はいいよ！　泣きたいくらい帰りたいなら一緒に帰ろうよ！　私も帰りたい！」

「帰りたくても帰れないんです。テラコマリさんには事情を知ってほしい。何も知らないまま殺し合いをするのはお互いにとって不幸ですから――」

彼女がゆっくりと血のついた右腕を持ち上げる。

白くて細い人差し指が、そっと私の額をつっついた。

「精神魔法・【マインドリフレイン】」

私の意識は一瞬にしてその場から消失した。

夜空に放り出されてしまったのかと思った。

ふわふわとした浮遊感。私の上下左右には無数の星々が眩しいくらいに瞬いている。手を伸ばせば触れられるんじゃないかと思ったが、ふと星の光の向こうに映像が流れていることに気づいて動きを止める。幼い頃のサクナだった。家族四人で幸せそうにテーブルを囲んでいる光景である――そして私は悟った。これはサクナの記憶そのものに違いない。

【マインドリフレイン】。小説とかでも回想シーンに入る手段としてよく使われる魔法だ。対象に自分の記憶の一端を見せつけることができるというシロモノだが――これではまるでサクナの心の中に引きずりこまれたみたいじゃないか。

改めて彼女の魔法の才能に感嘆していると、ふと誰かが近づく気配を感じた。

「ここは私の記憶が散りばめられた夜空です。ようこそ、テラコマリさん」

サクナだった。普通のサクナではない。

全裸のサクナだった。

「……なんで服着てないの？」

「精神世界に異物は持ち込めませんから」

「ふーん……って私の服も消えてる⁉」

私は慌ててどこかへ身を隠そうとした。しかし隠せる場所などなかった。まあここにいるのはサクナだけだしいいか。そう思い直すことにした。変態メイドがいるわけじゃないし。むしろ恥ずかしがっているほうが恥ずかしい。堂々と振る舞おうではないか。

「この星々は一つ一つが私の記憶です。いわば記憶のプラネタリウム」

「へ、へえ。綺麗(きれい)だね」

「いいえ、綺麗なんかじゃありません。――見てください、あれが始まりの記憶です」

サクナが示す先には一つの記憶があった。サクナとサクナの姉が言葉を交わしている映像である。会話の内容まではわからないが、二人の表情から輝くような笑みがこぼれているのを見るに、あの記憶の中では穏やかで楽しい時間が流れていることが察せられた。

「私のお姉ちゃん、コマリ・メモワール。本当に優しい人でした。どんくさい私のことをいつも気にかけてくれていて、おやつのエクレアをわけてくれたり、色々な本を読み聞かせてくれたり……それだけじゃなくって、学院で仲間外れにされて泣いていた私を慰めてくれたりしました」

記憶の中の〝コマリ〟はサクナと同じく白銀の髪を持っていた。

妹と違うのは何某(なにがし)かの意志を感じさせる勝気な瞳(ひとみ)。そしてその瞳からは妹のことが心配で心配で仕方がないといった感情が見て取れた。仲の良い姉妹だったのだろう――私は周囲に流れる記憶を見つめながらそう思った。

「本当に穏やかな日々でした……私の家族は本当に仲が良くって、手紙にも書きましたけど、休みの日にはみんなで帝都郊外の小山へ行って天体観測をしたりしました。そこでテントを張って星を見ながら一夜を明かすんです。私の父は神聖教の神父だったから、星にまつわる神話には詳しくて、フクロウや虫の鳴き声が聞こえる夏の夜、星座を指で示しながら色々と教えてくれました。だから私は星が好きだったんだと思います」

　彼女の口ぶりは完全に過去の人を語るときのそれだった。私は嫌な予感がして口を挿むことができずにいた。サクナは悲しげな笑みを浮かべて吐息を漏らす。

「ですが……こうした日々は、今にして思えば一炊の夢だったのかもしれません。――テラコマリさん、この世には〝神殺しの邪悪〟が存在するのをご存知ですか」

「何それ……」聞いたこともなかった。

「神とは魔核のことです。現代においては魔核こそが神様みたいな扱いを受けていますから。魔核を殺す者たち――すなわち〝逆さ月〟」

　知っている。それはミリセントが所属していたテロ集団の名前だった。

「彼らは魔核を壊すためなら何でもします。平和な一家を神具で虐殺することさえ躊躇いなく実行するんです」

サクナが一つの星を引き寄せた。

他のものよりも遥かにどす黒く濁っている、それは悲劇を示唆する記憶の塊だった。

「私の家族は何の前触れもなく殺されてしまいました。私が学院から帰ってきたら、みんなダイニングでばらばらになって死んでいたんです」

私はおそるおそる記憶をのぞきこんだ。

思わず息を呑んでしまった。

そこには目を覆いたくなるような光景が広がっていた。部屋が真っ赤に染まっている。記憶の向こうから生臭さまでもが伝わってくるようだった。サクナの家族は身体をずたずたに引き裂かれバラバラに分解された挙句、まるでゴミでも捨てるような感じで部屋のそこここに放置されていた。私は思わず目を背けてしまった。ひどい。あまりにも。

「こ、これは……でも、魔核があれば、回復するんでしょ？」

「しません。私の家族は神具によって殺されました。魔核を無効化する武器のことです」

記憶の中のサクナは遺骸を呆然と眺めている。

私もその光景を呆然と眺めることしかできなかった。

「な、なんでこんなことになったんだよ。誰が、こんなひどいことを……」

「逆さ月です。動機はただ一つ、私に絶望を植え付けて組織の駒とするため。私には利用価値があったみたいなんです」

「利用価値……？」

「はい。烈核解放・【アステリズムの廻転】。殺した相手の記憶を操作する異能です」

開いた口が塞がらなかった。

サクナは淡々と衝撃の事実を紡いでいく。

「逆さ月は何らかの手段を用いて私のこの力を発見し、そして私を組織に引き入れることを画策しました。結果的に私は彼らの策略にはまってしまったのです。死んだ家族の前で立ち尽くす私の前に、あの人は突然現れてこう言いました――

――残念だったな。だがお前が逆さ月の一員として一生懸命頑張るなら「家族を取り戻す方法」を教えてやってもいいぞ。

「幼い私は従うしかありませんでした。そしてこれが逆さ月に入った契約の証です。……魔法的な意味はありませんが、私はずっとこの模様に縛られてきました」

彼女が自らのお腹を両手で示した。

そこには二つの紋章が刻まれている。一つは私にもあるムルナイトの国章――すなわち七紅天大将軍であることを示す契約魔法の印。そしてもう一つは欠けた月の紋章。小説とかの秘密結社がよく使う、仲間意識を強めるための契約魔法に違いない。

「こうして私は強制的にテロリストにされてしまいました。私に与えられた仕事は単純、敵を殺すこと。そして記憶を操作して情報を引き出すこと。それだけでした」

ふわふわと星々が私の周りに集まってくる。どれもこれもが黒く濁っていた。

記憶の中のサクナは一心不乱になって敵と戦っていた。時には暗闇に乗じて暗殺したり。時には敵に真っ向から立ち向かったり。

そこで私は驚愕の映像を目にした。

サクナが私のお父さんのお腹を素手で貫いていた。

彼女が政府高官連続殺害事件の犯人だったのだ――

「仕事は単純でしたが簡単ではありませんでした。もともと私はダメダメな吸血鬼ですから、最初のうちは満足に敵を倒すこともできず、返り討ちにされることが何度もありました」

サクナが殺される映像が私の目に飛び込んできて全身に鳥肌が立った。

こんなものは見ていられない。

「失敗したときに私を待っているのは折檻です。逆さ月は味方であっても失態を演じた者には容赦がありません。何回も何回も殴られて……」

「も、もういいよっ！　そんなこと話さなくていいよっ！」

「いいえ。テラコマリさんには知ってほしいから。だから話すんです」サクナはつらそうに眉根を寄せながら言葉を続けた。「逃げ出そうと思ったことは一度や二度ではありません。実際に逃げ出したこともありました。でも……家族が殺されちゃったから」

一つの黒い記憶が私のほうに寄ってきた。見たくなかったので慌てて目をつむる。

「あのときに味わった悲しみは言葉で言い表せるものではありません。そうして私は理解しました……逆さ月に逆らうことはできないと。…………なのに、心の底から『逆らわない』と誓ったはずなのに、それをあいつらもわかっているはずなのに、あいつらは、まだ私に枷を架してくるんです。私が今回の任務に失敗したら、私の家族を、大切な家族を……殺すって。言ったんです。何度も何度も……私がくじけそうになるたびに家族を殺すって。何度も何度も」

言ってることが支離滅裂だ。サクナの家族は死んでしまったはずだろうに。

おそるおそる目を開ける。サクナは頭を抱えて震えていた。彼女のたどってきた人生は私の想像をはるかに超えており、ここで下手に慰めの言葉を投げるのは間抜けな気がしたし、かといって逆さ月に対して義憤を爆発させられるほどの根性は私にはなかった。

だから、私は本当にどうでもいい質問を口にしていた。

「『今回の任務』って、何なの……？」

「魔核の調査」

サクナは意外にもきっぱりと答えた。

「魔核は政府の要人しか正体を知らない。ゆえに私が殺して〝知る〟必要があった。記憶操作の異能を使えるのは世界でサクナ・メモワールただ一人ですから」

「そ、そんな……」

「嘘をついてごめんなさい。私がテロリストだったんです」

「でも、サクナもテロリストに殺されたんじゃ」

「それはカモフラージュです。万が一にでも疑われないようにするために、自分で自分のお腹を貫くように言われて――あんまり意味はありませんでしたけど」

サクナは自嘲するように笑った。

「とにかく、だから七紅天も殺さなければいけないんです。優先順位はペトローズ・カラマリア、フレーテ・マスカレール、テラコマリ・ガンデスブラッドの順です。このうちフレーテさんはさっき殺してわかりました。あの人は何も知らない」

「そんなこと、する必要は……」

「テラコマリさん。私はあなたを殺します」

彼女の目は本気だった。私は狼狽して叫んだ。

「魔核のありかなんて知らないっ！　私を殺しても意味なんてないっ！」

「私もテラコマリさんと戦うのは嫌なんです。テラコマリさんは……強くて、可愛くて、優しくて、こんな私とは正反対の道を歩んでいる立派な吸血鬼です。だから私はテラコマリさんのことが好きなんです。だから、だから……テラコマリさんだけには隠しごとをしたくなかったから。こうして、勇気を振り絞って、正々堂々と戦おうと思ったんです」

サクナは未だに私のことを勘違いしているらしい。私の真の実力が露見しないためには歓迎すべき勘違いなのかもしれないが、この場においては米粒ほどの意味もなかった。

「さあ、殺し合いましょう」

サクナさっと腕を振った。

次の瞬間である。

彼女の身体から膨大な魔力が噴出した。星明かりが死に絶えたように消え、全身を包み込んでいた浮遊感も嘘のように消え失せる。【マインドリフレイン】が解除されたのだ。

気づけば私はサクナと向かい合って立っていた。

足元には紅玉の破片。潰れたフレーテの死体。生温い夏の風。

サクナの記憶の中から戻ってきたのだ。

目から依然涙をこぼしつつサクナは笑う。

「本当は嫌なんです。私なんて、テラコマリさんの足元にも及ばないと思います。……それでも戦わなくちゃいけないんです。また家族が殺されてしまうから……」

「ま、待ってよ。家族が殺されるって、意味がわからないよ。サクナの家族はもういないんでしょ……?」

「いますよ。ここに」

サクナが私のほうを指さした。

「テラコマリさんは、私のお姉ちゃんになるんです」

「お姉ちゃん……？」

「そうやって家族を作ってきました。きれいな星座の形をしている人間を見つけてその人の記憶を組み替えます。記憶を消去して――お父さん、お母さん、お姉ちゃんのいずれかの記憶を植え付けるんです。これが逆さ月の人が教えてくれた『家族を取り戻す方法』です。私は今まで何度も何度も家族を作り直して、そのたびに殺されてきました」

ぞっとした。

そんなことをしてきたのか、こいつは――

恐怖のあまり身体が動かなかった。それでも私は必死で時間稼ぎをする。稼いだところで寿命をわずかに延ばすだけだとわかっているのに。

「……でも、見た目とか全然違うでしょ？　サクナのお姉ちゃんは白かったし」

「重要なのは精神の形なので問題ありません。たとえば私のお父さん――ヘルデウス・ヘブンも最初のお父さんとは似ても似つかぬ格好ですが、きれいな〝おおわし座〟の星座を持っているので、あの人は紛れもなく私のお父さんなんです」

「な、なるほど！　だからサクナはヘルデウスの孤児院にいたんだね」

「それは関係ありません。宿無し文無しのところをお父さんに拾われただけですから。お父さんは逆さ月とは一切関係のない吸血鬼です。たまたまきれいな精神の形をしていたのでお父さんになってもらいました。だから純粋に私のお父さんなんです」

「そ、そうか……」

「ああ！　間違えました。純粋とは言えません。お父さんはもとが強すぎるから純粋なお父さんじゃないんです。なぜか私の烈核解放に抵抗してくるみたいで、私と二人きりのときだけしかお父さんになってくれないんです。テラコマリさん、どうしたらいいんでしょうか……？」

「………、」

「そうですよね。わかりませんよね。でも二度とこんな失敗はしません。テラコマリさんの記憶は完膚なきまでに私が改変します。あなたを殺して魔核の情報を引き出しさえすれば後は何をしても文句は言われないでしょう。逆さ月だって許してくれます。だから――生まれた場所も、家も、親しい友人も、親も、兄弟も、これまでの経歴も、本物のコマリお姉ちゃんには相応しくないその他の色々なことも、すべて私の烈核解放で消してあげましょう。本当のお姉ちゃんにしてあげましょう。私のことしか考えられなくしてあげましょう」

「……………、」

歪んでいる、と思った。

しかしその歪みは生まれつきのものではない。『家族を作るために殺す』なんていう馬鹿げた発想は彼女から生まれたものではなく、すべて逆さ月が考案して実行させたことなのだ。

普通の人質なら殺してしまえばそれで終わり。だけどサクナの場合は人質に使えそうな人間を勝手に増やしてくれる。やつらにとってこれほど都合のいい話はないだろう。

だからこそ許せなかった。

サクナにこんなことをさせているやつらのことが。

「じっとしていてください。なるべく痛まないようにします」

白い指が私のほうに伸ばされる。

魔力の気配。一瞬で私の命を消し飛ばすつもりなのだろう。

私の実力では彼女に抵抗できない。

だが――

ぎゅっ、

「え――」

私は彼女の人差し指を握っていた。

そうしなければならないと思った。

「……なってやるよ」

サクナが戸惑いの表情を浮かべる。

私は声の震えを自覚しながら続けた。

「お前のお姉ちゃんになってやる」

「本当――ですか？」

「ただし！　殺されるのはごめんだからな！　記憶を改変とかそんなくだらないことをしなくても、私はお前のお姉ちゃんとして振る舞ってやる！　それで我慢しろ！」

サクナの表情に失望の色がありありと浮かんだ。

「……我慢できません。私にとっての家族は殺して作った家族だけだから。テラコマリさんのままでは、コマリお姉ちゃんにはなれません」

「当たり前だろうが！　私はお前の本物のお姉ちゃんにはなれない。一度本当に死んでしまった人間は、どんな魔法を使っても生き返ることはないんだ。ヘルデウスだって……その他のお前が殺した人間だって、本物のサクナの家族じゃない！」

「な……、」サクナは裏切られたような顔をして言った。「そ、そんなことはありません！【アステリズムの廻転】を使えば人格を完全に再現することだって……！」

「できないって言ってるだろ」

「できる！」

「できない！　私は最強の七紅天だ！　お前には殺せないっ！」

「そ、それは……やってみなくちゃわかりませんっ！」

「わかってくれ頼むから！――だいたいな、お前は勘違いをしているぞ！　いいか、お前のお姉ちゃんは世界にただ一人しかいないんだ。それを……亡くなったからって、別の人を代わりにするなんてこと、本当のお姉ちゃんに失礼だろうが！」

「っ……」

我ながら説教くさいことを言っていると思う。

だが言わなければならなかった。サクナの行動は間違っている——心の底からそう確信してしまったから。だから私は後先考えずに言葉を連ねていた。

「烈核解放なんて使わなくてもいい。私がお前のお姉ちゃんになるよ。よく考えたら年上の妹っておかしい気もするが……些細な問題だ。今度一緒に動物園でも行く？　チケットが余ってるんだ」

「………」

サクナはその場で固まってしまった。彼女の指をそっと放してやると、両腕をだらりと下げて俯いてしまう。何か思うところがあったのだろう——しばらく彼女は黙していたが、やがてしくしくと嗚咽を漏らし始めるのだった。

「わかっています……自分が変だってことは……」

「うむ。相当に変だよお前は」

「でも……わかっていても、つらかったから。こんなふうになっちゃったんです……」

サクナがつらい思いをしている原因は決まりきっている。

逆さ月だ。やつらのせいでこの子の人生はおかしな方向へ進んでしまったのだ。絶対に許しておけるわけがなかった。——でも、私にいったい何ができるのだろうか。

ひとまず、泣き出してしまったサクナの背中をさすってやる。泣いている子をあやした経験はあんまりないのでぎこちない手つきになってしまったかもしれないが、それでもサクナは安心したように身を震わせ、やがてかすかな笑みを浮かべるのだった。

「……ありがとうございます。本当のお姉ちゃんも、こうやって私を慰めてくれました」

「そっか。優しいお姉ちゃんだったんだな」

「テラコマリさんも優しいです」

「私は優しくない。弱いだけだよ」

サクナが不思議そうな顔をした。そろそろ彼女にも私の事情を明かしたほうがいいのかもしれない。私が実は最弱の吸血鬼であるということを。サクナは納得できない様子だったが、不意に「やっぱり優しいですね」と笑い、私の目をまっすぐ見据え、

「テラコマリさん。お姉ちゃんって呼んでいいですか」

「え？　ああ、存分に甘えたまえ」

「えへへ——お姉ちゃん」

いきなりぎゅっと抱き着かれた。柔らかい温(ぬく)もりが伝わってくる。

妹。妹かあ。突然妹が増えるなんてこと、あるんだなあ……。

……いや、妹って、姉に対してこんなにも好意的に接してくる生物なのか？　うちの実妹

が抱き着いてくるシチュエーションなんぞ想像もできないし、仮に「コマ姉〜！」とか言ってくっついてきたらそれは天変地異の前触れか懐の財布を狙っているかのどちらかだろうが——

「——お姉ちゃん。私、どうしたらいいのかな」

「どう、とは……？」

「今まで、たくさんの人の記憶を変えてきたから……」

「……それは、」私は少し考えてから言った。「……私に聞かれても答えられない。でも、謝るしかないと思う。それ以外にできることってないから……」

「そうですね……謝るしかありませんよね……」

サクナは愁いを帯びた声で呟いた。

彼女は「家族を作る」という名目で他者の人生を捻じ曲げてきた。それは簡単に許されるようなことではない。だからこそ心の底から反省して謝罪をする必要があるのだろう。

だが私はあまり心配していなかった。今のサクナならなんとかなるはずだ。

彼女はもともと邪悪な人間じゃない。真っすぐな心を持っている。

なんとかならなかったとしても、私がなんとかしてやろう。……一応、姉ってことになってるから。

そのときだった。

「――何をやっている？　サクナ・メモワール」


空間を揺るがすような胴間声。

サクナが小動物のように身を震わせて私から離れた。

へし折れた柱のそばに大男が立っている。紫色の軍服。準一位を表す〝望月の紋〟。腰に佩いた大仰な大剣――七紅天大将軍オディロン・メタル。

そうだ、他の七紅天が襲ってくることも十分に考えられたのだ――そんなふうに危惧する私には構いもしなかった。彼はドスドスと足音が鳴るほどの勢いでこちらに歩み寄る。

「連絡はしたはずだろう？　ガンデスブラッドを殺せと」

ん？　私をころす？　え？

「わ……わかっています、」

「わかってる？　わかっているだと……？」オディロンは猛獣のような目でサクナを睨み下ろした。「ではなぜガンデスブラッドは無傷なのだ？　何故お前はその小娘と一緒にへらへらしていたのだ？　何故役割を果たすことなく棒のように突っ立っているのだ？　その様子だとコルネリウスの秘薬も飲んでいないようだが？」

「違います。これは、その、……」

「やかましいッ！　恥を知れこの役立たずがッ！」

オディロンの容赦のない蹴りがサクナの腹部に炸裂した。小さな身体は木の葉のように吹っ飛んでごろごろと転がっていった。げふっ、と唾液混じりの血液が床を濡らす。

わけがわからなかった。

何故ここでオディロンが登場するのか。何故サクナに遠慮のない暴力を加えるのか。これが七紅天闘争だから？　違う、そんな単純な理由ではない。

「お前は何をやっているのだ！　さっさとやつを殺せばよいものを――まさか絆されたのか⁉　あの小娘に！」

「ごめんなさい、ごめんなさい、ごめんなさい……」

「鬱陶しいッ！　謝るんじゃないッ！」

オディロンはサクナの髪を引っ張り上げた。至近距離で雷のような罵声を浴びせかける。

「烈核解放だけの能無しが肝心の烈核解放を使わなくてどうするッ！　そんなことではお前がこの世に存在している意味がないではないか！」

「ごめんなさい……でも、フレーテさんは、殺しました。あの人は、魔核の場所、知らないみたいで、」

「ならば何の意味もないッ！」

岩をも砕くような鉄拳がサクナの横っ面に突き刺さった。

それだけでは終わらなかった。オディロンは考えうる限りの悪罵を口にしながら倒れ伏すサクナを執拗に痛めつけた。その光景を見てようやく理解した――七紅天オディロン・メタルは逆さ月のスパイだったのだ。そしてサクナを地獄のどん底に突き落とした元凶に違いない。

腹の底から怒りがわいてきた。

あんなやつのせいで、サクナは人生をめちゃくちゃにされたのだ。

「聞いているのかサクナ・メモワール！　さっさと立て！　立ってあの小娘を殺せ！」

「やめろ！」

反射的に口が動いていた。理性は叫んでいる――そんなことをしても殺されるだけだと。でも言わずにはいられなかった。サクナがボロボロになっていくのを黙って見ていられるわけがなかった。だから私は精いっぱいの勇気を振り絞って髭面の巨漢を睨みつけてやる。

オディロンが振り返る。眼力に負けて身が竦みそうになるのをぐっと堪えて私は叫ぶ。

「サクナから離れろっ……！　もうそいつは逆さ月の一員じゃないだ……！」

「ふっ」オディロンが鼻で笑った。「――ふはははは！　面白いことを言うではないかガンデスブラッド殿。このサクナ・メモーワルが逆さ月を抜けた？　そんなわけなかろうが！　この小娘は死ぬまで我々から逃れられんのだ！　見ろ、こいつの腹に刻まれた紋章を！」

やつはおもむろに大剣を抜くと、目にもとまらぬ速さで斬撃を繰り出した。サクナの軍服が裂け、その下の下着も裂け、白い肌に刻まれた逆さ月の紋章があらわになってしまう。

オディロンはサクナの腕を片手で引っ張り上げて、私に見せつけるようにして笑う。

「これこそが組織に服従を誓った証だ！」

「さっき見たよそんなもん！　女の子の服を剝ぐなんて最低だぞお前！」

「やかましいぞテラコマリ・ガンデスブラッド‼」オディロンはサクナの身体を床に放り捨てて絶叫した。「大した実力もないくせに口だけは達者だな！　先ほどの爆発にしても魔法石だの爆弾だの、金にものを言わせた小癪な手を使ったのだろう！　まったく貴族というイキモノはロクなものではない！　お前のようなやつは好かん。この手ですぐにでも殺してやりたくなる——だが駄目だ。貴様はサクナ・メモワールによって殺されなければならん。——おいサクナ・メモワール！　伏している場合ではないぞ、死力を尽くしてあの小娘を殺せ！」

「やめろって言ってるだろうがぁ————————っ‼」

オディロンが再びサクナの髪の毛を引っ張ったところで限界が訪れた。後のことなど考えている余裕はなかった。私は策もなしにオディロンに向かって突貫していた。

許さない。あいつみたいな他人のことを道具としか思っていない愚か者がいるから世界はどんどん不幸になっていくのだ。見過ごせるわけがなかった。

私はそのまま拳をふりかぶってやつの顔面を——顔面には手が届かないからお腹のあたりをぶん殴ってやろうとした。

しかし呆気なく腕をつかまれて止められてしまった。

オディロンはニヤリと笑って私を見下ろした。

「悲しいな。力なき者の無駄な抵抗ほど見るに堪えないものはない」

「や、めろ、はなせ……はなしてよ……！」

腕を握る力が徐々に強くなっていく。痛い、痛い痛い痛い痛い痛い——必死で逃れようともがくが無駄だった。次の瞬間、ばきりと骨が粉々になる音が脳に響き渡った。

腕が折れた。壊されてしまった。

遅れて、魂を揺さぶるような激痛が襲いかかってきた。あまりの衝撃に視界が真っ赤になっていた。悲鳴をあげることすらできない。滂沱のごとく涙があふれてくる。

「ぐ、う、あああっ、」

「脆すぎるぞテラコマリ・ガンデスブラッド!!」

ぱっと腕を放された。私はなすすべもなくその場に倒れ込んでしまう。

痛い。痛すぎる。

だめだ、何も考えることができない……！

「これほど脆いのならサクナ・メモワールの異能を使うまでもないな！　よし、拷問してやろうではないか！　貴様の口から直接魔核のありかを聞き出してやるッ！」

「うぐッ、」

胸倉をつかまれ強制的に立たされる。目の前にはオディロンの鬼のような形相があった。

「魔核のありかを吐け！　そうすれば苦しむことはない、一瞬で殺してやるぞ！」

「知ら、ない……そんなの、知らない……」

「まだ痛みが足りないみたいだなッ!!」

視界に星が散った。オディロンの左の拳がしたたかに私の頬を打っていた。頭の中が攪拌されるような鈍痛。口内が切れて血の味がした。

「ほら吐け！　魔核はどこにあるんだ？　どんな形をしているんだ!?」

全身を襲う痛みは今まで味わったことがないほどに凄まじいものである――しかしこいつに屈することだけはプライドが許さなかった。こんな吸血鬼の風上にも置けないようなやつに……サクナのことを散々にいじめ抜いた悪魔みたいなやつに……絶対に負けてたまるものかと、そう思った。

だから私は、震えて仕方がない唇を無理に動かして、

「――知るかそんなもん！　知ってたとしても、お前みたいなアホで間抜けな吸血鬼には死んでも教えてやるもんか！　このバカ！」

次の瞬間、いきなり全身を床に叩きつけられた。

破壊された腕を自分の体重で押し潰してしまい肺から息が漏れた。あまりの痛みに気が遠のきそうになる。でもだめだ。意識を強くもて。オディロンがすぐそこにいる。

「……小娘ごときが俺に何と言った？　馬鹿だの阿呆だのと抜かしたのか、えェ!?」

死力を尽くしてオディロンの顔を睨みつける。

そうして私は、思いつく限りの罵詈雑言を思いつくままにぶちまけてやった。

「間抜けとも言ったよ！　お前は自分の力じゃ何もできないダメダメ吸血鬼だ！　だってずっとサクナに頼りっぱなしじゃないか！　サクナがいなきゃ何にもできないんだ！　そのくせサクナのことをボコボコにいじめやがって！　卑劣なんだよ！　お前みたいな卑劣なやつは……どうせ逆さ月でも出世できずに埋もれていくに決まってんだ！　この間抜け！」

「誰が――間抜けだあああああああああああああああああああああああああッ‼」

ぐふっ、と吐息が漏れた。

腹を踏みつけられていた。それも魔力がこもった一撃。

今度こそだめだった。痛みすら感じない。意識が薄れていく。思考が霧散していく。

霞んでいく視界の端でオディロンが剣を構えるのが辛うじて見えた。

「その様子だと本気で何も知らんようだな。――もういい、貴様のような無礼者は生かしておく価値がない。我が神具《大鵬劍》で苦痛に塗れた死を与えてやろう」

ゆっくりと劍が持ち上げられていく。

私は他人事のような気分でその光景を見上げていた。

★

サクナ・メモワールは思う――テラコマリさんは本当に弱かったんだ、と。

フレーテは正しかった。彼女には大した力もなかったのだ。今までの戦争における活躍は必要以上に脚色されたものにすぎない。先ほど放ったとんでもない魔法も、フレーテやオディロンの言う通り、大量の爆弾あるいは魔法石を仕掛けておいて爆発させただけのこと。

いま、彼女がオディロンに一方的に痛めつけられる光景を見て確信した。サクナが憧れてきた最強の七紅天、テラコマリ・ガンデスブラッドは、本当に実力詐称をしていたのだ――

だが。

失望はなかった。

むしろ心が震えていた。

彼我の実力差を理解していながら彼女は逃げることがなかった。自分が許せないと思った相手に決死の覚悟で立ち向かい、ぼろぼろになっても心を折る気配が少しもない。

反抗する勇気も出ずに逆さ月の言いなりになっていた自分とは大違いだった。

――あんたは心が弱いのよ。

ミリセントの言っていた言葉の意味がようやくわかった気がした。

私もあんなふうに強い心を持っていたら、こんな目に遭うこともなかったのだろうか――

サクナは後悔にも似た気持ちを覚えた。

「その様子だと本気で何も知らんようだな。──もういい、貴様のような無礼者は生かしておく価値がない。我が神具《大鵬剱》で苦痛に塗れた死を与えてやろう」

「っ……、」

オディロンが神具を構えた。

サクナのためにあそこまで頑張ってくれた少女が無残に殺されようとしている。

そうしてサクナの心に再び熱が戻ってくる。

──そうだ、まだ遅くはない。

やれることは残っている。どうせロクな死に方をしない身だ。

自分の運命くらい、自分で決めてやるのがせめてもの反逆というものだろう。

サクナはふらふらと立ち上がる。

ゆっくりと、呼吸を荒くしながら、這いつくばるように、幾度かバランスを崩して倒れそうになって──それでも再び立ち上がる。

「……めろ」

敵は気づかない。サクナは死ぬ思いで叫んだ。

「──やめろっ‼　テラコマリさんから、はなれろっ‼」

《大鵬剱》が止まった。

憤怒を湛えた相貌がサクナを見据えた。

「その剣もしまえ！　テラコマリさんにひどいことするなっ!!」

「――何を言っているんだ、サクナ・メモワール」

オディロンがゆっくりと近づいてくる。

サクナは悲鳴を漏らした。でもここで挫けるわけにはいかなかった。サクナは懐に忍ばせてあった小瓶を取り出すと、指を滑らせながらふたを開ける。

「私は……もう、お前には従わない……！　逆さ月なんて……抜けてやるッ！」

「ふざけたことを抜かすなッ！　お前に逃げ場などないッ！　俺の道具として一生あくせく働いていればいいのだッ！」

「それこそふざけんな！　もう、絶対に、お前の言うことなんかきかない！」

「おい、まさか貴様――」

捨て身の意思がサクナを突き動かしていた。

あの人を救えるなら、自分の命なんて惜しくないと思った。

だから、サクナは少しだけ躊躇ってから、毒の小瓶を一気に呷った。

粘っこい液体が喉を滑り落ちていく。直後、燃え上がるような熱が身体の奥底から湧いてきた。それは純粋なる魔力に他ならない。サクナの身体から発せられる白銀の魔力は、サクナの命を燃やして輝いているのだった。

ごう!!　と、すさまじい魔力のうねりが発生した。

ぴしりと足元の床に罅（ひび）が入る。膨大な魔力に耐えきれず、大地がみしみしと悲鳴をあげ、辛うじて立っていた古城の柱の残骸（ざんがい）がぼきりとへし折れる。

——これなら、勝てるかもしれない。

「なんだその目は。俺に逆らう気か……！」

「そうだ！　これは——今までの私との訣別（けつべつ）だ」

サクナは地を蹴った。

それだけで白銀の体躯（たいく）は風のように加速した。自動的に身体能力が強化されているのだ。

気づけば目の前にオディロンの驚愕（きょうがく）に染まった表情があった。

「なッ……、」

サクナは力任せに杖（つえ）を振り回した。

オディロンが咄嗟（とっさ）に構えた大剣とぶつかり衝撃音が響く。サクナの杖はそれだけでバラバラに砕け散ってしまった。普通の杖が《大鵬劔》の硬度に及ばないのは百も承知、それよりも重視すべきはサクナの腕力が己（おのれ）の武器を破壊するほどに増大しているという点だった。

オディロンが殺気をまとわせて蹴りを放つ。咄嗟に【障壁】を展開してガードする。

敵が舌打ちをして距離を取ったのを好機と見るや、サクナは即座に魔力を練って上級流氷結魔法【ダストテイルの箒星（ほうきぼし）】を射出した。眩（まばゆ）いばかりの魔力光をふりまきながら氷の星々がめちゃくちゃな軌道で敵に襲いかかる。

「小癪な――」

《大鵬劔》が星を一つ叩き落とした。

二つ目は無理だった。紫色の軍服に突き刺さってオディロンの身体がよろめいた。

その隙を狙って次々と箒星が着弾して大爆発を巻き起こす。

辺りを覆いつくす砂塵。

その砂塵の幕を突っ切るようにしてオディロンが襲いかかってきた。

「道具の分際で――図に乗りおってッ！　もはや利用価値はない、処分してやるッ！」

軽々と大剣を掲げたオディロンはそのままサクナに向かって必殺の一撃を振り落とす。

強化された脚力で背後に飛んで回避する。

オディロンは一歩踏み込んで勢いよく横薙ぎを放ってきた。

死に物狂いで【障壁】を展開、

次いで横っ面を殴られるような感覚。

【障壁】で相殺しきれなかった衝撃を全身に受け、サクナは血を吐きながらよろめいた。しかし倒れることはない。絶対に倒れてはいけない。目の前の男を倒すまでは――

「――哀れだなサクナ・メモワール。大人しく俺に従っていれば処分されることもなかっただろうに」

「ッ……」

頭に血が上った。何度も何度もサクナを死地に送り込んだのはどこのどいつだ。飲めば死に至るような薬を無理矢理飲ませようとしたのはどこのどいつだ。

「思えばお前は最初から不良品だった。まったく労力と釣り合わんぞ、ええ？　そこらにいくらでもいる卑しい貧民一家とはいえ、皆殺しにすれば隠蔽(いんぺい)するのにも苦労する。この苦労に見合った対価をお前はもたらさなかった。これが不良品でなくて何だというのか！」

「おまえが……おまえが……、」

「何を泣いている？　今頃になって家族を殺されたことを恨んでいるのか？――ふん、それは的外れの逆恨みだな。お前の家族は俺に抵抗するだけの力を持っていなかった。弱い者から摘み取られていくのが自然の道理ではないか！」

「それ以上しゃべるなああ――――――――っ!!」

もはや我慢ならなかった。

サクナは魔力を爆発させて突貫した。

オディロンが剣を構えて待ち受ける。再び【ダストテイルの彗星(ほうきぼし)】を発射。

一つ。二つ。三つ――オディロンは巧みに剣を操(あやつ)り氷星を打ち落としていく。しかし秘薬によって増強されたサクナの魔力は無尽蔵だった。次々と放たれる魔法に終わりは見えず、ついに星の一つがオディロンの首筋に命中して血飛沫(しぶき)が舞った。

「このッ！」

《大鵬剱》が弧を描く。サクナは全力をふりしぼって【障壁】を発動。

甲高い音。しかし今度は壁が破壊されることはなかった。

オディロンの手から滑り落ちた《大鵬剱》が夏風に乗って吹っ飛ばされていく。

「馬鹿な——」

サクナは懐から短剣を取り出した。

狙うは敵の首。

一撃だ。一撃で仕留めてやる——

しかし。

「——え?」

身体が急に動かなくなった。全身から魔力が抜けていく。

すさまじい倦怠感。次いで頭痛、吐き気——激しい全身の痛み。

「ぐ、」口から血が漏れた。身体の中で大切な何かが壊れるような音がした。

サクナは我慢できずに膝をついてしまう。

それを見てニヤリと笑う者がいた。

「副作用が訪れたようだな、間抜けがぁ——————ッ!」

強烈な裏拳が顔面に突き刺さった。それだけでサクナの身体は呆気なく吹っ飛び、床に血の跡を残しながら転がって最後には瓦礫の山に激突する。

痛みがない。感覚がおかしくなっている。

呼吸も荒く、視界も霞んでいた。

秘薬の効果で身体が死につつあるのだ。

「……私は、まだ、あきらめない……、、、」

「潔く諦めろッ！　お前はここで処分される運命なのだッ！」

再び立ち上がろうとするも、全身の筋肉から力が抜け落ちてどしゃりと床に倒れ込む。

サクナは嗚咽を漏らした。テラコマリさんに勇気をもらって、せっかく変われると思ったのに――今までの道具のような境遇から抜け出せると思ったのに、その途端にこれだ。

サクナは心の中で天に呪詛を吐いた。

もう少し命を引き延ばしてくれてもいいのではないか。

「ふん、使用期限だな」

オディロンが吐き捨てるようにそう言った。

使用期限。やっぱり道具だったんだ、私――

サクナは涙をこぼしながら冷たい床の上で震える。

ふと視線を横に向ける。

そこには憧れのコマリが仰向けになって倒れていた。

「テラコマリ、さん……」

なんてかわいそうなことをしてしまったのだろう。

サクナと関わったばっかりに、この人は味わわなくてもいい苦痛を味わうことになってしまったのだ。息はまだある——しかし激痛のあまり気絶しているのだろう、彼女が起き上がる気配は微塵もなかった。

この人は本当に強い。心が強い。

薬に頼ってようやく奮起することができた自分とは大違いだと思った。テラコマリは——自分の弱さを自覚していながら決して逃げることがなかった。それはある意味で無謀、悪く言ってしまえば馬鹿なのかもしれないが、だからこそ人は彼女についていくのだろう。

だが、すべてがおしまいだ。

オディロンは容赦なくサクナとコマリを殺すだろう。

——いざとなったらテラコマリに血を吸わせなさい。

ふと誰かの声が脳裏をよぎった。

それがいったい何を意味するのかはわからない。

コマリが血を嫌っているという話は風の噂で聞いていたが——

もういい。どうにでもなれ。

藁にも縋るような思いだった。

サクナは最期の力を振り絞って彼女のほうに手を伸ばしていた。

虚ろな瞳で彼女の横顔を見つめる。そうしてサクナは力尽きてしまった。伸ばされた手が彼女の顔に落ちる。血まみれの指が、彼女の口元に触れる。

ごめんなさい、テラコマリさん――そんなふうに無限の罪悪感に苛まれていたとき、
むくりと彼女が起き上がった。

「――――え、？」

サクナは驚愕してコマリの顔を見つめた。表情は虚ろ。おそらく意識はない。いったい彼女に何が起きたのだろう――ぼんやりとした疑問が浮かび上がっていく。

コマリは這いつくばるようにして近づいてきた。

羽のように軽い体重がやさしくサクナを押し潰す。

いつの間にかコマリはサクナに馬乗りになっていた。

「てら、こまり、さん………？」

彼女の顔がゆっくりと近づいてくる。

生気のない瞳。しかしどこか蠱惑的な瞳。サクナの目は血に濡れた彼女の唇に釘づけになってしまった。そうしてサクナは死に臨みながらも狼狽した。

これって。これってもしかして――――、

「たりない。ちが」

彼女の口からわけのわからぬ言葉が発された瞬間、ちくり、と小さな痛みが走った。

それはオディロンから受けた苦痛に比べればなんてことのない痛みだったけれど、サクナの価値観を根底から覆すほどに大きな意味を持つ痛みでもあった。

コマリがサクナの首筋に歯を立てていたのである。

血が溢れる感覚。溢れた血を吸われていく感覚。

「え、だ、だめです……」

吸血鬼の吸血行為は最上級の親愛の証。首筋の傷口を舐められるたびに途方もない官能が全身を貫いていく。サクナは痛みも忘れてされるがままになっていた。好きな人に吸血されるとこんなにも幸せな気分になれるなんて。知らなかった——

全身の高揚は唐突に終わりを告げる。

青空の雲を眺めて耐えているうちに行為は終わってしまった。

コマリがサクナから離れた。彼女の口端からはサクナの血がどろりと垂れている。その光景を見ているうちに何故だかサクナは救われたような気分になった。こんな自分の血を——汚れた殺人鬼の血を吸ってくれる人がこの世にもいる。

それを知れただけでも胸がいっぱいになってしまった。

もう、思い残すことはない――
サクナは万感の思いに包まれながら、ゆっくりと意識を手放そうとして、
「…………ぁ」
思い出す。
まだサクナには手段が残されている。
逆さ月は許せない。あのオディロンに一矢報いてやらなければならない。
コマリがここまで身を粉にして頑張ったんだ。
ここで諦めたら、彼女に失礼だ。
「烈核解放・【アステリズムの廻転】」
右目が紅色の光を発する。
サクナは命を燃やして最後の異能を発動させる。

★

そのとき、城塞都市フォールのスクリーンに古戦場の光景が映し出された。先ほど発生した大爆発の余波で阻害されていた遠視魔法が復旧したのである。せっかくの七紅天闘争なのにこれではいかん！　と焦(あせ)った帝国広報たちが数人がかりで魔法を再発動させた結果であろう。

そうして群衆が目にしたのは驚くべき映像だった。

古城が瓦礫の山と化している。それはいい、おそらくテラコマリ・ガンデスブラッドの放った魔法の影響だ。

注目すべきなのは、もはや廃墟と化した古城の中に、四人の七紅天が集まっていること。

フレーテ・マスカレール。頭を潰されて惨たらしい死に様をさらしている。

サクナ・メモワール。衣服を斬り裂かれ、血まみれになって床の上に倒れている。

オディロン・メタル。大剣を引っ提げ、無傷で突っ立っている――

そしてテラコマリ・ガンデスブラッド。

彼女は瓦礫の上に座り込んだまま俯いていた。身体じゅう痛々しい傷まみれ。明らかに満身創痍だった。世間で大人気の〝最年少の七紅天〟は、ベテランの七紅天によって、命が失われる寸前にまで追いやられてしまったのだ。

広場の人々は失望の溜息を吐いた。コマリに賭けていた連中も頭を抱えて叫んでいる。

「意外だな。オディロンが優勝か」「テラコマリも大したことなかったな」「いや、あんな魔法を使ったんだからすごいだろ」「でも負けてるじゃん」「さっきのあれ、ただの魔法石だって噂だぞ?」『まあ今後に期待だな』『何やってんだよ、あいつのせいで大損じゃねえか!」

この場には吸血鬼以外の種族が大量にいる。ゆえにムルナイト国内よりもテラコマリに対する評価は辛辣なものとなりがちだった。

しかし――誰もが興醒めしたように帰る支度を始めた、そのときだった。

「ん？　おい、見ろよ」

誰かが声をあげた。つられて周囲の人間がスクリーンに注目する。

テラコマリが、ゆっくりと立ち上がった。

表情はない。紅色の瞳が妖しく輝いている。

まるで神話に登場する怪物のごときおぞましい気配。

そうして観衆は息を呑んだ。

彼女の髪が真っ白に変色している。

「まるで蒼玉種のようだ」、と誰かが呟いた。

次の瞬間、郊外の古戦場のほうから爆発的な魔力がほとばしった。誰もが悲鳴をあげて振り返った。青かったはずの空が真っ白に染まっていた。

「て、テラコマリが！」

彼女は紅色の瞳を爛々とさせながらオディロンを無感動に見つめている。

その小さな唇が、かすかに動いた。

『おまえが、あやまるまで、ゆるさない』

画面が真っ白に染まった。

彼女が発する膨大な魔力に遠視魔法が阻害されてスクリーンの映像が不鮮明になる。帝国広報どもが「何やってんだ、もっと魔力を送れ！」と遠視の強化に奔走している。

その異様な光景を見つめていた群衆は——

「「「うおおおおおおおおおおおおおおおおおおお————————っ!?」」」

沸騰した。これ以上ないほどに。

ついにテラコマリ・ガンデスブラッドが本気を出したのだ。しかもあれは小細工なしの純粋な力、まさに七紅天の名に相応しい圧倒的なまでの魔力。

人々は熱にうかされたようにテラコマリの名を叫んだ。

もはや種族など関係なかった。誰もがテラコマリの立ち姿に魅了され、コマリン！　コマリン！　コマリン！——と、ムルナイトでは恒例になっているコマリンコールを叫び始める。

しかし、当の本人は熱狂する群衆の存在など眼中にないはずである。

なぜなら、彼女の目に映っているのは殺すべき醜悪な敵の姿だけ。

オディロン・メタル。ただそれだけ。

★

「――やはりな。【孤紅の恤】には次なるステージがあるようだ」

「な、なんですかあれは……！　コマリが、白い……」

新しく運ばれてきた水晶には戦場の光景が映し出されている。

コマリが烈核解放を発動している光景だ。

しかし――前回とは決定的に異なる点があった。

白い。圧倒的に白かった。コマリの輝くような金髪は、新雪のように凍てつく白銀へと変化している。さらに彼女の身体から発される魔力はミリセントのときに感じた紅色ではなく、息を呑むほど美しい白色をしていた。

見ているだけで寒気を覚えるような姿。

「聞いていません。コマリの烈核解放にあんな力があったなど」

「朕も確信は持てなかったからな。――だが、予想できない話ではあるまい。彼女の母親もそうだったのだから」

「それは関係ないと思いますが」

「烈核解放は親から子へ受け継がれるものではない。しかし〝精神の形質〟が似ているならば自ずと烈核解放の特性も似たものになるだろう」

「精神の形質……」

ユーリン・ガンデスブラッド。

かつて世界の平和を夢見て戦い、散っていった、最強の七紅天。

「では、【孤紅の恤】は」

「ユーリンと似ているな。血を吸った相手の種族によって異能の質が変わるのだろう。――つまりだな、あの子の烈核解放は、真の意味で六国を平らげるための力なのだよ」

アルマンは苦々しい思いに陥った。

この女はコマリのことを口では愛しているなどと言っているが、実際にはロクでもないことを考えているに違いない。まるでユーリンが成し遂げられなかった覇業をコマリにさせようとしているかのような――ユーリンと同じ運命を辿らせようとしているかのような。もし本当にそうだとしたら、この皇帝は救いようがないほどに邪悪だ。

「――まあそれはさておき、ようやく黒幕の正体が摑めたな」

「ッ、そうだ！　メタル将軍が、何故――！」

「あいつは最初から逆さ月だったんだろう。まったく恩知らずなやつだ。同じ七紅天だった時代は何度か飯を奢らせてやったというのに……だがまあ、半ば予想通りの結果だな」

「どういう意味ですか。まさかメタル将軍の正体に気づいていたとでも？」

「予感がしていた、程度のものだ。あいつの行動には昔から怪しい点があったからな。そしてそれを確かめるための場が七紅天闘争なのだ。――いや、そもそもこの催しを提案したのがオディロンである時点でほぼ確信していたのだが」

「わけがわかりません」

「やつらはサクナに七紅天を殺させたがっていた。だから朕はそのための舞台を用意してやった。オディロンが本当に黒幕なら、この絶好のチャンスで動きを見せないはずがない。そして——姿を現したが最後、必ずコマリに仕留められることになる」

「…………」

アルマンはすっかり閉口してしまった。

皇帝は半ば陶酔したように、静かに、呟いた。

「さあ、再び見せておくれコマリ。きみなら世界をひっくり返すことだってできるはずだ」

★

オディロン・メタルは困惑していた。

死に損ないのテラコマリ・ガンデスブラッドが立ち上がったのである。しかも相対している者の身を凍らせるほどの絶望的な魔力をまといながら。まるで別人のようだった。

オディロンは神具《大鵬劔》を構える。

あれは間違いなく烈核解放だ。あの小娘の瞳が紅色に輝いていることから見ても間違いはない。まさかテラコマリ・ガンデスブラッドにこんな力があったとは予想外だが——問題はない。

もともとが貧弱すぎるので、大した烈核解放ではないだろう。

「貴様……とんだ隠し玉を持っていたようだな」

テラコマリは答えない。傍らに倒れるサクナ・メモワールを見下ろしている。

真っ白な髪をなびかせる吸血姫は、折れているはずの腕を、そっとサクナのほうへと伸ばした。彼女の背には魔法陣が浮かんでいる。オディロンにとって未知の魔法だった。

次の瞬間、ぱりぃん！　と何かが破裂する音が聞こえた。

オディロンは驚愕した。サクナの腹部の紋章が――彼女を逆さ月に縛りつける枷が――跡形もなく消し飛んでいたのだ。

「契約破壊だと⁉　馬鹿な」

あの契約魔法自体に大した意味はない。しかしあれは逆さ月の上層部〝朔月〟の人間が施したもので、並大抵の魔法では破れないはずだった。なのに――あの小娘は、無詠唱で、まるで「邪魔だから」みたいな感じのなんてことのない調子で、いとも容易く破壊してみせたのだ。

あり得なかった。しかしもっとあり得ないことが起きた。

サクナ・メモワールの傷がみるみる回復していくのである。

オディロンは目を見張った。殴られた傷が癒えるのはまだわかる、しかし彼女の顔色までもが良くなっていくのは――つまり神具によって作られたコルネリウスの秘薬による副作用までもが消えていくのはいったいどういう原理なのだろう。

「まさか……魔核に依存しない魔力、なのか……?」

わけがわからなかった。そんなものが存在するとは思えなかった。

サクナの治療を終えたテラコマリは、ふわりとした動作でオディロンに向き直った。

聞き取りにくい言葉が発された。

「さくなにあやまれ」

「……は?」

「あやまれ。さくなに」

言葉の意味を理解した瞬間、オディロンは筆舌にしがたい怒りが湧いてくるのを感じた。無表情のテラコマリに向かって剣を向け、猛烈な勢いでまくし立てる。

「何故この俺が道具に謝罪などしなければならんのだッ! 貴様はエンピツを削るときにわざわざ頭を下げるのか⁉ 下げんだろう‼ その小娘は逆さ月に忠誠を誓った忠実な僕‼ 持ち主が好きに使い潰すことの何が悪――――」

テラコマリが一歩進んだ。

それだけで彼我の距離は一瞬にして詰められた。眼前にいかにもひ弱そうな拳が迫る――

しかしオディロンは本能的に危機を察知して《大鵬劔》の刃で受け止める。

受け止めた瞬間、オディロンの身体は衝撃に負けて紙切れのように吹き飛んだ。

「が、ぐおおおおおおおおッ⁉」

背後に連なる柱を二本ほど破壊してから壁にめり込み、なんとか命があることに安堵したのも束の間、視線の先にテラコマリがいないことに気づいてオディロンの背中に冷や汗が流れる。

「ッ、どこへ行った！　テラコマリ・ガンデスブラッド!!」

「ここ」

すぐ隣から声が聞こえてぞっとする。やつはオディロンの丸太のような腕を握っていた。握る——といっても彼女の小さな手ではつかむことすらできず、単に「指を添える」程度のものであったが、
万力で潰されるような激痛が走った。

オディロンは思わず野太い悲鳴をあげる。不意に強烈な冷気がほとばしった。魂を凍らせるほどの寒気が全身に襲いかかる。彼女の細い指が触れた部分から這い上がるようにしてオディロンの腕が凍りついていく。

力任せに振り払おうとしたが無駄だった。凍ってしまって動かない。

ばきり、と腕が折れた。折れるどころか氷ごと破壊され、噴き出した血液すらも瞬時に真っ赤な氷柱へと変貌していた。

「ぐっ、あああああああッ！　この、小娘がああああああッ!!」

オディロンは激昂しながら左手で《大鵬劍》をかざした。やつは動く気配も見せなかった。

勝利を確信したオディロンはそのまま大剣を彼女の脳天めがけて振り落とし——

がん！　と、金属を叩くような衝撃が伝わった。

「な、ん、だと……、」

《大鵬劔》は確かにテラコマリの頭にぶち当たっていた。

しかしそれだけだった。彼女の髪の毛すら切ることができなかった。

硬すぎる。まるで鋼のような――

彼女の指が、《大鵬劔》に添えられた。ぐっと力を込めるような気配。

それだけでオディロンが長年愛用してきた神具は真っ白に凍りつき、やがてクッキーのようにバラバラと砕け散ってしまう。

そうしてようやくオディロンは己の劣勢に気づく。

吐く息が白い。周囲の温度がマイナスに突入している。

――馬鹿な。馬鹿な馬鹿な馬鹿な――逆さ月の次期〝朔月〟最有力候補であるこの俺が、こんなちんけな小娘に圧倒されるなんて……！

魔力の気配がした。オディロンは死に物狂いでその場から離脱する。

次の瞬間、テラコマリの周囲から高速で氷の弾丸が乱射された。

下級氷結魔法【氷柱】。しかしその質量・速度・破壊力は〝下級〟などと称するのもおこがましいほどに絶望的で、古城の床を抉り、オディロンの脇腹（わきばら）も抉り、すべてを破壊し尽くすような勢いで猛然と襲いかかってくる。

地獄のような魔法の雨あられを必死で回避していると、不意にテラコマリの魔力が収束していくのを感じた。彼女の背後には巨大な魔法陣。明らかにトドメを刺そうとしている。

「クソがああああああああああああああああッ！」

オディロンも負けじと火炎魔法で応戦するが、炎は彼女にたどりつく前にロウソクの火を吹き消すような具合で消えてしまった。あまりの寒さに魔法が意味をなしていない。

「――こおりつけ」

テラコマリの魔法陣が完成していた。

すさまじい冷気をまとった光の束がオディロンに向かって発射された。

オディロンは必死で避けようとして――できなかった。

右足が凍って床に縫いつけられている。

もはや避けることは不可能だった。

「く、こ、ここまでか……！」

オディロンは己の敗北を悟った。――否(いな)、これは敗北ではない。死にさえしなければまだチャンスは残っている――そう思い直したオディロンは軍服の内ポケットから魔法石を取り出した。【転移】が封じ込められた一品である。もしものために準備しておいたのだ。

「いつか必ず殺してやるぞテラコマリ・ガンデスブラッド！　今日のところは一時撤退させてもらうがなッ！」

何の躊躇いもなく魔法石を発動。

髭面の吸血鬼の姿が古城から消え失せた。

直後、標的を失ったテラコマリの魔法が古城の壁を突き破り、白銀の空のかなたへと突き進んでいった。

★

世界南方、ゲラ＝アルカ共和国某所、密林地帯。

命からがら離脱したオディロン・メタルは、森の奥にひっそりとたたずむ円形の建物へと入っていった。

逆さ月の秘密アジトの一つ、ゲラ＝アルカ方面支部である。

もぎ取られた腕の傷口を押さえながら薄暗い廊下を歩いていくと、支部長の帰還を察知した部下どもが慌てた様子で集まってきた。

「め、メタル様！　その腕はどうしたのですか！」「はやく治療を！」「いや、ムルナイトに戻れば魔核ですぐに……」

「――馬鹿がッ！　魔核に頼るなど逆さ月失格だぞ貴様！」

オディロンは世迷言（よまいごと）をほざいた部下をぶん殴ると、その辺にあった適当な椅子（いす）に腰かけて怒鳴り声をあげた。

「おい、鉱石を持ってこい！　今すぐにだ！」

「しょ、承知いたしました！」部下どもは恐縮したように駆けていく。やがて彼らは光の速さで戻ってくると、一人一つずつ通信用魔鉱石をオディロンに渡してきた。

「お納めください！」

「一個でいいわ馬鹿者どもがッ！」

左腕で全員をぶん殴る。殴られた部下どもはひいひい言いながら床を這いずり回っていた。誰もが己の上司に恐怖の眼差しを向けて震えている。

オディロンは舌打ちをしたい気分になった。

このアジトにはサクナ・メモワールを除いて五十三人もの部下がいる。そのどれもがオディロンの所有物、つまり道具であるわけだが、使えるモノはほとんどない。何故自分の周りには無能しか集まってこないのか。何故、何故――。

忌々しく思いながらも床に落ちた通信用鉱石を拾い、残っている魔力を全力で注いで通信経路を確立する。しかし相手はなかなか応答しなかった。

「オディロン様、テラコマリ・ガンデスブラッドはいかがしましょう」

部下の一人が恐る恐るといった様子で話しかけてくる。副支部長の男だった。オディロンが所持する道具の中ではまだマシな部類、しかしこの期に及んで「いかがしましょう」などと聞いてくる時点で不良品に相違ない。オディロンは叫んだ。

「いかがしましょう、ではないッ！　必ず殺すに決まっているだろうがッ！」

蹴りを放ってやると、無能な道具はくぐもった悲鳴をあげてその場に崩れ落ちた。

オディロンは貧乏ゆすりをしながら通信用鉱石の反応を待つ。

「くそ……テラコマリ・ガンデスブラッドめ……！」

あの小娘のせいですべてが台無しだった。ムルナイトの魔核の正体を突き止め破壊することができれば、オディロン・メタルは〝朔月〟に昇進できるはずだったのだ。許さない。絶対に許さない。いずれあの小娘には想像を絶するような絶望を味わわせてやらねば――

ふと、寒気のようなものを感じた。

気のせいか――？　そう思った直後、鉱石の向こう側で応答する気配。

オディロンは嚙みつくような勢いで叫ぶ。

「おいアマツ！　計画は失敗だ！　テラコマリ・ガンデスブラッドのせいで……！」

『知ってるさ。あの映像は全世界に生中継されてたんだぜ』

「ならば話は早い！　今すぐにでもあいつを殺すプランを……」

『よくもやってくれたなオディロン・メタル』

通信相手――オディロンの同期にしてオディロンよりもはやく〝朔月〟に至った和魂種・天津覺明は、心の底から失望したような声でそう言った。

『あんな場所で逆さ月の名を出すなどどうかしている。我々のことを世界に喧伝しているようなものじゃないか』

「そ、そんなことはどうでもいいだろう！　はやく次の作戦を練る必要が――」

『ない。その必要はない。お前は失敗したんだ。サクナ・メモワールは逆さ月にとって有益な烈核解放を持っていた。なのにお前はあいつの心をつかむことができなかった――肉体的に縛りつけるばかりで精神を懐柔することができなかった。お前はあいつに優しく接してやるべきだったんだよ』

オディロンは言葉をつまらせる。アマツは容赦なく責め立てる。

『そして何より、【アステリズムの廻転】を使用しておきながらお前はムルナイトの魔核を暴くことができなかった。これが痛すぎるな。――くくく、おひい様はかんかんだぞ？』

「なっ……し、しかし！　次こそは必ず魔核を破壊してやる！　だから何も問題はないッ！」

鉱石の向こうで含み笑いをする気配がした。

『ふん、〝次〟があると思える図太さには脱帽だな。仮にまだチャンスがあるとして、どうするんだ？　同じような手は使えんぞ。お前の正体は全世界に知れ渡ってしまったのだ』

「考える。考えるさ……」

オディロンは歯軋りをしながら黙考する。

魔核の正体を確実に知っているのは皇帝だ。だが皇帝を殺すのは一筋縄ではいかない。ならばサクナ・メモワールのときと同じく人質を取るのはどうだ？　あの雷帝はテラコマリ・ガンデスブラッドを目に入れても痛くないほどに可愛がっている。テラコマリ・ガンデスブラッドを誘拐してしまえばいい。……いや。はたしてそんなことができるのだろうか。あの規格外の烈核解放を操る小娘に――、

「オディロン様」

名を呼ばれた。

しかしそれどころではないのでオディロンは再び思考の海に沈む。

そうだ。あの烈核解放には発動条件があるに違いない。その条件さえ見つければ、発動させることなく人質にすることができるかもしれない――

「オディロン様」

再び名を呼ばれた。

今度は黙ってはいられなかった。

「ええい、なんの用だ貴様ッ！　さっさと仕事に戻――――」

振り返った瞬間、腹部に焼けるような衝撃が走った。

オディロンは顔をしかめて視線を落とす。

脇腹にナイフが突き刺さっていた。

は――？　と声が漏れる。

ナイフの柄を握っていたのは、先ほどオディロンが殴りつけた副支部長だった。

わけがわからなかった。ほどなくして全身を襲ったのは肉を抉る鮮烈な痛み。オディロンは絶叫しながら己の道具を睨み下ろした。

「き、貴様あああああああっ、何をッ！」

「私は、お前の道具じゃない」

男の顔には表情というものが一切浮かんでいなかった。

じっとこちらを見据えたまま、ぐりぐりと無感動にナイフを動かして内臓をかき乱す。

耐えかねたオディロンはほとんど反射的に腕を振るった。強烈な裏拳が副支部長の顔面に突き刺さり、いとも容易く吹っ飛んだ身体が勢いよく壁に叩きつけられる。

「なん、だ、貴様――――！」

オディロンはナイフを引き抜きながら呻く。血がぼたぼたと床を汚す。

――副支部長が裏切った？　道具の分際で？　そんな馬鹿な話が、

『どうしたオディロン。騒がしいな』

「な、なんでもないッ！」

オディロンは通信用鉱石を軍服のポケットにしまって席を立った。

この男をどうしてくれよう。今まで散々目をかけてやったというのに――――恩を感じるべき主人に対してこの仕打ち。申し開きなど聞く必要はない、不良品は処分しなければならない、

『くくく。気をつけろよ。そいつだけじゃないぜ』

殺気を感じた。

いつの間にか部下どもが勢ぞろいしている。

どいつもこいつも無表情。虚ろな瞳でオディロンを睨んでいる。

さしもの七紅天大将軍といえど、背筋に不気味なものを感じずにはいられなかった。

「貴様らッ！　言いたいことがあるならハッキリ言えッ！」

「私は、お前の道具じゃない」

一人がナイフを片手に走り出した。それを皮切りに雪崩を打って部下どもが殺到する。中には魔法を唱えて攻撃してくる者までいる。

普段ならば腕一つで捻り潰してやれただろうが、今はそれもままならない。

己の不利を悟ったオディロンは咄嗟に身を翻して部屋を飛び出した。

しかし廊下の奥からさらに部下どもが押し寄せてくる。

「私はお前の道具じゃない」『私はお前の道具じゃない』『私はお前の道具じゃない」――

「愚図どもめ、この俺を裏切るというのかッ！」

飛んできた火炎魔法を寸前で回避する。レイピアを片手に跳躍する男を拳で迎え撃つ。

しかし背後から襲い掛かってきたナイフは防ぐことができず、背中に激しい痛みを感じてオディロンはその場に頽れてしまった。

「いったい、どういうことだ――、このッ……！」

「私はお前の道具じゃない」

「やかましいわ！　道具の分際でッ！」

魔力を練って上級火炎魔法【爆真炎】を発動。

オディロンの身体から発された熱風はすさまじい勢いでアジトの中を駆け巡り、周囲にいた部下どもの身体をそれこそ道具のように吹き飛ばしていった。

やつらは悲鳴すらあげなかった。

火だるまになりながら、しかしのたうち回ることもなく廊下に伏している。

異常としか思えなかった。

「はあ、はあ……くそっ、魔力が……」

「わたしは、道具じゃ、な――」

「黙れ虫けらめッ！」

しぶとくさえずる部下の頭を踏みつぶす。

状況が理解できない。こいつらは裏切ったのか？　いや、そんなことはありえない。裏切るならば裏切るなりに感情というものを見せるはずだ。こいつらは恐ろしいほどの無表情。まるで誰かに操られているかのような――

ふと気づく。

死体が、紙切れのようなモノを握りしめている。

傷の痛みに顔をしかめながら屈(かが)み、拳をこじ開けて奪い取る。

やはり紙切れだった。そこには下手くそな文字でこう書かれていた。


〝ざまあみろ〟


頭が真っ白になった。

こんなことができる人間など一人しかいない。あいつだ。あいつがやったのだ……！

そのとき、耳を聾(ろう)するような哄笑(こうしょう)が轟(とどろ)いた。

オディロンはびくりとして声のほうを振り返った。そこには女がいた。オディロンの部下である。彼女は動物のような奇声を発しながら、自分の指から滴(したた)る血液で壁に不気味な文字列を連ねている。よく見ればそこら中に血の文字が殴り書きされていた。

オディロンは怒りに震えながら辺りを見渡す。

それは、あの少女からのメッセージに他ならなかった。


〝私の家族を殺したのはお前だ〟

〝絶対に許さない〟

〝お前は誰からも信頼されていない〟

〝私もお前の言いなりにはならない〟

〝逆さ月なんか消えてしまえ〟

〝お前たちがいるから世界は不幸になるんだ〟

〝みんなにひどいことをするやつは、滅びてしまえ‼〟


「サクナ・メモワールゥゥゥゥ――――――――ッ‼」

オディロンの叫びに呼応するかのごとく部下どもが集まってきた。

このアジトには、五十三人もの裏切り者がいる。

四方八方から繰り出される無機質な攻撃をいなし、躱し、ときには食らい、ときには返り討ちにしながらオディロンは、耐えがたい屈辱で身体が燃え上がりそうになるのを自覚した。

あの小娘は――あの小娘は。

従順なフリをして、影ではコソコソと牙を研いでいたのだ……！

『滑稽だな、オディロン』

「アマツ！　知っていたのか貴様！」

部下の顔面を殴りながらオディロンは絶叫する。

『知っていたとも。俺が気づかないはずもなかろう。――サクナ・メモワールは定期的にゲラ＝アルカ支部に帰還して一人ずつ洗脳していたのさ。翦劉種以外はそこで殺したら蘇ることがないから、わざわざ気絶させて核領域まで連れ込んで始末していたらしい』

「知っていたのなら――何故教えなかったッ！」

『部下の反抗に気づけないようでは、朔月の器ではないな』

オディロンは歯嚙みした。

横から殴り掛かってきた血まみれの男を蹴りで吹き飛ばす。

アマツは面白がるような声色で言葉を続ける。

『お前はサクナ・メモワールのことをただの気弱な小娘だと思っていたようだが、それは大きな間違いだぞ。こういうことができるからこそ、あいつは烈核解放を持っているんだよ』

「わけがわからぬ……！　こんなちんけな反逆に何の意味があるのだ！　俺が負傷していなければ、たかが五十人ばかしに襲われる程度、屁でもないというのにッ……！」

『あいつも半ば諦めていたのだろうな。だが――無駄だと思っても、それでもコツコツと積み上げてきたから今がある。現にお前、死にそうだぜ？』

「ッ……！　これはテラコマリ・ガンデスブラッドのせいで……」

『言い訳は見苦しいぞ。――サクナ・メモワールは最初から逆さ月に反感を抱いていた。お前は少女ひとりの思想も矯正することができなかった。そういうことなんだよ』

もはやアマツの言葉など聞きたくもなかった。

オディロンは猛然とした勢いでかつて部下だった者たちを薙ぎ払っていく。

満身創痍の七紅天大将軍は動きに精彩を欠き、ことあるごとに敵の攻撃を食らって血のしぶきを飛び散らせたが、それでもオディロンは憎悪の感情だけでひたすら戦い続けた。

憎んでも憎みきれない。あの小娘の身体を今すぐ八つ裂きにしてやりたい――

それからしばらくすると、立っている者はオディロンただ一人になった。

辺りには屍がうずたかく積まれている。これで反逆する五十三人は全滅したはずだった。

「くそ……くそ、くそ、くそくそくそくそッ……！」

オディロンは肩で息をしながら呪詛を吐いた。

今まで積み上げてきた全てのものが、音を立てて崩れていくのを感じた。

これほどの失態を演じた吸血鬼にチャンスは二度と巡ってこないだろう。

組織から刺客を送り込まれ、虫のように殺されてしまうのだ――

――オディロン！　あなたは今日から私のものよ！　神様を殺して、六国を平和にする手助けをしなさい！

かつて〝神殺しの邪悪〟はオディロンに手を差し伸べた。

帝都の下級区で生まれ、馬鹿な貴族の気まぐれによって家族を失い、核領域の荒野で生死の境を彷徨った。そんな彼を、あの少女は助けてくれた。
何が何でも彼女の夢を叶えてやりたいと思った。
だが、もうその機会はない。
おひい様は、太陽のように慈悲深いが、月のように冷酷だから。
オディロンは震えながら頭を回転させる。
こんなことになってしまった原因は何だ？
決まっている。
サクナ・メモワールと、テラコマリ・ガンデスブラッド。
あいつらのせいなのだ。
あいつらさえいなければ――

つん、

背中をつつかれた。
オディロンは無意識のうちに振り返る。
振り返った瞬間、悲鳴をあげそうになってしまった。
そこに立っていたのは、銀色の魔力をまとった白髪の少女。

テラコマリ・ガンデスブラッドである。

次の瞬間、オディロンの熱風をも凍てつかせるほどの冷気がアジトを駆け抜けていった。

驚愕のあまり声も出ない。何故ここに、いったいどうやって——しかし問いを発する前に、彼女のしなやかな手がオディロンの首を力強く絞めつけた。

「ぐえッ、⁉　き、様……何を、」

「あやまれ」

テラコマリは骨を折るような力でオディロンの太い首を握る。

オディロンは周囲を見渡した。部下たちの死体はあまりの寒さで氷漬けになっている。

「さくなに、あやまれ」

「くッ——、」

何が謝れだ。ふざけやがって。こんな糞生意気な小娘はすぐにでも殺すべきなのだ。ぶん殴ってやろう——駄目だ、腕に力が入らない。ならば魔法で——これも駄目だ、魔力は先ほどの戦いですっからかん。ふざけている。ふざけている。ふざけている——

「こ、の、」

腹が立って仕方がなかった。

オディロンは我を忘れて絶叫していた。

「——誰が、謝るかッ！　あんな愚鈍な小娘は散々に使われて死ぬのがお似合グオェッ」

指に力がこめられ、ついに呼吸が止まった。

目玉が飛び出さんばかりの表情を浮かべ、オディロンはゆっくりと意識を手放す。

こうして男の野望は呆気なく立ち消えとなった。

★

巨体を支える力が失われ、そのまま床に倒れ込む。

腕から漏れた血液が床に真っ赤なシミを作っていく。

真っ赤なシミはすさまじい冷気に覆われ即座に凍りついていく。

オディロンの血が、自然に止まる。

「…………」

容易く敵を討ち取ったテラコマリは、そのまま無感動に大男の体躯を見つめていた。不意に床に落ちていた通信用魔鉱石から声が響いた。オディロンの魔力が残っていたのだ。

『よう、ミス・ガンデスブラッド。そこにいるんだろ?』

コマリは答えない。男は構わずに続けた。

『先日はうちのミリセントが世話になったな。おかげさまで手塩にかけて育てた兵士を一人失ってしまったよ』

「…………」

『ところでだ、お前の烈核解放はどういう仕組みなんだ？　見た限りだと理性を失っているようで実はそうではないって感じだがな。うちのおひい様が気になって仕方がないようで』

ばき！　と通信用魔鉱石が踏み壊された。

辺りに静寂が舞い降りる。

しかしすぐに喧噪が近づいてきた。遠くから逆さ月の男たちが血相を変えて走ってくる。

コマリにとっては甚だどうでもいいことだが、ゲラ＝アルカ支部の騒動を聞きつけて他の支部から【転移】してきた逆さ月の構成員どもだった。

「いたぞ！」『殺せ！』『見せてもらおうではないか、その烈核解放！」

敵の姿を認めたコマリの身体がふわりと宙に浮く。

濃密な魔力が回転し始める。コマリの背後には巨大な魔法陣が顕現していた。

男たちは迫りくる死の気配を察知して恐れ慄き、その場で足を止めた。

しかしコマリは容赦をしなかった。

「くたばれ」

そうして世界を破滅に導く閃光が炸裂した。

逆さ月のアジトは壊滅した。

【0】 えぴろーぐ

Hikikomari the Vampire Countess no Monmon

※

第8回七紅天闘争　結果発表
※紅玉が破壊されたのでポイントにより順位を決定する。

優勝者　テラコマリ・ガンデスブラッド……獲得ポイント　511
第二位　サクナ・メモワール……獲得ポイント　68
第三位　ヘルデウス・ヘブン……獲得ポイント　32
第四位　フレーテ・マスカレール……獲得ポイント　12
第五位　デルピュネー……獲得ポイント　0
失　格　オディロン・メタル

六国新聞　7月2日　朝刊

『七紅天闘争　大荒れ

【帝都――メルカ・ティアーノ】ムルナイト帝国七紅天による一大興行「七紅天闘争」が1日、核領域メトリオ州にて開催された。結果は以下の通り（表1参照）。闘争序盤からテラコマリ・ガンデスブラッド大将軍の爆発魔法が古城に炸裂して観客を大いに沸かせた。……（中略）……闘争終盤、オディロン・メタル大将軍は自らが「逆さ月の構成員である」と宣言。ガンデスブラッド大将軍はこれを捕縛するために身を粉にして奮闘した。……（中略）……敗色濃厚を悟り遁走するメタル大将軍を光の速さで追跡したガンデスブラッド大将軍は、ゲラ＝アルカ共和国デリストル州に存在する逆さ月のアジトを特定。すぐさま煌級氷結魔法【永年氷河】で半径1キロを凍土に変えた。これに対してゲラ＝アルカ共和国マッドハルト首相は「いくらテロリスト殲滅のためとはいえ領土の一部を凍土にされたことは看過できない。ムルナイト帝国には相応の責任を取ってもらう必要がある」と遺憾の意を表明。近年ムルナイト――ゲラ＝アルカ間の緊張は高まっており、この一件が両国の関係に破滅的な亀裂をもたらすのではないかと不安視する声もあがっている。』

※

「行ってくるね、コマリお姉ちゃ――――ううん。テラコマリさん」

七月三日。

サクナ・メモワールは自室に並んでいる等身大コマリ人形に声をかけると、リュックサックを背負って家を出た。べつにどこか遠くへ行くわけではない。これから病院で寝かされているコマリのもとへお見舞いに行くのだ。

外は晴れていた。夏の光を受けて小川の水がきらきらと光っている。

しかし、サクナの心は一向に晴れなかった。

あの日、あの壮絶な戦いが行われた日、サクナは死ぬはずだったのだ。だのに目が覚めたときには何故か全身の傷が治っており、秘薬の副作用も消えており、挙句の果てには逆さ月との契約魔法まで破壊されていた。

奇跡が起きたのだ――一瞬そう思ったが、どうやら違うらしい。

聞いた話によれば、これはテラコマリ・ガンデスブラッドのおかげなんだとか。彼女には歴史上類を見ないほど強力な烈核解放があり（本人はまったく無自覚らしいが）、その力でサクナにまとわりついていた呪いを粉々にしてしまったという。

サクナはなんとなく覚えている。

白い魔力。優しい空気。お姉ちゃんがそばにいてくれたような気がした。――あれは、テラコマリさんだったのだろう。

とにかく、また、あの人に助けられてしまった……。

帝都の街中を歩きながらサクナは大きな溜息を吐く。

これからサクナは一生をかけて贖罪をしなければならない。逆さ月の一員として働いた悪事はもちろんのこと、自分のわがままで赤の他人を家族にしてしまったことに関しても大いに反省し、償いをしなければならない。

許されるのだろうか。許されるはずはないな、とサクナは思う。

皇帝陛下は「情状酌量の余地あり」としてサクナを強く糾弾するつもりはないらしい。だがそれではサクナの気が収まらなかった。色々な人に迷惑をかけっぱなしだった。特に第六部隊のみんなには詫びても詫びきれない。昨日、サクナは一日がかりで彼らを殺し直し（ものすごい嫌な作業だった）、再び記憶を操作して元通りにしてあげた。あの人たちは意外にも「気にするな。お前が強いということがわかったから十分だ」と言ってくれたが、気にするに決まっている。今後、彼らとどう接したらいいのだろう。というか七紅天やめたい……。

鬱屈としながら歩いていると、ふと見知った黒服を見つけて足を止めてしまった。

ヘルデウス・ヘブン。果物の入った紙袋を抱えながらこっちに向かって歩いてくる。

そうしてサクナは思い出した。彼の記憶はまだ修復していないのだ。

「おや、サクナじゃないか。お出かけかい？」

ヘルデウスはにこやかな笑みを浮かべた。それはサクナが彼にかぶせた仮面でもある。

どうしようもなく居た堪れない気持ちになったサクナは、すぐには言葉を発することができずに俯いてしまった。

「こんな良い天気だもんね。外に出ないのはもったいない」

「……うん、そうだね。お父さんは何をしてるの?」

彼のことを「お父さん」と呼ぶのに相当な精神力を必要とした。

ヘルデウスは笑みを深めて言う。

「買い物さ。今日は安息日だから。——どうだい、一緒に街を歩かないか」

この場で記憶を戻してしまおう。

なるべく人通りの少ないところに誘導して、そしてそれから——いつものように心臓を貫いてしまえばいい。その後でたっぷりごめんなさいを言おう。彼は許してくれないかもしれないけれど、そうしないと新しい一歩を踏み出せないから。

「うん。お父さん、ちょっとあっちのお店の裏に行こうよ」

サクナは彼の手を引いて歩き出す。しかし意外にもヘルデウスはその場に踏みとどまった。

「——その必要はないですな!」

びくりとして振り返る。黒服の神父はお父さんの仮面を捨てていた。七紅天に相応しいクレイジー神父の顔になってこちらを見つめている。

「私を殺しても意味がありませんぞメモワール殿! 当方もとからヘルデウス・ヘブン。神父ではありますがあなたの本当のお父さんではありません」

「な、……」

サクナは驚愕した。震える唇を辛うじて動かす。

「いつ、から……？」

「最初からです」

「烈核解放が、効かないの……？」

「はっはっは。数年前に教会の物置であなたに殺されたときは死ぬかと思いましたが、しかしこれでも私は七紅天大将軍。精度の低い烈核解放では私の精神は支配しきれませんよ」

愕然とした。では、この人は、ずっとお父さんのふりをしていたのか……？

サクナの中で疑問が渦を巻いた。ヘルデウスは申し訳なさそうに笑った。

「あなたが私を殺した真意を知ったとき、この子のためなら父親にでも何でもなってやろう、そう思ってしまいました。でも私にその資格はありません。あなたをつらい目に遭わせてしまったのですから……私のようなぼんくら聖職者では、父親たりえませんね」

「どうして……」

「これは隠しておこうかと思ったのですが。あなたの父親は、私の親友だったのです」

驚きが駆け抜けた。サクナは思わずヘルデウスの顔を見上げる。

「まったく奇特な方でした。彼とは神聖教の学院で一緒に学んだ仲でしてね。私のような変わり種は他人から排斥されるのが世の常なのですが、あの男だけはこんな阿呆にも分け隔てなく接してくれました。私は彼から神聖教の平等心を学んだのです」

そうだ。お父さんはいつだって優しかった。

「あなたは〝精神の形質〟によって家族にするべき人を選んでいたようですが、私が選ばれた理由はおそらく、あなたの本当の父親と一緒に神の道を目指したからでしょうね」

ヘルデウスはお父さんに似ている。その夜空のような優しさが――

「……だからこそ、メモワール一家が何者かに惨殺されたと知ったとき、私は是が非でも復讐してやろうと決意したのです」

「ちょっと待ってよ……！」

サクナは耐えきれず神父につめよった。

この人は、いったい、何を考えてサクナに接してきたというのか。

「わからない、本当にわからない……あなたは、私が逆さ月だってことを知っていたの？　人を殺していたのに、どうして私なんかを引き取ったの……？」

「あなたがオディロン・メタルの言いなりになって不法行為に励んでいることは知っておりました。そして想像を絶する苦痛を味わっていたことも」

「なら……どうして、私を放っておいたの。私を罰してくれなかったの……」

「本当なら放っておくべきではなかったのかもしれない。私がすぐにでもオディロン・メタルを殺してあなたをお救いするべきだったのかもしれない――でもそうしてはいけなかった。なぜなら、あなたは最初から自分で逆さ月に復讐をするつもりだったからだ」

どきりとした。そんなつもりはなかった――とは言い切れない。

ずっと逆さ月が憎かった。いつか絶対に見返してやりたいと思っていた。

「神とは逆境を跳ねのけようとする心に宿るもの。あなたが自分の意志で苦難を乗り越えることを望んでいるならば、私が出しゃばってオディロン・メタルを殺しても意味はない。この復讐はあなた自身のものなのですから。だから、せめて父親として心の支えくらいにはなってあげようと思ったのですが……これはやっぱり思い上がりですな」

サクナは思わず拳を握りしめる。

考えようによっては、これまでずっと騙されてきたようなものだ。だけど――なぜか心が温かくなってしまった。そして同時に罪悪感に押し潰されそうになってしまった。

――私は、この人に、こんなにも気を使わせてしまっていたのか。

「なんで……」

「ん?」

「なんで笑っていられるの。私はあなたを殺したのに……ひどいテロリストだったのに……おかしいよ」

「でしょうな。昔から『お前はおかしい』と言われて育ちましたゆえ」

「私を殴ってよ。そうじゃないと気が済まない」

サクナはぽろぽろと涙をこぼして懇願した。

しかしヘルデウスは「とんでもない」と優しく微笑むのだった。

「世界に悲劇は転がっているのです。そして多くの人間は悲劇に屈してしまう——ですがサクナ、あなたは違います。あなたは乗り越えようとする意志を捨てなかった。そんな勇敢な子をどうして責めることができましょう。たとえ後ろ指をさすような輩がいたとしても、このヘルデウス・ヘブンが許しません。あなたの前途を暗くするような真似(まね)は誰にもさせませんよ」

「っ……」

「というか殴られるべきなのは私のほうなのです。私があなたの実情を知りながら放置同然の所業をしたのは事実。自分の力で乗り越えてほしかったためとはいえ、これは人として失格です。むしろ殴られるのは私のほうです。さあ殴ってください！　はやく！　私を殴って！」

周囲の通行人たちが何事かと注目してきた。「やばいよあの人たち」「どんなプレイだよ」「よくやるわぁ……」サクナは思わず赤面してしまった。

「も、もういい！　殴る必要なんてないから！」

「そうですか。それは残念」ヘルデウスは本当に残念そうにそう言った。「——さて、あなたは私に構っている場合ではありません。行くべきところがあるのでしょう？」

「え？」

「あなたには復讐を遂げる心意気があった。しかし、どんなに燃えるような意志を滾らせていても苦痛ばかりが続けば心が萎んでしまう。そして偽の父親である私にはあなたを癒すことができなかった。――すべて、あの深紅の吸血姫のおかげですね」

「どういう、こと……？」

「あなたに七紅天を偶然爆殺させるのは、なかなか骨が折れました」

サクナはハッとした。

思えば、サクナのことを強く七紅天に推薦したのもこの人だった。そのおかげでサクナはあの吸血姫と出会うことができて、そして――

ヘルデウスは、心なしか、少しだけ寂しそうな顔をして言った。

「よき友ができてよかったですね。これからは一人で頑張りなさい。あなたは独りじゃないから。あなたの味方になってくれる人は、あの吸血姫を始め、いくらでもいます。それでも辛くなったら言ってください。お父さんをリベンジさせて頂くとしましょうか」

「ううん。必要ない。ありがとうございます、……ヘルデウスさん」

深々と頭を下げる。

神父の柔らかい眼差しに背に感じながら、病院への道のりを足早にたどっていく。

胸に募ったのは奇妙な温もりである。この世にはひどいことをする悪魔しかいないと思っていたのに――意外にも、サクナのことを思ってくれる人は身近に存在していたのだ。

それが、どうしようもなく嬉しかった。

☆

「コマリ様、あーん」

「い、いいよ。自分で食べるよ」

「だめです。コマリ様は大怪我をしたのです。メイドの私には看病する義務があります」

「だったらお前も怪我しただろ！　怪我人に看病されるわけにはいかないから！」

「では私に『あーん』してください。口移しでもいいです」

「自分で食え！　私も自分で食う！」

私は変態メイドの手からりんごの刺さったフォークを奪い取ると、ぱくりと口に含んでもぐもぐ咀嚼した。

七紅天闘争の二日後。病院の個室。

オディロンによってボコボコにされた私は怪我が癒えるまで病院（世間では死体安置所ともいう）に収容されることになった。本来ならばたとえ死んだとしても一日二日で全快するはずなのだが、なぜか私の場合は全身の魔力がごっそり失われるという謎の状態異常に陥っていたため、長期の入院を余儀なくされた。魔法の専門家によれば身体が完全に回復するまで一週間近くかかるらしい。とはいっても、どこも痛くも痒くもないんだけど。

つまり合法的な引きこもりである。これほど嬉しいことはない。ないはずなのに――私の病室に入り浸っている変態メイドがアホほど構ってくるせいで暇がない。希代の賢者らしく読書に勤しんだり崇高な思索に耽ったりすることができない。

「ところでコマリ様、身体の具合はどうですか」

「もう平気だよ。家に帰って引きこもっても問題ないくらいだ」

「それはいけませんよ。烈核解放を発動したのですから、しばらく安静にして様子を見ておかないと」

「またそれかよ……」

ヴィルの妄言によれば、私は七紅天闘争において、またまた【孤紅の恤】とかいう烈核解放を発動させたらしい。オディロンが古戦場から撤退したのも私のおかげ、ゲラ＝アルカ共和国にあった逆さ月のアジトが消し飛んでその近辺が不毛地帯と化したのも私のおかげ。

ありえねえだろ。新聞で見たけど、あんなぺんぺん草も生えないような空間を私が作り出したとは思えない。どう考えても隕石の仕業だ。隕石はすごいからな。

りんごをごくんと呑み込むと、ヴィルが申し訳なさそうな顔をして言った。

「コマリ様に無理をさせてしまったのは私の責任です。あんな変態仮面に後れを取るなど一生の不覚でした」

「気にしてないよ。ヴィルがいなきゃ、その変態仮面にやられてたわけだし」

「できることならオディロン・メタルも私が仕留めてやりたかったです」

オディロン・メタル。

あの怖いおじさんはなんと逆さ月の一員だったのだ。詳しいことは知らないが、ゲラ＝アルカ共和国に落ちた隕石に巻き込まれて行方不明になったらしい。まったくもって意味不明な結果である。しかしこれでサクナを縛るものはなくなったわけだし、素直に喜んでおこう。

そうだ、サクナだ。あれから彼女とは一度も会っていないけど、どうなったのだろうか。

「ねえヴィル、サクナは？」

「サクナ・メモワールですか」

ヴィルは苦い顔をした。

「わかりません。ですが彼女はテロリストとして不法行為に邁進していたわけですし、しかも烈核解放を悪用して他人の記憶を操作していました。無罪放免とはいかないでしょうね」

「そっか……そうだよね」

「とはいっても、メモワール殿の経歴には同情するべき点も多くあるので、そのまま『はい死刑』とはならないでしょう。事実、擁護する声も多数あがっています。皇帝陛下も寛大な処置をご所望のようですし」

「あいつはどこにいるんだ？」

「さあ。監禁されてるわけでもないので自宅じゃないですか」

そこでヴィルはにこりと笑い、

「そうですコマリ様。皇帝陛下といえば、七紅天闘争で見事優勝されたコマリ様に褒賞が与えられるそうですよ」

言われてふと思い出した。今回の七紅天闘争の優勝者はなぜか私になっていたのである。古城の大爆発に巻き込まれて死んだぶんのポイントが私の功績になったらしい。あのリストバンド、判定が適当すぎるだろ。

「何がもらえるのかな。お菓子一年ぶんとか？」

「二週間の休暇です」

「……は？」

寝耳に水だった。こいつ、血迷ったのか……？

「テロリストの捕縛によって一週間の休暇。そして七紅天闘争の優勝によってさらに一週間の休暇。これでしばらく休めますね」

「な――なんだってえええええええええええええええええ⁉」

私はいてもたってもいられずベッドの上に立ち上がった。

二週間の休暇……二週間の休暇だって⁉　そんなとんでもないお宝をもらってしまってもい

いのか⁉　正直お金を一億もらうより百倍嬉しいぞ！　つまりこれは百億メルの褒賞だ！

「おめでとうございます。これで夏休みですね」

「やったあ！　思う存分引きこもるぞ！」

「せっかくなのでどこかへ遊びに行きましょう。海とかどうですか？　実はすでにコマリ様用の水着を十五着ほど買ってあるんです。寝てる間に着せてみたのでサイズはぴったりですよ」

「まあ気が向いたら行ってやらんこともないが二週間のうち少なくとも十三日は引きこもるからな！　これは絶対だからな！」

あまりの嬉しさにベッドの上でぴょんぴょん跳ねてしまう。

なんだこれ。私は夢でも見ているのだろうか。ああ、幸せだよ……。

と思っていたら、いきなり病室の扉がガチャリと開かれた。

白銀の少女が現れた。

目が合った。彼女は見てはいけないものを見てしまったような顔をして、

「ご、ごめんなさい。ノックしても返事がなかったから……お邪魔でしたか？」

「邪魔じゃないぞ！　全然！」

私は顔を赤くしてその場に正座した。なんたる失態。彼女の前ではクールな先輩を装っていたのにこれではイメージ崩壊だ。いやまだ遅くない。今からでも落ち着いた感じでいこう。

少女――サクナ・メモワールは、消え入りそうな声で「失礼します」と言った後、まるで

地雷原を歩くような足取りで私のほうへと近づいてきた。

自信のなさそうな表情。七紅天闘争であれだけ感情を爆発させていたのが嘘みたいだった。

「サクナ。身体は大丈夫なのか？」

「はい。テラコマリさんのおかげで」

サクナはリュックサックからごそごそと何かを取り出した。私を象ったぬいぐるみである。それを何故かこちらに突き出してきて、

「お見舞いの品です。よければ、お受け取りください……」

「お、おう」

やはりこの子は少しズレているのかもしれない。ヴィルがめちゃくちゃ羨ましそうなツラをしてこっちを見ている。こいつもズレているのかもしれない。……いや多数決で私がズレているのだろうか？　確かに一億年に一度の美少女を上手くデフォルメした逸品だとは思うが。

反応に困っていると、彼女は緊張した様子で「テラコマリさん」と私の名前を呼んだ。

「あなたには迷惑をかけてしまいました。……ごめんなさい。もう、テラコマリさんをお姉ちゃんにするとか言いません。家族を新しく作ったりしません。誰も殺しません。もう、悪いことはしません……本当に、ごめんなさい」

「そっか。私は全然気にしてないよ」

サクナの表情が崩れた。それまで必死で堪えてきた激情が涙となって瞳からこぼれる。

「みんな……そう言ってくれるんです。本当にみんな優しいんです。……でも、それだと気がすまないんです。テラコマリさん、私に、罰を与えてくれませんか」

　なるほどなあ――と私は思う。

　悪いことをして、自分には途方もない罪悪感があるのに「大丈夫だよ」「気にするな」「誰にだって間違いはある」みたいな感じで無条件に許されてしまうとモヤモヤした気分が残ってしまうのだ。たぶん彼女には皇帝からそれなりの罰があると思うのだが――まあ、本人がそこまで言うのならこの私が罰を与えてやろうじゃないか。

「わかったよ。じゃあ、私と付き合ってくれ」

　あ、間違えた。私「に」付き合ってくれって言おうと思ったのに。

　場に緊張が走った。なぜかサクナが顔を真っ赤にして口をぱくぱくさせていた。

　ヴィルが土偶のような顔をして言った。

「それはどういう意味ですかコマリ様。まさかメモワール殿と――」

「ごめんごめん。私に付き合えの間違いだった。――サクナ、私はこれから二週間の長期休暇に突入する。もちろん引きこもる予定だが、ときどき誰かと遊びたくなるかもしれない。だから私が呼んだら来てくれ。仕事をさぼってでもな」

　ちょっと傲慢すぎるお願いだったかな――と思ったが、サクナは泣き笑いのような顔をして「わかりました」と頷いた。

「でも、そんなの罰になってません。改めて言われなくても、テラコマリさんに呼ばれたら、すぐにでも駆けつけますから」

「そ、そうか？　あ、そうだ！　じゃあ小説執筆の相談に乗ってもらおう！　まだまだ書きたいテーマがたくさんあってな……これは自分で言うのもなんだがかなり面倒くさいぞ！　覚悟しておけよ！」

「はい。わかりました、テラコマリさん」

そこで私はちょっと引っかかってしまった。

『テラコマリさん』はなんだか他人行儀すぎる気がしたのだ。

「その呼び方はやめたまえ。私とお前は……その、あれだ。友達、なんだ」

「え。じゃあ、何とお呼びすれば……」

「コマリって呼んでよ。親しい人はみんなそう呼んでるから」

私は勇気を振り絞って右手を差し出した。感情をぶつけ合ったあとは握手をして仲直りをする。それが物語の王道なのだ。

サクナは少しだけ躊躇(ためら)っていたが、やがてゆっくりと手を伸ばし、腫(は)れ物(もの)に触れるような感じで私の手を握り返す。輝くような笑みを浮かべ、掠(かす)れた声でこう言った。

「――よろしくお願いします、コマリさん」

こうして私は新しい友達を得た。

たぶん私たちの行く先にはまだまだ面倒なことが待ち受けているに違いない。だけど、一人で悩むよりかは、こうして手をつないで一緒に立ち向かったほうが百倍いいに決まっていた。

とりあえず、サクナと一緒に遊ぶ予定を考えようかな。

あんまり外に出るのは好きじゃないけど、ヴィルに言われた通り海に行くのもいいかも。なんだか楽しみになってきたぞ――そんなふうにこれからのことに胸を躍らせながら、私はしばらくサクナの笑顔を見つめるのだった。

ムルナイトに本格的な夏の気配が近づいていた。

（おわり）

「【孤紅の恤】は普通の烈核解放じゃない。此度の七紅天闘争でよくわかったよ」

ロネ・コルネリウスは紅茶を啜りながらそう言った。

よれた白衣に身を包んだ翦劉種の女である。逆さ月の幹部〝朔月〟三人のうちのひとりにして、組織に様々な武器や道具を供給する技術部の長でもあった。

彼女はいま、ゲラ＝アルカ共和国首相官邸のふかふかソファに座っていた。

普通ならば彼女が外を出歩くことはない。自室に引きこもって怪しげな研究に精を出すばかりである。どこぞの引きこもり吸血姫と同じような思考回路をしている。

だが今日は特別だった。同じ〝朔月〟にして組織のナンバー2、天津覺明に無理矢理引っ張り出されてしまったのである。彼曰く、

「ついてこねえとお前の書いた官能小説を作者名つきでばらまくぞ」

鬼である。従うしかなかった。

コルネリウスはちらりと隣に目をやった。

アマツは例によって無表情のまま黙している。前々から思っていたのだがこの男の目的はいったい何なのだろう。たとえばコルネリウスは自分が自由に研究できればそれでいい、という考えのもとに行動している。だが、こいつは、いたずらに世界に不幸をばらまくだけで、その土台となっている思想が見えてこない。

「――普通ではない、とはどういう意味かねコルネリウス殿」

名前を呼ばれて視線を正面に戻す。

そこに座しているのはゲラ＝アルカ共和国首相・マッドハルトだった。これといって特徴のない容姿をした壮年男性であるが、内に秘めた野望は他国の君主などとは比べ物にならない。

この男は、世界の誰よりも〝戦争〟だの〝覇権〟だのに関心がある。

「言葉通りの意味さ。……えっとだな、血を吸うだろ。すると発動するだろ。でもこれはいくつかのバリエーションがあるみたいなんだ。かなり普通じゃない」

「その特殊性を聞いてるんだが？」

「……、ぐ、具体的に言うと。テラコマリは吸血鬼の血を吸うとミリセントのときみたいな感じになって、そうじゃないと、今回みたいに……」

「もっとわかりやすく話してくれ」

マッドハルトは失望のこもった溜息を吐いた。

コルネリウスは泣きそうになった。なんで自分がこんな男と会話しなくちゃいけないんだ。もう帰りたい。帰って研究を再開したい。最近、しいたけを二倍速で栽培する技術が完成しそうだから――そんなふうに考えながら俯いていると、意外なことに隣から助け舟が出た。

「つまり、ガンデスブラッドは摂取した血液がどの種族の血液であるかによって異なる異能を発現するということだ」

「ふむ、具体的に言うと？」

「吸血種の血を吸えば爆発的な魔力と身体能力を得る。蒼玉種の血を吸えば強力な回復魔法と氷結魔法、あとは鋼のように硬質な肉体を手に入れる。その種族らしい特徴を得るというわけだ——まあ推測の域を出ないがな。ちなみにサクナ・メモワールは吸血種と蒼玉種の混血だ。今回のあれは二つの種族の特徴を混ぜ合わせた烈核解放、ということなのだろう」

「そ、そうそれ！　それが言いたかったの！　さすがアマツ……！」

「お前はもっと自分でしゃべれるようにしろ」

　叱られてしゅんとなった。

「——なるほど承知した。舐めてかかると痛い目に遭うだろうな。事実、やつは逆さ月でも有数の戦士、オディロン・メタルを呆気なく殺害してしまった」

「いや、まあ、あいつは生きているけどな」

　アマツはつまらなそうに言った。

「……生きている？　逆さ月は失敗者に容赦がないと聞いているが？」

「俺は容赦しない。だが今回はおひい様に見つかってしまってな。あの娘は異常に甘っちょろいから、許すと仰った。——まあ、やつはもう牙を抜かれた虎のようなものだよ」

「ふむ……よくわかるよ。お飾りの君主とは面倒なものだ」

　和装の男の眉が少し動いた。マッドハルトはそれに気づかず「ところで」と話題を変える。

「テラコマリ・ガンデスブラッドの力は理解した。吸った血によって千変万化する烈核解放、なるほど厄介だな。——では、我々翦劉種の血液を摂取するとどうなるのかね？」

「わからん。どうなるんだ？」

「え、わからないけど……」

「わからないそうだ。うちのコルネリウスが使えなくてすまない」

心に傷を負った。毎度毎度アマツの口調には棘がある。

コルネリウスは目元を拭ってマッドハルトに向き直った。

「と、とにかく、そういうことなんだ。もしあなたが本当にムルナイトとやり合う気なら注意したほうがいい。ペトローズ・カラマリアなんかよりも、あの子がいちばんヤバイ」

「そうだな——だが問題はない。私にはあなた方がついているのだから」

いや、別についてるつもりはないんだけど——と思っていたら、

「任せたまえ。貴国には神具を百個届けよう」

アマツがそんなことをのたまっていた。

「百個の神具……？　そんなの、うちにあったっけかな？」

「これから作るのだよ」

「誰が？」

「お前が」

「は？」

マッドハルトが満面の笑みを浮かべた。

「素晴らしい！　ロネ・コルネリウスの作ならば性能は保証されている！　これで我が軍は吸血鬼どもを容易く粉砕できるだろう！」

「ちょっと待って。私には別の研究が……しいたけが……」

「くく、逆さ月は全力でサポートするぜ。途中まではな」

「わかっている。ゲラ＝アルカが他の魔核をすべて回収して破壊するまでは仲良くしようではないか。その後は――どうなるかわからんが」

「勝手に話を進めないで……聞いて……」

「ちなみに聞くが、ムルナイトの魔核の目星はついているのか？」

「ついているわけがない。だから戦争をするのだよ。これから行うのはエンターテインメントではない、敗者が勝者に絶対服従の純粋なる闘争だ」

「神具百個とか無理……」

「そうか。骨は拾ってやるから全力で民草の命を散らしたまえ」

「ああ。ゲラ＝アルカが六国の歴史を塗り替えてやろう。それが国民の総意だからな」

「しいたけ……」

コルネリウスの心の叫びは届かない。

世界は血生臭い方向に進みつつあった。

あとがき

お世話になっております小林湖底(こばやしこてい)です。
『ひきこまり吸血姫(きゅうけつき)の悶々(もんもん)』を書くときに一番気を遣(つか)っているのは主人公のあり方をいかに印象的に見せるかという点であります。今回も一筋縄(ひとすじなわ)ではいかない敵と不本意ながらもガチバトルを演じることになるコマリちゃんですが、そしてやっぱり無謀にも立ち向かっていくコマリちゃんですが、そんな感じの〝道を切り開くに自分の力を以(もっ)てするよりない状況〟に立たされるからこそ彼女の強さとか優しさといったものが際立つのではないかと思いました。そうかといって逆境を厳しくしすぎると可哀想(かわいそう)になってしまうから匙加減(さじかげん)というモノが大変でして、まだまだ新人以下のひよっこタマゴでしかない私にはそのあたりの感覚が身についておらず「ライトノベルって難しいなあ」と痛いほどに体感する毎日であります。頑張ります。色々と御託(ごたく)を述べてしまいましたが今作『ひきこまり吸血姫の悶々2』においてもいつも通りの〝ゆるふわ＋殺伐〟な空気感はしっかり漂っていますので、後書きから読む派で本編未読の方がいらっしゃったら是非ご確認ください。よろしくお願いします……！

遅ればせながら謝辞(しゃじ)を。

　コマリや仲間たちの活躍を美麗に描いてくださったりいちゅ様。今回は新しいキャラクターがとても多かったのに皆すごく可愛くてカッコよくてイラスト頂くたびに「すごい」「かわいい」「かっこいい」ばかり言う機械と化していました。本当にありがとうございます。

　装丁を担当して頂いた柊　椋様。1巻の後書きでお礼を述べることができず申し訳ありませんでした。タイトルロゴ、カラフルでとってもお気に入りです。2巻のオビもキュートでドラスチックなひきこまり感が出ていて大好きです。ありがとうございました。

　担当編集の杉浦よてん様。2巻の改稿は1巻と比べてめっちゃ多かったように思いますが最後まで根気強く付き合って頂いたおかげで素晴らしい作品を完成させることができました。今後ともよろしくお願いします。

　読者の皆様。ここまでお付き合い頂きまして誠にありがとうございました。2巻を世に出すことができたのはひとえに読んでくださった皆様のおかげです。Ｔｗｉｔｔｅｒなどのご感想も本当に励みになります。頑張ります。

『ひきこまり』は著者一人では絶対に成立しない物語です。

　改めて、本作に関わって頂いた皆様に厚く御礼申し上げます。

　ありがとうございました!!!

　また3巻でお会いしましょう。

小林湖底

ファンレター、作品の
ご感想をお待ちしています

〈あて先〉

〒106－0032
東京都港区六本木2－4－5
SBクリエイティブ（株）
GA文庫編集部 気付

「小林湖底先生」係
「りいちゅ先生」係

本書に関するご意見・ご感想は
右のQRコードよりお寄せください。

※アクセスの際や登録時に発生する通信費等はご負担ください。

https://ga.sbcr.jp/

ひきこまり吸血姫の悶々2

発　行	2020年　5月31日	初版第一刷発行
	2023年　9月15日	第七刷発行
著　者	小林湖底	
発行人	小川　淳	

発行所　SBクリエイティブ株式会社
〒106－0032
東京都港区六本木2－4－5
電話　03－5549－1201
03－5549－1167(編集)

装　丁　　柊椋（I.S.W DESIGNING）

印刷・製本　中央精版印刷株式会社

ISBN978-4-8156-0551-3

Printed in Japan　　GA 文庫